NICOLA FÖRG
Platzhirsch
Ein Alpen-Krimi

NICOLA FÖRG

Platzhirsch

Ein Alpen-Krimi

Pendo München Zürich

Mehr über unsere Autoren und Bücher:
www.pendo.de

Von Nicola Förg liegen außerdem vor:
Tod auf der Piste (Piper)
Mord im Bergwald (Piper)
Hüttengaudi (Piper)
Mordsviecher (Pendo)

MIX
Papier aus verantwortungsvollen Quellen
FSC® C083411

ISBN 978-3-86612-343-4
2. Auflage 2013
© 2013 Pendo Verlag in der Piper Verlag GmbH, München
Liedtext von James Brown, It's a man's man's world:
© 1966 (renewed) Dynatone Publishing Company (BMI)/Unichappell Music Inc. and Warner-Tamerlane Publishing Corp. (BMI); SVL:
Neue Welt Musikverlag GmbH & Co. KG/Warner Chappell Music
Satz: Satz für Satz. Barbara Reischmann, Leutkirch
Gesetzt aus der Caslon
Druck und Bindung: CPI – Clausen & Bosse, Leck
Printed in Germany

Für Gerhard Walter

This is a man's world, this is a man's world
But it would be nothing, nothing without a woman or a girl

You see man made the car to take us over the road
Man made the train to carry the heavy load
Man made the electric light to take us out of the dark
Man made the boat for the water like Noah made the ark

This is a man's, man's, man's world
But it would be nothing, nothing without a woman or a girl

Man thinks about the little bitty baby girls and the baby boys
Man makes them happy 'cause man made them toys
And after man made everything, everything he can
You know that man makes money to buy from other men

This is a man's world but it would be nothing,
nothing not one little thing without a woman or a girl

He's lost in the wilderness, he's lost in bitterness
He's lost, lost somewhere in loneliness.

James Brown, This is a man's world

PROLOG

Es herrschte jene Stille, die nur der Morgen herbeizaubert. Ein paar Vögel irgendwo in den Bäumen begrüßten den Tag, die Wiesen atmeten Feuchte, und die flache Sonne stand noch hinter den Fichten.

Früher war Irmi ein Morgenmuffel gewesen – sie hatte es gehasst, in einer Landwirtsfamilie aufzuwachsen, denn dort hatte man stets zu unchristlichen Zeiten aufstehen müssen. Mittlerweile liebte sie den Morgen, er war die einzige unschuldige Zeit des Tages. Die Zeit des klaren Blicks. Auch Irmis Abende waren häufig still, aber sie hatten meist etwas Bleiernes an sich. Ihnen war ein Tag vorhergegangen, der Körper und Geist strapaziert hatte. Nur der Morgen war unschuldig und rein, bevor die Menschen dem Tag mit ihrer Unzulänglichkeit, ihrem Hass und ihren Verzweiflungstaten die Unschuld raubten.

Aus dem Wald traten vier Rehe, eins davon war der kleine Rehbock, den Irmi insgeheim Hansi getauft hatte. Er hob den Kopf und sah herüber. Lange. Dann senkte er die glänzende schwarze Nase und begann zu fressen. Die so eleganten und filigranen Tiere zogen langsam über die meerglatten Weiten am Rande des großen Moors. Sie waren grau, denn sie trugen noch ihr Winterkleid. Bald schon würden sie fürchterlich zerrupft aussehen und ins Braune wechseln. Im Wald würden ganze Fellbüschel liegen, und die Rehe würden ihre Hälse verdrehen, um sich das juckende Fell vom Rücken zu knabbern.

Anfang März war es schon einmal ungewöhnlich warm gewesen, doch es war die typische oberbayerische Rache gefolgt: Es hatte wieder geschneit, und zwar zuhauf. Der kurze Versuch mit aufgekrempelten Jeans war ganz schnell wieder den gefütterten Gummistiefeln und den Fleecejacken gewichen. Heute Morgen hatte es auch nur zwei Grad plus, aber der Frühling schien irgendwo zu kauern und nur darauf zu warten, dem Weiß den Kampf ansagen zu dürfen. Diese ganze Jahreszeit war so unschuldig und optimistisch.

Die Rehe mussten etwas gehört haben, denn sie standen auf einmal starr wie Statuen da. Bernhard kam drüben aus dem Stall und ging über den gekiesten Vorplatz zum Haus hinüber. Hansi senkte als Erster wieder den Kopf – von diesem trampeligen Menschen drohte ihm keine Gefahr. Irmi fröstelte, aber sie konnte sich so schwer vom Anblick der Tiere lösen. Plötzlich ruckten sie wieder mit den Köpfen. Rannten eine kurze Strecke, hielten inne.

Der kleine rabenschwarze Kater kam wie ein Gummiball über die Wiesen gehüpft – in himmelhohen Sprüngen. Hansi schüttelte den Kopf, als wolle er den Kater für diese Energieverschwendung rügen. Schließlich hatte er Irmi erreicht, strich um ihre Beine und schüttelte vorwurfsvoll und angewidert die nassen Pfoten. Irmi lächelte und schenkte den Rehen einen letzten, fast wehmütigen Blick. Den Kater im Gefolge ging sie hinein.

Der Frieden eines Morgens war so kurzlebig. Auch der Friede des Frühlings wurde viel zu schnell von den donnernden Sommergewittern abgelöst, und die Rehe würden schon bald unter den Beschuss derer geraten, die um ihre Bäume fürchteten. Viele der Kitze würden die Mähmassaker nicht überleben. Der Friede für Tiere war so fragil. Jeder Friede war so anfällig für Störungen …

Es dröhnte, als würde jemand eine Lawine absprengen, und Sophia rief lachend:»Du klingst wie Dumbo, wenn du so trötest!«

»Sehr witzig!«, maulte Kathi wütend und nieste erneut. Das wiederum trieb das Soferl zu einem wahren Lachkrampf, sie wollte sich ausschütten vor Lachen, doch was sie dann tatsächlich verschüttete, war der Kakao, der den alten Holztisch flutete. Sophia sprang zwar sofort auf, um Küchenkrepp zu holen, aber die Flutwelle hatte schon die Tischkante erreicht und stürzte als brauner Wasserfall auf Kathis Jeans.

»Du blöde Nuss!«, brüllte Kathi und rannte unter Niesen die Treppe hinauf. Dort schälte sie sich aus der engen Jeans, feuerte sie neben das Bett und fingerte ein Papiertaschentuch aus der Packung am Nachttisch. Da lag draußen noch meterhoch Schnee, da zogen die Tourengeher in Karawanen zu Berge – und sie hatte Heuschnupfen. Jedes Jahr kam er wie ein plötzliches Gewitter ohne Ankündigung. Dabei war es so klar wie das Amen in der Kirche, dass die fiese Hasel und die bösartige Erle wieder blühen würden. Die gemeine Birke würde sich auch noch dazugesellen. Aber der Winter verdrängte dieses Wissen. Und eines Morgens wachte Kathi dann auf und fühlte sich, als habe sie die ganz Nacht durchgesoffen. Die Augen tränten, die Nase lief. Heißa! Der Frühling war da.

Kathi hasste das Frühjahr. Und sie hasste den Morgen. Um diese Tageszeit hatte sie gar keinen Nerv für ihre putzmuntere Tochter. Ebenso wenig wie für ihre Mutter, die immer gegen halb sechs aufstand und ihr jeden Morgen etwas zum Essen aufdrängte. Frühstück wie ein Kaiser, Mittagessen wie ein König, Abendbrot wie ein Bettler – diesen Spruch hatte sie schon in Soferls Alter gehasst. Bis heute hasste sie Frühstücken. Ein schwarzer Kaffee war doch völlig ausreichend. Warum ließen diese beiden lästigen Stehaufmännchen sie nicht einfach in Ruhe morgenmuffeln?

1

März 1936

Es geht auf Josephi. Leider. Es hat tagelang geschneit, heut hat es aufgerissen. Irgendwo singt schon ein Vogel. Er singt hinein in diese Welt aus Weiß, die uns blendet. Ich zwinkere schon den ganzen Tag gegen die Sonne. Ach, würde sie doch nur wieder verschwinden. Aber ich werde es nicht mehr lange hinauszögern können. Der Herr Vater ist im Lechtal unten gewesen, er hat telefonieren lassen. Mir ist das unheimlich. Man spricht in ein Rohr, und so viele Tagreisen entfernt hören die etwas? Ganz so, als stünde einer neben einem? Der Herr Pfarrer hat auch gesagt, das ist Teufelswerk.

Aber der Herr Vater hat kein Einsehen. Er hat gesagt, dass ich gehen muss, auch wenn ich schon sechzehn bin. Solange dich keiner heiratet, musst du gehen. Er hat gesagt, ich sei selber schuld, dass ich noch keinen Burschen hätt. Wo soll ich denn einen Burschen hernehmen? Wir kommen den ganzen Winter doch nicht raus.

Die Flausen hierzubleiben, die wolle er mir schon austreiben, hat der Herr Vater gesagt. Und dass ich a gschnablige Fechl bin. Das ist nicht schön von ihm. Und das ist auch gar nicht wahr. Aber ich bin ein Mädchen, und der Herr Vater mag keine Mädchen. Die Zwillingsbrüder sind vor sechs Jahren am Joch gestorben, die Lawine hat sie beide mitgerissen.

Nur gut, dass die Johanna mit von der Partie ist und der Jakob. Mir wird jedes Jahr banger. Das erste Jahr war es am

*leichtesten, obwohl ich mir zwei Zehen erfroren habe. Aber das
geschieht allen. Wir sind neun gewesen und eine Frau, die uns
führen sollte. Von Elbigenalp waren sie auch heraufgestiegen,
weswegen wir vier Hinterhornbacher immer am Hornbach
entlang bis zur Hermann-von-Barth-Hütte hatten gehen
müssen. Dort trafen wir uns, es gab eine Marend, sogar
Muggafugg. Wir aßen und tranken, denn um den Krottenkopf
herum und auf zum Mädelejoch, das war keine feine Strecke.
Vereist war es gewesen, das Mädelejoch hatte kaum Schnee, der
Wind hatte ihn verblasen. Aber dann kamen die Kitzabolla.
Und kalt war es gewesen. So kalt.*

*Aber ich wusste damals noch nicht, was geschehen würde.
Die Großen waren schon oft außi zu den Fritzle, der Konrad
war sogar auf dem Kindermarkt in Ravensburg gewesen. Was
er berichtet hat, war nicht schön. Später hatte auch der Konrad
feste Herrschaften, und nun ist er längst als Stuckateur dussa.
Ab dem dritten Jahr wurden wir in Kempten immer schon
erwartet, sogar mit einem Fuhrwerk abgeholt. »Was für ein
Glück«, hat die Mama immer gesagt. »Was ihr für ein Glück
habt.« Und dann hat sie mich jedes Jahr so komisch angesehen,
und bekreuzigt hat sie sich. Jedes Jahr mehr. Ich hatte ja Glück,
zwei erfrorene Zehen sind nichts. Dem Oswald fehlen sogar
drei Finger. Ganz schwarz sind die gewesen.*

*Mir wird es dennoch jedes Jahr schwerer ums Herz. Wir
sind die Letzten. Aus Elbigenalp kommen sie nicht mehr, zwei
der Mädchen, die Hermine und die Maria, sind tot. Warum,
weiß ich nicht genau. Seit wir die Letzten sind, gehen wir den
kürzeren Weg übers Hornbachjoch. Ich fürchte mich immer
unter den Höllhörnern. Der Herr Pfarrer hat gesagt, der
Teufel hause in den Zacken. Und dass wir beten müssten am*

Joch und uns bekreuzigen und einen Rosenkranz sprechen. Der Herr Pfarrer ist ein Knatterle, hat die Johanna gesagt, so was darf man aber doch nicht über einen Kirchenmann sagen. Wenn der Herr Pfarrer wüsste, dass wir uns immer nur ganz kurz bekreuzigt und nie einen Rosenkranz gebetet haben ... Aber der Herr Pfarrer weiß ja nicht, wie eisig kalt es ist im Sturm droben am Joch.

Die Johanna hat gesagt, dass sie dieses Jahr nicht mehr heimkommen will, so wie die Gertrud. Diese Johanna. Solche Pläne hat die Johanna! Sie ist ein Wildfang, die Johanna! Ich habe viel lesen können im Winter. Der junge Herr Kaplan hat mir Bücher zugesteckt und Lesen mit mir geübt. Wir sind ja immer nur im Winter in der Schule, und oft fiel der Unterricht aus. Der junge Herr Kaplan musste aber bald nach der Christnacht gehen, ein Sozialist sei er, wurde geraunt. Was ist ein Sozialist? Ist ein Mann Gottes ein Sozialist?

»Schneewittchen ist schon tot«, sagte Benedikt. Dabei klang er altklug wie immer, und Julia atmete auf.

Sie selbst war schon wieder tausend Tode gestorben, weil Bene sich einmal mehr von der Gruppe abgesetzt hatte. Der Junge war eine Katastrophe, er schien osmotisch durch Wände diffundieren zu können. Man hatte ihn gerade noch im Blick, und eine Sekunde später war er verschwunden. Fand man ihn dann doch irgendwann, sagte er gerne: »I hob mi verzupft.« Das hatte er vom Allgäuer Opa, »der, wo in Trauchgau residiert«. Bene sagte wirklich »residiert«, der Opa schien ein relativ großes Haus zu haben. Julia beneidete weder Benes Eltern noch seine zukünftigen Lehrer. Bene beneidete sie auch nicht. Das war ein Kind, das anecken würde, ein allzu wacher Geist und ein Übermaß an Phantasie verunsicherten den Rest der dumpfen Welt.

»Benedikt, wo warst du schon wieder?« Julia versuchte streng zu klingen.

»Julia«, er ahmte die Stimme der Erzieherin nach, »ich habe doch gesagt, dass ich das tote Schneewittchen besuchen muss.«

In diesem Moment kam ihre Kollegin Lea zurück. Sie wirkte immer etwas überfordert und hatte offenbar das Elend der ganzen Welt auf ihre schmalen Schultern geladen.

»Diese Regina von Braun ist nirgendwo«, jammerte sie. »Die Haushälterin weiß auch nicht, wo sie steckt.«

»Oh, du liabs Herrgöttle«, kam es von Benedikt, und er schlug sich theatralisch die Hand auf die Stirn.

Das hatte er bestimmt auch vom Trauchgauer Opa. Julia unterdrückte das Grinsen, wies Bene zurecht und wandte sich an die Kollegin: »Vielleicht ist sie schon zu den Gehegen gegangen und füttert die Tiere. Wir gehen einfach mal runter.«

Gehen war allemal eine gute Idee, denn es hatte höchstens null Grad an diesem Morgen. Die Zwergentruppe war nur deshalb vergleichsweise ruhig, weil sie Kakao und Kekse bekommen hatte. Julia begann die Becher einzusammeln, überprüfte, dass jedes Kind seinen Rucksack hatte, und erklärte den Kleinen, dass sie nun ganz leise sein müssten, um die Tiere nicht zu erschrecken. »Pst«, machte sie, was augenblicklich eine ganze Woge von »Pst«-Geräuschen hervorrief – in der Lautstärke eines Düsenjets. Unter abflauenden »Psts« marschierten die Kinder in Zweierreihen hinter Julia her, hinein in den Wald, vorbei an einem Schild, das in Richtung Wildgehege deutete. Julias Kindergartengruppe hatte am Morgen eigentlich einen Termin bei Dr. Regina von Braun. Die Biologin besaß ein Gut, das sie – wie man sich erzählte – mehr als Bürde denn als Würde ererbt hatte. Um es am Leben zu erhalten, hatte sie ein Walderlebniszentrum initiiert. Julia war die Eigentümerin nicht ganz unbekannt, weil Regina von Braun gern in Kindergärten vom Wald und seinen Bewohnern erzählte und dabei auch mal eine Eule mitbrachte oder einen Greifvogel. Sie war nämlich nicht nur Biologin, sondern auch Jägerin und Falknerin, und das wenige, was Julia von ihr wusste, war, dass ihre Tage offenbar mehr als vierundzwanzig Stunden hatten. Heute sollten die Kinder zwei zahme Elche und einige Rentiere besuchen. Das war natürlich eine Sensation im Oberland, ein echter Elch!

Nach fünf Minuten erreichten sie eine Lichtung. Die Sonne stand schon höher am Himmel und beleuchtete eine große Erklärungstafel und eine Sitzgruppe aus dickem Holz. Das Gehege lag dahinter, rechts davon stand ein großer Schuppen mit einer Schubkarre davor, die ein wenig vereinsamt wirkte. Bevor Julia ihn noch am Kapuzenzipfel erwischen konnte, sauste Benedikt davon, am Zaun entlang, hinüber zum Schuppen und hinein durch ein hohes Stahltor, das er öffnete, als habe er nie was anderes getan. Lea brüllte ihm ein verzweifeltes »Benedikt!« hinterher, Julia stöhnte. Es hätte so nette Jobs im Büro gegeben, bei Krankenkassen oder Behörden – warum nur hatte sie sich als Zwergenbezwingerin verdingt?

»Ihr bleibt hier und schaut euch schon mal mit Lea die

Bilder auf der Tafel an. Ich hole den Bene, vielleicht ist Frau von Braun ja auch noch in dem Schuppen.«

Julia eilte zu dem Tor, das überraschend leichtgängig war. Der Schuppen entpuppte sich als Unterstand mit einem gewaltigen Vordach. Frische Hackschnitzel waren ausgebreitet, es duftete nach Holz. Benedikt stand da und betrachtete interessiert den Boden.

Dort lag Regina von Braun. Ihre ausgesprochen blauen Augen schienen verwundert ins Leere zu starren. Sie war blass, und ihr langes dunkles Haar war auf den Holzschnitzeln ausgebreitet. Aus einer Schusswunde an der Stirn trat Blut aus. Das kalkweiße Gesicht, die Haare wie Ebenholz, das rote Blut – eine tote Märchenfrau.

»Siehst du, Julia? Schneewittchen ist schon tot«, sagte Benedikt völlig ungerührt.

Julia war wie paralysiert und wachte erst auf, als hinter ihr das Chaos ausbrach. Natürlich war es Lea nicht gelungen, die Kinder auf den Holzbänken zu halten. Nun standen sie hier, und als eines zu weinen begann, brach ein kollektives Heulkonzert aus. Julia schaffte es irgendwie, die Kleinen wegzuscheuchen und sie zurück zum Haupthaus zu bringen, wo es in einem Nebengebäude einen Seminarraum mit Küche gab. Es glückte ihr sogar noch, Lea zum Kakaokochen abzukommandieren, die Polizei und die Haushälterin zu alarmieren.

Als die sich völlig erschüttert in Richtung des Geheges aufmachen wollte, stellte sich ihr Benedikt in den Weg. »Das darfst du nicht, das verwischt die Spuren. Wie im Fernsehen.«

Du lieber Himmel, was fand man im Hause Haggen-

müller denn passend als TV-Kost für einen Fünfjährigen?
Nun ja, bei den beiden Rechtsanwaltseltern konnte man ja
nie wissen, dachte Julia und wunderte sich über sich selbst.
Da draußen lag eine tote Frau, und sie dachte über Kindererziehung nach.

Die Haushälterin war leise weinend auf einen Stuhl
gesunken. Benedikt ging zu ihr hin und reichte ihr einen
Becher Kakao. »Abwarta und Kakau trinka«, sagte er. Oh,
du segensreicher Opa aus dem schönen Halblechtal ...

Irmi war beschwingt ins Büro gekommen. Dort traf sie auf
eine Kathi, die wie die Inkarnation von »I don't like Mon-
days« aussah. Die Augen verquollen, fummelte Kathi ein
Taschentuch nach dem anderen heraus und verfluchte ihre
Allergiemedikamente, die alle nichts halfen.

»Versuch's doch mal mit Sulfur-Globuli«, schlug Irmi
vor, was ihr einen Blick einbrachte, der vernichtend war.

»Zuckerkügelchen mit nix drin. Du glaubst auch an jeden Hokuspokus, Irmi, oder? So ein Placeboscheiß.«

Bevor Irmi in eine Diskussion einsteigen konnte, dass
die homöopathischen Globuli sogar bei ihren Kühen wirkten und die Rinder ja kaum im Verdacht standen, auf ein
Placebo hereingefallen zu sein, kam Sailer.

»Morgen, die Damen. Des wird heit nix mit Kaffeetrin-
ken. Im Waldgut Braun is wer tot geworden.«

Tot geworden – der gute Sailer.

»Weiß man auch, wer tot geworden ist, Sailer?«

»Ja, die Frau Regina von Braun höchstselber. Derschussen. Sauber derschussen. Ned derhängt oder so was Un-
guats.«

Sauber derschussen – auch eine schöne Formulierung. Abgesehen davon war es für Irmi mehr als überraschend, dass der sonst so kryptische Sailer die komplette Information von sich gab, ohne dass sie ihm alles aus der Nase ziehen musste. Der Mann schien Montage zu mögen.

»Wer hat uns informiert?«, fragte Kathi unter Niesen.

»A Madl, das wo Kindergärtnerin ist. De Kinder ham de Frau g'funden.«

Auch das noch! Ein verschreckter Haufen Kinder, die überall herumgetrampelt waren, dachte Irmi.

»Na merci, Mausi«, kam es von Kathi.

Irmi sparte sich eine Zurechtweisung, informierte stattdessen das Team von der Kriminaltechnischen Untersuchung und forderte die Polizeipsychologin an – wegen der Kinder und weil sie ein ungutes Gefühl hatte, das sie momentan schwer zu deuten wusste. Dann nickte sie Kathi zu und wies Sailer an, den Kollegen Sepp im Streifenwagen mitzunehmen. Seit Irmi und ihr altes Cabrio vom TÜV geschieden worden waren, fuhr sie einen japanischen SUV, und der hatte dank Blechdach natürlich den Vorteil, dass man ein Blaulicht draufsetzen konnte. Außerdem besaß er eine gewisse Bodenfreiheit, was bei den alpinen Einsätzen nicht von Nachteil war.

Die Bodenfreiheit erwies sich heute als recht sinnvoll.

Zwei Kilometer hinter Grainau war das Waldgut durch ein verwittertes Holzschild ausgewiesen. Die Teerdecke der Zufahrtsstraße war von Löchern durchsetzt, die gut und gern als Ententümpel hätten herhalten können. Auf den Tümpeln lag eine dünne Eisschicht, die unter den Autoreifen brach.

Das Sträßchen mäandrierte durch den Wald. Es lagen noch immer Schneehaufen am Wegesrand, und Irmi vermutete, dass das Gut im Winter bisweilen von der übrigen Welt abgeschnitten war. Sie fand den Gedanken gar nicht so uncharmant, während Kathi böse nach vorne starrte und maulte: »Das ist voll am Arsch der Welt hier.« Und nieste.

Zu ihrer Linken lag ein kleiner Moorsee, alles sehr idyllisch und doch auch düster in seiner schweren Farbigkeit. Sie kamen aus dem Wald, ein Feld lag vor ihnen und mittendrin das Gut. Rechts thronte das Haupthaus auf einem kleinen Hügel, ein stolzer Bau oder besser ein ehemals stolzer Bau im Stil eines kleinen Jagdschlösschens. Links stand ein Wirtschaftsgebäude mit einem anschließenden Stadl. Vor ihnen schlängelte sich das Sträßchen weiter, vorbei an einem Tipidorf, und danach schon wieder der Wald, der hier alles umschloss. Sogar Irmi empfand das als etwas bedrückend, so als könnte der Wald auf sie zukommen und alles überwuchern wie in einem Dornröschenschloss.

Sie parkten vor dem Wirtschaftsgebäude, und ein bärtiger kräftiger Mann, der sicher schon in den Siebzigern war, kam auf sie zu.

»Veit Bartholomä«, stellte er sich vor. »Meine Frau und ich stehen der Regina ein wenig bei und helfen ihr ...« Er schluckte. Es war schon auf den ersten Blick klar, dass er eigentlich ein tatkräftiger Mann war, der momentan jedoch am Limit seiner Beherrschung angelangt war. Ein Dackel saß neben ihm und begutachtete die Neuankömmlinge. Er hatte den Kopf schräg gelegt und blickte Irmi so an, wie das nur Dackel können. Dann begann er zu bellen.

»Lohengrin! Aus! Ruhe jetzt!«, kam es von Herrn Bartholomä, und der Hund war tatsächlich still.

»Mein Beileid«, sagte Irmi – ein Satz, den sie immer schon verabscheut hatte und heute ganz besonders. Beim Verlust eines lieben Menschen verlor so vieles im Leben an Kontur, manchmal heilte die Zeit zwar Wunden, aber der Verlust selbst blieb. Und so fahl, wie der Mann aussah, war ihm Regina wahrscheinlich wie eine Tochter gewesen.

»Mein Name ist Irmgard Mangold, das ist meine Kollegin Katharina Reindl. Wo sind denn die Kinder? Und wo ist die Erzieherin, die Regina von Braun gefunden hat?«, fragte Irmi und wunderte sich über sich selbst, dass sie die vollen Vornamen genannt hatte. Das tat sie sonst nie, zumal sie ihren eigenen vollen Namen furchtbar fand. Aber zu solchen Gutshöfen mit ihrer besonderen Aura von Adel und früherem Glanz schienen die Kurzformen Irmi und Kathi nicht zu passen.

»Die sind alle im Seminarraum«, sagte der Mann. »Darf ich vorgehen?«

Irmi signalisierte Sailer und Sepp, die soeben vorgefahren waren, dass sie draußen Position beziehen sollten. Dann folgten sie dem Mann.

Das von außen eher unscheinbare Wirtschaftsgebäude war im Inneren frisch renoviert. Sie gingen einen Gang entlang, der gesäumt war von Vitrinen – gefüllt mit ausgestopften Tieren.

»Puh«, machte Kathi.

Am Ende des Ganges lag der Seminarraum, wo die Kinder saßen und gar nicht sonderlich verstört wirkten.

Eine ältere Frau war aufgestanden und sagte mechanisch: »Helga Bartholomä, kann ich was anbieten?«

»Danke, momentan nicht.« Irmis Blicke durchmaßen den Raum. Die fünfzehn Kinder saßen vor Kakaotassen, Kekstüten lagen auf den Tischen. Essen war immer schon eine gute Sache gewesen, um die Nerven zu beruhigen. Eine auffällig dünne junge Frau mit langen schwarz gefärbten Haaren saß daneben und wirkte weit verstörter als die Kleinen. Eine zweite Frau betrat gerade mit einem kleinen Mädchen an der Hand den Raum, vermutlich kamen sie von der Toilette zurück. Sie flüsterte dem Mädchen etwas in Ohr, woraufhin es sich artig hinsetzte, und kam auf Irmi und Kathi zu.

Irmi lächelte aufmunternd. »Sie haben die Tote gefunden, Frau …?«

»Opitz. Julia Opitz, na ja, also eigentlich hat Benedikt die Frau gefunden. Ich …«

Bevor sie noch weitersprechen konnte, hatte sich ein kleiner Junge mit kecker Stupsnase vor Irmi aufgebaut und meinte: »Bist du die Polizei?«

»Genau – und du?«

»Ich bin der Bene, also Benedikt Haggenmüller.« Es klang durchaus weltmännisch. »Is die da auch von der Polizei?«, fragte er und deutete auf Kathi.

»Ja, is die da.« Kathis Ton war nicht direkt freundlich.

»Bist du nicht zu jung? Außerdem hast du schlechte Schuhe an«, sagte Benedikt ungerührt. »A guats Schuawerk isch alls im Leba.«

Irmi unterdrückte eine Lachsalve, die mehr als unpassend gewesen wäre, aber Kathi war nun mal seit Jahren

23

diejenige, die niemals vernünftige und der Jahreszeit angemessene Schuhe trug.

»Diese Weisheiten hat er vom Opa«, erklärte Julia Opitz.

»Und vom Fernsehen!«, rief Bene. »Drum weiß ich auch, dass man am Tatort nicht rumlaufen darf.« Allein wie er das Wort Tatort betonte, war schon göttlich.

»Stimmt«, meinte Irmi, »danke erst mal für deine Hilfe, ich brauch dich später bestimmt wieder. Kannst du so lange hier warten?«

Irmi nickte Julia unmerklich zu. Sie verließen gemeinsam den Raum und gingen in die Küche jenseits des Gangs.

»Kommen Sie mal zu mir in den Kindergarten, um Benedikt zu bändigen?« Julia Opitz lächelte angestrengt. »Sie haben da Talent.«

Zu eigenen Kindern hatte es Irmi nie gebracht. Es hatte in ihrem Leben falsche Männer gegeben, gar keine Männer oder die richtigen Männer zum falschen Zeitpunkt. Vieles zu früh gewollt, das meiste zu spät erledigt. Später hatte sie den absolut falschen Mann geheiratet, einen erklärten Kinderhasser. Nach der Scheidung hatte sie erst mal ums Überleben gerungen und über Kinder nicht mehr nachgedacht. Irgendwann war es zu spät gewesen, und sie hatte den davongaloppierenden Jahren verblüfft hinterhergesehen. Sie hatte nie beweisen müssen, ob sie ein Talent für Kindererziehung hatte.

»Frau Opitz, was ist denn nun passiert?«, fragte Kathi in die Stille.

Julia Opitz zuckte regelrecht zusammen und begann leise zu erzählen.

Am Ende sah Irmi sie nachdenklich an: »Das heißt, dass

Benedikt die Tote offenbar schon bei seinem ersten Verschwinden gesehen hat? Das tote Schneewittchen?«

»Ja, das befürchte ich.« Julia Opitz zitterte. »Vielleicht hätten wir ihr da noch helfen können.« Sie begann zu weinen.

»Wann sie wirklich gestorben ist, wissen wir später«, sagte Kathi rüde, und wieder einmal hatte Irmi den Eindruck, dass Kathi immer besonders harsch war, wenn ihr Gegenüber hübsch war. Und das war diese Julia Opitz zweifellos. Sie trug einen langen brünetten Pferdeschwanz und hatte ein absolut ebenmäßiges Gesicht mit sehr großen ungeschminkten braunen Augen. Sie war schlank, knapp eins achtzig groß und hatte wohlgeformte Brüste in ihrem engen geringelten Rolli. Und eins hatte Kathi definitiv nicht: Busen. Darunter litt sie, auch wenn sie das nicht zugab.

Irmi versuchte noch zu retten, was zu retten war: »Frau Opitz, beruhigen Sie sich, Spekulationen nutzen uns gerade gar nichts. Bleiben Sie hier bei den Kindern, während wir uns ein wenig umschauen?«

Dann packte sie Kathi am Ärmel und schob sie den Gang entlang. »Was bist du denn so pampig, Kathi?«, zischte sie.

»Ach, hab du mal seit Tagen Heuschnupfen! Mein ganzes Hirn ist zu. Die Augen triefen. Ich bekomm da sogar Fieber. Mein gesamtes Immunsystem ist aus der Bahn, oder.«

Nicht bloß dein Immunsystem, dachte Irmi.

Sie kamen gleichzeitig wie die KTU zum Fundort der Leiche. Kollege Hase war knurrig wie immer. Die Sonne war hinter ein paar Wolken verschwunden, und schlagartig war es wieder kälter geworden.

Hasibärchen maulte vor sich hin, dass die Kälte, das wäre ja für die KTU wichtig, den genauen Todeszeitpunkt verschleiern werde, zudem verfluchte er die Hackschnitzel und auch gleich noch Gott, die Welt und Irmi dazu, die ihm immer solche Aufträge einbrachte.

Irmi betrachtete die Tote. Der Schütze hatte sie genau zwischen den Augen getroffen. Eliminiert hatte er sie.

»Kaliber? Habt ihr da schon eine Idee?«, fragte Kathi.

»Lassen Sie mich meine Arbeit machen, Frau Reindl! Auf den Arzt warten!«, stieß er aus und blieb sprachlich genauso knapp wie Kathi. Sie maßen sich mit Blicken, die Heuschnupfengenervte und der Dauerdepressive. Dann ging er hinter die Absperrung, um irgendwas zu holen. Kathi folgte ihm niesend.

Irmi kniete sich neben das tote Schneewittchen. Regina von Braun mochte Anfang oder höchstens Mitte vierzig gewesen sein. Sie war eine zarte Frau, apart, ein wenig herb, aber vielleicht machte der Tod sie auch herber.

Als Irmi ein Rascheln vernahm, hob sie den Kopf und sah als Erstes eine Nase. Eine ziemlich große Nase und ein gewaltiges Geweih. Und dann ein Tier dazu, das auf sie herabsah. Irmi war einem Elch noch nie in ihrem Leben so nahe getreten, sie hätte das eventuell auch vermieden, aber der hier war ja auch eher ihr sehr nahegetreten. Sie erhob sich langsam und konnte die Formulierung ›Ich glaub, mich knutscht ein Elch‹ endlich mit Bedeutung füllen, weil das Tier sie nun anstupste. Irmi streichelte seine Nase, der Elch sah Irmi lange an, dann senkte er seinen gewal-

26

tigen Schädel und schnupperte an der Toten. Wenn der Hase das sähe, bekäme er bestimmt einen Herzklabaster. Ein Elch trampelte über einen Tatort.

»Arthur, du Lapp!« Veit Bartholmä scheuchte den Elch weg, der sich trollte und in etwa drei Metern Entfernung anhielt, wo noch so ein Nasentier stand, deutlich kleiner und ohne Geweih.

»Die Kleine ist Wilma. Der Lästige ist Arthur. Sie heißen nach zwei schwedischen Elchwaisen. Regina war mal dort. Unsere sind allerdings aus der Uckermark.«

»Wo kommt denn das Viech auf einmal her?«, fragte Irmi, die immer noch völlig verblüfft war. Hatte sie nicht Weihnachten, die Zeit der Elche, gerade erst hinter sich gebracht? In Plüsch, als Weihnachtsbaumschmuck, auf Tassen und Tischdecken gab es sie zuhauf – und ja, sie hatte sich sogar Elchbettwäsche gekauft. Ihr Bruder hatte ihr den Vogel gezeigt und was von »infantil« gemurmelt. Ihre Nachbarin Lissi besaß sogar zwei Plüschelche, die ein Weihnachtslied schmettern konnten. Der eine sang ›I wish you a merry christmas‹, der andere konnte zu ›Jingle Bells‹ sogar die Hüften schwingen. Ein echter Elch war ihr allerdings noch nie begegnet.

»Zum Gut gehört ein eingezäuntes Areal von vier Hektar, das direkt hinter der Hütte anschließt. Hier auf dem Paddock ist die Fütterung, und man kann dieses Gehege schließen, wenn Regina ihre Elchführungen macht. Gemacht hat.« Er schluckte schwer. »Normalerweise stehen die beiden längst Gewehr bei Fuß …«

Er brach ab, und Irmi wusste, was er dachte. Die Elche hatten wahrscheinlich den Schuss gehört und waren geflüchtet. Der Hunger und die Neugier hatten sie zurückgetrieben. Ach, Arthur, wenn du nur reden könntest! Wahrscheinlich hätte er ihr den Schützen beschreiben können. Leider war sie keine Frau Dr. Doolittle.

»Können Sie die beiden mit etwas Futter weglocken? Wegen der KTU.« Irmi war sich klar, dass hier die Spurenlage sowieso katastrophal war, aber sie wollte dem Hasen den knutschenden Elch gerne ersparen.

Inzwischen war der Arzt eingetroffen. Er schätzte den Todeszeitpunkt auf zweiundzwanzig Uhr, wollte sich aber angesichts des Nachtfrosts nicht genau festlegen. Aber das würden sie von der Gerichtsmedizin allemal erfahren.

Auf jeden Fall war es stockdunkel gewesen, überlegte Irmi. Wie hatte einer da geschossen? Und dann so präzise? Sie sah sich um, es gab am Schuppen einen Bewegungsmelder, der eine relativ helle Beleuchtung auslöste. Eventuell hatte der Schütze auch ein Nachtzielgerät verwendet.

Sie kehrte zu den Gebäuden zurück. Wieder schienen die Bäume ein Eigenleben zu führen. Als hätten sie moosige Arme, die nach ihr greifen konnten. Als könnten sie plötzlich losmarschieren, wie eine Armee von vielfingrigen grünen Gespenstern. Dornröschen und Schneewittchen. Sie hatte hier in dieser abgelegenen Waldwelt sofort an Dornröschen gedacht, Bene hatte Schneewittchen vor Augen gehabt. Das alles hier war so weit weg von der realen Welt, dabei war Regina von Brauns Tod wahrlich nicht märchenhaft.

Benedikt hatte sich währenddessen trefflich beschäftigt. Es war ihm gelungen, eine der Vitrinen zu öffnen und die ausgestopften Vögel der Größe nach zu sortieren. Er folgte

Irmi gern in einen Nebenraum und erzählte ihr, dass Regina von Braun schon da gelegen habe, als er gekommen sei. Sie habe ausgesehen wie Schneewittchen, mehr noch: Sie sei das Schneewittchen gewesen. Er hatte niemand und nichts gesehen, keine Elche, keine Menschen. Und er hatte Julia informiert. »Aber die hat's ja nicht interessiert, die Julia.«

Im Seminarraum versuchten die beiden Kindergärtnerinnen die Kleinen mit einem Wildtiermalbogen, den es hier im Erlebniszentrum gab, bei Laune zu halten. Sailer und Sepp hatten die Eltern informiert, das war ihre Pflicht. Eine Polizeipsychologin war gekommen und stellte so komische Fragen, dass Irmi stark am Sinn eines Psychologiestudiums zweifelte. Aus der Küche war Schluchzen zu hören. Helga Bartholomä versuchte vergeblich einen jungen Mann zu beruhigen. Sein Alter war schwer zu schätzen, wie häufig bei Menschen mit einer geistigen Behinderung.

»Robbie, Robbielein, alles wird wieder gut. Robbie, mein liebes Robbielein.« Aber der Mann ließ sich nicht beruhigen. Er wimmerte nur immer »Gina, Gina«, unterbrochen von Weinkrämpfen, die Irmi das Herz zerrissen.

Veit Bartholomä schob Kathi, die hilflos im Türrahmen stand, zur Seite und hielt dem jungen Mann ein Taschentuch hin. Dann nickte er seiner Frau zu, machte eine leise Kopfbewegung zum Kühlschrank hin. Helga sah unendlich traurig zu ihm auf, und als seien ihre Hände aus Blei, öffnete sie den Kühlschrank im Zeitlupentempo und holte eine große Packung Schokopudding heraus, die sie dem jungen Mann zusammen mit einem Löffel reichte, dessen Stiel aus einem Bärenkopf bestand. Der junge Mann begann zu löffeln, lächelte und sagte in Irmis Richtung: »Bärenbrüder.« Irmi versuchte ebenfalls ein Lächeln und glaubte, sich noch nie im Leben so überfordert gefühlt zu haben wie in diesen Sekunden. Sie schaffte es gerade noch, Veit Bartholomä mit einer Kopfbewegung aus dem Raum zu lenken.

Draußen auf dem Gang erklärte er ihr: »Robbie ist Reginas Bruder. Eigentlich heißt er Robert René. Seine Mutter ist bei der Geburt gestorben, da war Regina sechs Jahre alt. Sie war Robbies ein und alles, und umgekehrt. Das Mädchen hat sich immer verantwortlich gefühlt. Eine Bürde für so ein Kind. Hieronymus, also ihr Vater, hatte keinen rechten Draht zu Robbie ...«

In diesem Satz lag so viel. Keinen rechten Draht. Irmi vermutete, dass der Herr Gutsbesitzer sich geschämt hatte, das Kind abgelehnt hatte, sich oder die verstorbene Frau verantwortlich gemacht hatte.

Irmi sah den Mann mitfühlend an, und er fuhr fort: »Wir haben uns gekümmert, so gut es eben ging. Er arbeitet in einer betreuten Werkstatt, und normalerweise holt ihn ein Bus ab, die Werkstatt hat nur ausgerechnet heute wegen einer Besprechung der Betreuer geschlossen. Drum muss er das hier alles miterleben. Das dürfte gar nicht sein.«

Nein, das dürfte nicht sein. Überhaupt dürfte niemand das Leben eines anderen beenden. »Wie alt ist Robbie denn?«, erkundigte sich Irmi.

»Achtunddreißig, die Ärzte haben damals bei seiner Geburt gemeint, er werde keine achtzehn. Man hatte fast das Gefühl, als wollten sie ihn loswerden. Fast so, als sei das ein Trost, dass er sterben würde. Als würde das seine

Eltern befreien und alle um ihn herum. Aber Robbie ist ein Engel. Er hat vielleicht eine andere Wahrnehmung der Welt, aber wer sagt uns denn, welche die richtige ist?« Bartholomä sah eher grimmig drein als gebrochen. Das war eine normale Reaktion für einen Mann. Verdrängen, die Contenance wahren. Nur war der Preis für diese Beherrschung oft hoch.

Irmi schluckte. Kürzlich hatte sie irgendwo den Satz gelesen: Man wirft ein Leben nicht weg, nur weil es ein wenig beschädigt ist. Sie lebten in einer Welt der Jungen und Schönen und Faltenfreien. In einer Welt, wo skrupellose Männer mit Milliardensummen jonglieren und Millionen anderer Menschen damit in ihrer Existenz gefährdeten. Wer hatte denn überhaupt das Recht, Normen aufzustellen? Diejenigen, die sich das Recht einfach nahmen? Mörder nahmen sich auch das Recht, über Leben und Tod zu bestimmen.

»Kann Robbie denn etwas gesehen haben?«, fragte Irmi. »Es wäre auch hilfreich, wenn wir die Abläufe im Haus kennen würden.«

Veit Bartholomä nickte. »Regina ist immer um fünf aufgestanden und war dann zwei Stunden im Büro. Anschließend weckt sie Robbie, Helga macht Frühstück, Robbie wird kurz vor acht abgeholt. Regina ist dann immer rausgegangen zum Tierefüttern und hatte häufig Besuch von Schulklassen oder Kindergartengruppen. Sie ist auch mit einer Eule und einem Falken in Schulen gegangen. Regina hat immer gesagt: Ich kann nur schützen, was ich kenne. Die Tiere bekommen dann gegen vier ihr Abendessen, die Ställe werden gepflegt. Wir essen um sechs Uhr zu

31

Abend. Das war ein Ritual. Die Familie muss zusammen essen.«

Sie aß fast immer allein. Irmi schluckte. »War das auch gestern so?«

»Ja, Regina hat hinterher noch ein bisschen mit Robbie gepuzzelt, das liebt er. Wir haben massenweise große Puzzlebilder von Tieren. Es müssen Tierpuzzle sein, andere macht Robbie nicht.« Er lächelte wehmütig. »Robbie geht gegen acht ins Bett. Helga und ich ziehen uns auch zurück, Regina geht oft noch in ihr Büro.«

»Ein ganz schönes Pensum«, sagte Irmi. »Da bleibt wenig Zeit für Privatleben. Hatte sie einen Freund? Sie war eine sehr attraktive Frau.«

»Der letzte liegt ein halbes Jahr zurück. War ein Forstwirt. Berater bei den Staatsforsten. Ein arroganter Schönling, wenn Sie mich fragen. Er hat Regina nach Strich und Faden betrogen. Außerdem hatten sie sehr konträre Ansichten darüber, wie man so einen Besitz zu führen hätte.« Der alte Mann knurrte auf einmal wie ein Kettenhund. »Der is guad weiter!«

»Der hat ihnen das Kraut ausgeschüttet, oder?«, fragte Irmi in möglichst neutralem Ton.

»Ich mag es nicht, wenn Menschen, die ich liebe, gequält werden.«

Wer mochte das schon? Irmi versuchte ihre neutrale Gesprächsposition aufrechtzuerhalten und war doch abgelenkt. Was hieß eigentlich Pensum? Diese Regina war ihr ähnlich gewesen. Sie half doch auch beim Bruder im Stall mit, ging ins Holz, hatte unmögliche Arbeitszeiten und chronisch zu wenig Schlaf. Privatleben? Sie musste doch schon nachschlagen, wie man das Wort überhaupt schrieb. Es gab sicher Berufe, in denen man morgens um zehn in Deutschland sein Frühstückchen einnahm, um zwölf Mahlzeit wünschte, um vier Schluss machte, den PC herunterfuhr, die Tastatur zurechtrückte und dann einfach wegdenken konnte. Es gab Tätigkeiten, bei denen man bis zum nächsten Morgen keine Millisekunde mehr über das, was man gemeinhin Arbeit nannte, nachdenken musste. Doch bei ihr verwischte sich alles, ihre Gedanken waren nie frei.

Inzwischen tauchten erste Eltern auf, die ihre Kinder abholen wollten. Eine Mutter kreischte: »Wie können Sie das meinem Kind antun?«, worauf die Psychologin ganz ruhig erwiderte: »Ihr Kind lebt aber und ist putzmunter.« Sie nickte dem Mädchen zu. »Auf Wiedersehen, Valerie, und ich glaube, deine Mama brüllt in Zukunft nicht immer gleich so rum, wie du mir gesagt hast.« Dann schenkte sie der Frau noch ein freundliches Lächeln und ging in die Küche.

Kathi entfuhr ein Glucksen, und Irmi musste sich das Grinsen verbergen. So ohne war diese Seelenklempnerin ja gar nicht. Irmi folgte ihr in die Küche des Seminarhauses, wo Robbie auf einem alten Holzstuhl zusammengesackt war. Leise wandte sie sich an die Psychologin und bat sie, Robbie zu befragen.

Robbie sprach sehr unartikuliert, er weinte immer wieder, es musste neuer Pudding herangeschafft werden. Am Ende war klar, dass Gina ihn ins Bett gebracht hatte und gesagt hatte, sie wolle noch einmal rausgehen, um nach den Tieren zu sehen. Dass er aber beruhigt schlafen könne, da sie gleich wieder zurückkomme und nebenan im Büro sei, wo sie immer alles aufgeschrieben habe. »Gina hat doch immer alles aufgeschrieben«, wiederholte er unentwegt.

»Weißt was, Robbie, jetzt gehen wir mal zu Arthur. Der hat ja immer noch nichts zu essen bekommen«, sagte Veit Bartholomä in die Stille und sah Irmi fragend an. Sie nickte unmerklich, es war sicher gut, Robbie jetzt abzulenken. Auch die Psychologin nickte, und als die beiden weg waren, sagte sie: »Wenn Sie mich brauchen, Frau Mangold, gerne! Frau Bartholomä, Sie können sich auch gerne melden, ich lass Ihnen meine Karte da. Aber Ihr Mann macht das ganz richtig, ablenken, die üblichen Rituale einhalten, Halt geben und Struktur.« Sie hob die Hand zum Gruß und ging davon.

Irmi folgte ihr hinaus ins Freie, wo die Sonne wieder aufgetaucht war. Lohengrin kam ihr entgegen. Mit dem Schwanz wedelte der halbe Hund, und sein Dackelblick war noch dackliger. Es versetzte ihr einen Stich. Seit ihre Hündin Wally tot war, lebte sie allein unter Katern. Wie wäre es mit so einem Hund …?

Von Lohengrin verfolgt, ging Irmi wieder zurück in die Küche, wo sich der Hund augenblicklich in einem Körbchen verkroch. Helga Bartholomä sah unendlich müde aus. Ihre Falten hatten sich tief eingegraben, ihre Gesichtsfarbe war fahl.

»Frau Bartholomä, jetzt setzen Sie sich aber auch mal!« Irmi drückte die Frau regelrecht auf den Stuhl, auf dem Robbie gesessen hatte, schenkte an der Spüle ein Glas Wasser ein und drückte es der Frau in die Hand. Sie wartete, bis die Haushälterin ein paar Schlucke getrunken hatte. »Wie lange arbeiten Sie beide denn schon bei den von Brauns?«

Ein seltsam wehmütiges Lächeln umspielte die Lippen von Helga Bartholomä. »Lange, viel länger, als man denkt.« Irmi war ein wenig irritiert von dieser kryptischen Antwort. »Geht das etwas genauer?«

»Ich seit siebenundfünfzig Jahren. Veit seit fünfundfünfzig. Ich war achtzehn, als ich bei Hieronymus von Braun in den Dienst eintrat. Zwei Jahre später kam Veit als Forstwirt, während ich als Mädchen für alles da war. Ich habe auch lange die Buchhaltung gemacht. Eigentlich immer. Ich liebe Zahlen. Die letzten Jahre nicht mehr, Regina hat einen Steuerberater, der das übernommen hat. 1974 ist die arme Margarethe gestorben, der Gutsherr erst 2010. Regina wollte, dass wir bleiben. Also sind wir geblieben, vor allem wegen Robbie.«

»Nicht wegen Regina?«, fragte Irmi etwas überrascht.

»Sie ist gesund. Und stark. Und dickköpfig. Sie braucht zwei alte Zausel wie uns eigentlich nicht. Wir hätten leicht in ein Altersheim gehen können. Auf ein Abstellgleis, wo solche wie wir auch hingehören.«

Irmi betrachtete die Frau mit den abgearbeiteten Händen, die das Glas umklammert hielten, und horchte ihren Worten hinterher, die sie mit einem ganz leichten Dialekt vortrug, ein schöner Dialekt war das.

»Frau Bartholomä, war es denn schwierig, mit Regina zusammenzuleben? Ich höre da so was raus …«

»Ich hatte Regina sehr lieb, falls das falsch bei Ihnen angekommen ist. Sie ist mir wie eine Tochter gewesen. Sie war eben dickköpfig!«

Ja, Töchter waren selten so, wie die Mütter sie gerne hätten, dachte Irmi. »Inwiefern?«, hakte sie nach.

»Sie legte sich mit allen an. Sie gab nie nach, denn sie hatte einen Gerechtigkeitstick. Sie war so zart anzusehen und hatte doch einen so eisernen Willen. Sie hatte keinen Respekt. So was schickt sich als Frau eben nicht.«

Irmis Blick fiel auf den Nebenraum der Küche, wo ein kleines Waschbecken hing und darüber ein Allibert. Das war auch so ein Fossil. Hatte früher nicht jeder einen Allibert gehabt? Passend zu den Fliesen in Kotzgrün oder Bleichrosa oder in Weiß, abgestimmt auf die zu eierschalengelben Fliesen. Wo waren nur all die Alliberts hingekommen? Ruhten sie alle auf einem großen Allibert-Friedhof?

»Mit wem hat sie sich denn angelegt?«, fragte Irmi.

»Mit den Staatsforsten. Mit anderen Jagdpächtern. Sie hatte andere und eigene Ansichten.«

»Und wie sahen die aus?«

»Ach, das weiß ich auch nicht so genau. Es ging um Abschusszahlen. Ich finde es einfach nicht passend, wenn eine Frau mit einem Gewehr herumläuft, und es ist auch nicht schicklich, sich überall einzumischen. Regina hatte genug zu tun mit ihrem Zentrum. Sie hätte weiter ihre Führungen machen sollen. Allein diese Idee, Rentiere zu halten und zwei Elche. Den Floh hat ihr der Vater ins Ohr gesetzt.«

Irmi ließ die jagdlichen Fragen mal dahingestellt. Sie merkte auch, dass sie bei Helga Bartholomä nicht weiterkam. Diese Frau gab Antworten, aber nur weil sie Respekt vor der Polizei hatte. Dabei kam Irmi die Frau eigentlich nicht so vor, als sei sie ein Weibchen oder ein Häschen. Eher im Gegenteil. In ihren Augen lag etwas Entschlossenes. Aber vielleicht war sie einfach müde und alt. Irmi fand keinen rechten Zugang zu der Frau und versuchte es auf einem anderen Weg.

»Die Elche haben mich aber auch überrascht. Elche im Werdenfels? Also wirklich!« Irmi schüttelte den Kopf.

»Da sagen Sie es auch! Bloß wegen des alten Bildes. Weil Hieronymus das am Speicher gefunden hatte und wieder aufgehängt hat.«

»Ein Bild?«

»Kommen Sie mit!«, sagte Frau Bartholomä und erhob sich mühsam.

Sicher hatte sie massive Knieprobleme, dachte Irmi und folgte der Haushälterin, die zum Haupthaus hinüberging. Es war ein würfelförmiger Bau, der jeweils einen Erker rechts und links in Höhe des ersten Stocks besaß. Außerdem gab es auf der rechten Seite noch einen Trakt, der später angebaut zu sein schien. Eine breite Außentreppe führte drei Stufen auf eine Art Sockel hinauf, der von einer gemauerten Brüstung umgeben war.

Die schwere Holztür knarzte, als Helga Bartholomä sie aufdrückte. Drinnen war es stockdunkel. Sie befanden sich in einem Windfang, der mit schwerem schwarzem Stoff verhängt war. Als sich Irmi aus einer Falte geschält hatte, stand sie in einer Art Halle. Links ging es in andere Räume ab, rechts verlief eine Treppe nach oben. Auf der ihr gegenüberliegenden Seite hing ein schwerer Ölschinken mit einem Goldrahmen. Er zeigte einen Elch, der vor einem riesigen Kamin lag und anmutig die Läufe eingeschlagen hatte. Das Tier lag auf einem weißen Fell und erinnerte einen Säugling auf einem Eisbärenfell. Allerdings war dieses tierische Riesenbaby in Öl nicht nur fast lebensgroß, sondern schaute auch noch extrem dämlich. Daneben hing ein viel kleineres Bild vom Gusherrn. Der Maler hatte ihm per Malerei wohl Würde und Gewicht verleihen wollen, aber es wollte nicht so recht passen.

Irmi sah Frau Bartholomä fragend an. »Fürchterlich, finden Sie nicht auch?«

»Meine Frau hat keinen Kunstverstand«, kam es von Veit Bartholomä, der ins Zimmer getreten war. Er sagte das mit einem liebevollen Unterton.

»Wo ist Robbie?«, fragte Helga.

»Spielt Bauernhof«, sagte ihr Mann. »Frau Mangold, Sie kennen doch sicher noch diese Figuren, bei denen man unten die Standfüße ausklappen konnte – Tiere, Häuser, Geräte, ein Heer aus Pappkameraden?«

Irmi nickte, so was hatte sie auch mal gehabt, und dieses Spielzeug hatte sicher wie die alte Puppenküche noch aus den Beständen ihrer Mutter gestammt.

»Das liebt er. Da spielt er stundenlang.« Er atmete tief durch. »Ja, also das Gemälde ...«

»Gemälde, ha!«, schnaubte seine Frau. »Gemälde! Das ist ein schauerlicher Schinken. Ich hatte in meinem Leben das Glück, echte Künstler kennenzulernen und echte Kunst zu sehen. Aber das hier ist einfach grausam. Ich ertrage dieses Bild nicht, das weißt du doch, Bartl.« Sie schüttelte den Kopf und ging.

»Mäuselchen, das ist nur ein Gemälde!«, rief er seiner Frau hinterher.

Veit Bartholomä wandte sich wieder an Irmi. »Hieronymus von Braun stammte aus Ostpreußen. Bis zum Zweiten Weltkrieg kam der Elch in Deutschland in Mecklenburg, in Teilen Ostbrandenburgs und Schlesiens, vor allem aber in Ostpreußen vor. Bejagung und Kriegswirren haben dem Elch den Garaus gemacht. Bei den von Brauns gehören die Elche quasi zur Familienhistorie: Sie hatten in Ostpreußen einen Elch aufgezogen, der seine Schaufeln immer am Eingang zum Wohnzimmer säuberte und vor dem Kamin schlief, zum Verrichten seiner Geschäfte aber immer brav hinaustrabte. Hier in Öl für die staunende Nachwelt erhalten.«

Irmi runzelte die Stirn. »Na, ich weiß nicht.«

»Hieronymus von Braun hat jede Menge Literatur über Elche angehäuft, er erzählte auch immer die Geschichte aus dem Litauischen, in der ein Mädchen einen zahmen Elch ritt und Botendienste fürs Militär verrichtete. Die Elchreiterin in geheimer Mission konnte nie gestellt werden, weil man ja anhand der Spuren nicht wissen konnte, dass das ein zahmer Elch war.«

»Also noch mal, damit ich das jetzt alles auf die Reihe bekomme: Von Braun kommt aus Ostpreußen, wurde vertrieben und ging dann ins Werdenfels?«

»Nicht ganz. Die von Brauns gingen schon 1930 aus Ostpreußen weg. Hieronymus' Vater war die ganze politische Situation suspekt, er kam mit viel Geld ins Allgäuer Unterland und kaufte sich dort ein blühendes Gut mit achtzig Hektar Acker und vierzig Hektar Wald. Gut Glückstein. Außerdem besaß er größere Waldstücke und Wiesen im Lechtal, unweit von Reutte. Als seine Frau starb, verkaufte er beides. Erst Reutte, dann das Gut. Und dann erwarb er das alte Jagdschloss. Das gehörte vorher einem entfernten und sehr verarmten Verwandten.«

Irmi wartete eine Weile und sagte dann leise: »Sie waren mit dem Tausch nicht so sehr einverstanden?«

»Da steht mir kein Urteil zu.«

»Herr Bartholomä, bitte!«

»Gut Glückstein und seine Umgebung war viel großzügiger und der Blick weiter. Wogende Getreidefelder wie in Ostpreußen. Hier ist Enge. Der Wald ist drückend. Viel zu viele Fichten. Regina hat zwar mit Laubbäumen aufgeforstet, aber bis das hier ein Mischwald wird, vergehen noch Generationen. Auch die Ländereien bei Reutte waren viel interessanter, er hätte dort ein neues, größeres Haus statt dem einstöckigen Sommerhaus bauen können. Die Landschaft dort war viel heiterer. Es gab den Wald, aber auch angrenzende Wiesen bis hinunter in die Lechauen. Aber Hieronymus stieß Reutte sehr schnell ab, der Käufer hat sicher ein Schnäppchen gemacht. Verstehen Sie mich nicht falsch. Es kann auch hier heiter sein, aber wenn es mal ein paar Tage regnet, ist es so, als seien alle Wege nach draußen verstellt. Eiserne Vorhänge aus Regen. Die Fluchtwege sind uns allen verstellt.«

Irmi fand, dass das ein gelungenes Bild war. Sie hatte diese Enge auch gespürt.

»Sie waren also in Gut Glückstein auch schon angestellt?«

»Wir sind quasi als lebendes Inventar mit umgezogen.«

»Ihre Frau meinte, Sie seien wegen Robbie geblieben, weniger wegen Regina. Weil die so starrsinnig ist?«

Er wiegte den Kopf hin und her. »Natürlich sind wir auch wegen Regina geblieben. Natürlich! Sie war sechs Jahre alt, ihr Vater war ständig im Forst. So ein kleines Mädchen braucht auch Struktur. Es kann nicht nur im Wald herumlaufen. Es muss regelmäßig essen, lernen, Mädchen sein.«

Mädchen sein? Was war das? Kochen lernen? Sticken? Stricken? Putzen gar? Sich anpassen? Irmi befürchtete, dass in ihrer eigenen Erziehung beim Thema ›Mädchen sein‹ auch einiges schiefgelaufen war, doch sie schluckte jeden Kommentar hinunter und bemühte sich um eine neutrale Stimme. »War Regina denn nun starrsinnig?«

»Sie sind das ja auch mit Ihrer ganzen Fragerei«, brummte Bartholomä.

»Das ist bei mir eine Berufskrankheit«, sagte Irmi etwas schärfer.

Er seufzte. »Regina ist Biologin, vor allem Wildbiologin, sie hat in München studiert und promoviert über ›Auswirkungen der Ernährungsgewohnheiten von Rehwild auf Neupflanzungen‹. Das war zeitlebens ihr Thema. Sie hat ihr Leben wirklich im Wald verbracht, sie ist ein Waldkind. Genau, ein Waldkind.« Er stockte. »Oder eher eine Waldelfe. Sie ist Jägerin. Sie ist Falknerin. Sie hat ein exzellentes Fachwissen.« Er schwieg kurz und fuhr fort: »Jetzt müsste ich wohl sagen: Sie war. Sie ist gewesen.«

Das beantwortete aber immer noch nicht Irmis Frage. Oder vielleicht doch. Regina von Braun hatte profunde Kenntnisse gehabt und vermutlich gut argumentieren können. Eine kluge Frau, die auch noch schön war, rief bei den meisten Männern Reaktionen hervor, meist negative.

41

Solche Frauen galten als frech, vorlaut, starrsinnig – und das waren sicher noch die netteren Attribute.

»Sie hatten einen Exfreund erwähnt. Wie heißt der? Dem ist ihre voranpreschende Art auch aufgestoßen?«

»Marc von Brennerstein.«

»Ja, und weiter?« Irmi war zunehmend genervt davon, dass man Bartholomä jede Botschaft aus der Nase ziehen musste.

»Von Brennerstein ist«, Bartholomä betonte das Wort »von« besonders deutlich, »Waldbesitzer im Lenggrieser Raum. Er hat Forstwirtschaft studiert und leitet seinen eigenen Betrieb. Das ist nicht selbstverständlich, in diesen Kreisen stellt man gern einen Förster ein und macht sich selber wichtig. Er hat auch eine Beraterfunktion bei den Staatsforsten.«

»Sie halten wenig vom Landadel?«

»Ich halte wenig von Idioten. Egal, aus welcher Gesellschaftsschicht.«

»Und dieser von Brennerstein war einer?«

»Er war und ist ein Schnösel. Ich weiß nicht, was Regina an ihm gefunden hat. Sie hat ihn beim Jagen kennengelernt. Es gibt ja Menschen, die verbringen fast das ganze Jahr auf der Jagd. Europaweit, ja, sogar weltweit. Tiere töten in Südafrika oder Indien. All die Vons laden sich gegenseitig ein. Das ist eine Art großer Heiratsmarkt. Blaues Blut zu blauem Blut, Sie verstehen?«

Irmi stutzte ein wenig. »Ganz ehrlich ist das sehr weit weg von meiner Lebensrealität. Und dann kommt mir das in der heutigen Zeit auch ziemlich anachronistisch vor.«

»Da haben wir keinen wirklichen Einblick, das sind andere Leute. Regina passte auch gar nicht in diese Szene. Sie war viel zu bodenständig und viel zu leidenschaftlich in ihrer Tierliebe. Sie war Hegerin, das stand für sie über allem anderen.«

»Regina und von Brennerstein waren also nicht gleicher Meinung?«

»Nein, ganz und gar nicht.«

»Inwiefern?« Allmählich wurde Irmi ungeduldig. Das war ja schlimmer als mit dem Kollegen Hase!

»Haben Sie Wald?«, fragte Bartholomä mit leiser Provokation in der Stimme, eine Provokation, die Irmi nicht entging.

»Ja«, sagte sie. »Zehn Hektar. Wir haben eine Milchwirtschaft und etwas Wald. Wir sind klassische Werdenfelser Bauern. Sie können also voraussetzen, dass mir Worte wie Abschusszahlen etwas sagen.«

»Das Thema, an dem Regina sich abgearbeitet hat, lautet: Wald vor Wild.« Er seufzte. »Frau Mangold, Sie wollen sich doch bestimmt Reginas Büro anschauen, oder?«

»Natürlich!«

»Dann würde ich ihnen gerne eine DVD vorspielen. Regina war häufig zu Podiumsdiskussionen eingeladen. Was ich meine, war eine Sendung im Nachmittagsfernsehen, und es ging dabei um Wild und Wald. Die Gäste im Studio waren Regina und Marc.«

2

April 1936

*Nun kann ich endlich wieder einmal einen Eintrag machen in
mein liebes Tagebuch. Ich bin nun schon so viele Jahre lang aui
aufs Joch und wieder oui gegen Gerstruben gegangen. Was war
das aber dieses Mal für ein Schneegestöber! Wir waren im
Abstieg, auch der Eissee lag hinter uns. Aber am Älpelesattel,
da waren die Gawinda so riesig. Der Wind riss an uns, und
ich konnte der Johanna gar nimmer folgen. Ich war so müde,
aber die Johanna ging, als wär sie eine Riesin. Sie durchsprang
die Gawinda, und mir wurde immer bänger, und ich vermochte nicht mehr Schritt zu halten. Dann aber riss der Wind
mir den Hut vom Kopfe, den Hut, den einzigen Hut! Ich
wollte ihn noch erhaschen, ich lief und strauchelte. Dann bin
ich gestürzt, weit hinunter. Der Schnearfar war verloren, da
war ein Kanten Brot drin und ein Stück Speck. Man stelle sich
nur vor: Speck! Die Mutter hatte ihn mir zugesteckt, ohne das
Wissen vom Herrn Vater, und ich Schussel verlier ihn.*

*Der Herr Vater hat schon recht. Ich bin zu nichts nutze. Ich
wollte mich wieder außi wühlen durch den Schnee, aber ich
war so müde. Aber ich musste doch weiter. Und dann fand ich
auch den Schnearfar wieder und rief nach Jakob und Johanna.
Ich weinte, und ich war so müde, und ich stolperte weiter, und
dann wurde es dunkel. Mir war auf einmal so warm. Dann
kalt. Dann wieder warm, und ich lief durch eine Blumen-
wiese. Vögel haben gesungen, so schön.*

*Später drangen Stimmen an mein Ohr, jemand schüttelte
mich, und Hände zerrten und packten mich. Sie störten die
Vögel, die so schön sangen. Und ich hörte den Jakob, aber so
richtig erinnere ich mich nicht. Erst an Gerstruben, an die
Bauersfamilie – Gott danke ihnen –, erinnere ich mich wieder.
Der Jakob hatte an die erste Türe geklopft, die er sah, und so
lange gefleht, dass man mich suchen müsse, bis ein paar
Manderleut losgezogen waren.*

*Jetzt lag ich in ein Schaffell gepackt, und eine sehr liebe
Frau flößte mir Suppe ein. Eine dicke Suppe mit Kartoffeln
drin, keine Schnallsuppa. Und die Johanna war da und der
Jakob, und der sagte immer wieder: »Jetzt hocksch zerscht auf
dei Fiedla, und dann stehsch auf.« Und ganz langsam wurde
mir wieder bewusst, dass wir doch auf Kempten außi müssen
und dass bestimmt viel Zeit ins Land gegangen war. Der
Bauer hatte angespannt, es war zwar eine rechte Schind-
mähre, aber er fuhr uns hinaus bis Oberstdorf, und ein anderer
nahm uns bis Fischen mit. Wie kommod das war!*

*In Kempten wartete der Großknecht Oswald mit einem
Gespann, und die Johanna meinte auch, dass wir noch nie so
kommod gereist wären. Spornstreichs waren wir hinter
Grönenbach. Ach, könnte ich mich doch bei den Leuten in
Gerstruben bedanken, ach, könnte ich ihnen etwas schenken.
Aber die Gulden, die der Herbst uns bringen wird, die muss ich
heimbringen. Der Mutter mag's helfen, dass der Bader einmal
kommt, sie leidet solche Schmerzen. Aber ich hab für die lieben
Leute in der Kapelle gebetet, dass sie ein Hütemadl gerettet
haben. Ich hätt ja auch leicht tot sein können. Die Herrin hat
sich wirklich rührend meiner angenommen. Ich musste nur am
halben Tage arbeiten und auch nur in der Küche, wo es warm*

ist. Mir ist immer wieder so drimslig, sehr drimslig. Und da ist ein Frost, der über mein Gnagg kriecht. Ich wär fast erfroren, das steckt man nicht so weg, sagt der Jakob. Und dass ich doch jung und gsund sei. Die Herrin hat sogar ein Pulver vom Herrn Doktor kommen lassen. Wie viele Reichspfennige sie da wohl hat ausgeben müssen? Ob sie mir die am Ende vom Lohn abzieht? Sie sieht mich manches Mal so seltsam an, ich traue mich gar nicht zurückzuschauen, seit sie so oft in diesem fahrbaren Holzstuhl sitzt. Sie sitzt dann tiefer als ich, und das geht doch nicht, dass ich auf die Herrin hinabsehe.

Dabei meinte die Johanna, ich sei selber schuld gewesen, wenn ich so blöd ausrutsch. Sie hätt mich sicher liegen gelassen. Aber der Jakob, der Gute, hat zu mir gehalten. Er ist das beste Gschwisterikind, das ich habe. Dabei ist der Jakob ein rechtes Grischpala, aber er hat doch mein nichtsnutziges Leben errettet.

Veit Bartholomä hatte sich ohne weitere Worte umgedreht. Irmi folgte ihm die schwere geschwungene Treppe hinauf. Im Obergeschoss öffnete er eine der Türen, die von der Halle abgingen. Dunkle Holzregale nahmen eine ganze Wand des Raums ein, in dessen Mitte ein Ehrfurcht gebietender alter Schreibtisch stand. Doch der Stuhl davor war ein Wipphocker in Orange. Die Ledercouch auf Alufüßen war ebenfalls orange, ebenso wie die Vorhänge. In der Ecke des Zimmers befand sich ein riesiger Flachbildfernseher mit einem glänzenden Rahmen in Aluoptik, und auf Reginas Computer klebte ein lila Plastikelch. Eine gelungene Symbiose aus Alt und Neu, fand Irmi.

Gespannt setzte sie sich auf die Couch, während Bartholomä eine DVD einlegte und eine bestimmte Stelle heraussuchte, bevor er den Film ablaufen ließ.

»Sie sprechen doch nur noch von Schädlingen«, sagte Regina von Braun gerade. »Das Wort Rehe kommt gar nicht über ihre Lippen. Sie sprechen von Schädlingsbekämpfung, nicht von Abschuss!« Ihre Stimme war messerscharf.

Die Kamera fuhr zu ihrem Gegenüber, Marc von Brennerstein. Dieser Marc war dunkelhaarig mit grauen Schläfen, er hatte ein bisschen was von Clooney und war Irmi auf den ersten Blick gar nicht unsympathisch, aber er war zu schön, zu glatt, die Augen kalt, der Mund zu klein.

»Liebe Frau von Braun«, sagte er mit gönnerhafter Stimme. Allein das war lächerlich. Der Mann vögelte diese Frau und redete mit ihr, als habe er sie heute zum ersten Mal gesehen. Man war versucht, ihn zu schütteln. »Rehe sind nun mal Schädlinge, diese elenden Knospenbeißer richten einen gewaltigen wirtschaftlichen Schaden an! Wir müssen den Verbiss eindämmen, so einfach ist das!«

Reginas blaue Augen blitzten, und ihre Finger trommelten auf dem Tisch. »Sie lehnen sich mit Ihren Wildererargumenten aus den Zeiten von Jennerwein und vom bayrischen Hiasl aber ganz schön aus dem Fenster! Auch die Wilderer damals haben darauf verwiesen, dass sie den Wald gegen Verbiss schützen, und Sie glauben sich in bester Tradition, wenn Sie allen Ernstes beabsichtigen, in rund fünfzig Jagdrevieren in ganz Bayern die Schonzeit für weibliches Rehwild und Kitze komplett aufzuheben!«

»Frau von Braun, Sie wollen mich aber nicht mit Wilderern gleichstellen, oder? Was ich mache, ist streng legal. Es gibt hier Landratsämter, es gibt Abschusspläne, die im Plenum ersonnen werden. Wenn der Verbiss so zunimmt, dann müssen wir reagieren.«

Dieser Brennerstein wirkte aalglatt auf Irmi. Mit seiner süffisanten Art blieb er ganz ruhig. Regina hingegen geriet immer mehr aus der Fassung. Das hier war der verbale Kampf des Landadels.

»Ach, kommen Sie, wenn das Wild keine Äsungsflächen hat, was soll es denn sonst fressen? Extremer Jagddruck verstärkt das Problem doch nur. Das Wild hat Stress, es hat dadurch einen höheren Energieverbrauch. Das ist wie bei den Menschen. Wir haben bei Stress auch Appetit auf Schokolade ...«

»Ich esse nie Schokolade«, sagte er und grinste süffisant. »Schlecht für die Zähne und die Figur.«

Du Arsch, dachte Irmi.

»Nun, hier geht es ja nicht um Schokolade ...«, schaltete sich der Moderator ein.

Veit Bartholomä drückte den Pausenknopf. »Das geht noch eine ganze Weile so weiter, ich wollte Ihnen ja nur mal zeigen, was von Brennerstein für einer ist.«

»Vielen Dank, Herr Bartholomä!«, sagte Irmi. »Ich schau mir das Ganze später noch mal in Ruhe an.«

Veit Bartholomä spielte die Gesichter der beiden Kontrahenten im Schnelldurchlauf vor und schaltete erst ganz am Ende des Beitrags wieder auf Normalgeschwindigkeit um.

»Sie sind ja ein Mörder! Die Schonzeit abschaffen! Sie

wissen, was das heißt. Die Eiruhe der Rehgeißen ist vorüber, das heißt, die Entwicklung der Embryonen geht viel schneller voran. Im Januar tragen sie bereits handtellergroße Föten in sich und brauchen für deren Entwicklung die letzte Kraft. Will Bayern wirklich auf schwangere Rehe schießen? Schonzeitregelungen sind vorrangig zum Tierschutz erlassen worden und können nicht beliebig irgendwelchen waldbaulichen Überlegungen untergeordnet werden!«

Der Moderator nickte jovial in die Kamera. »Liebe Zuschauer, Sie sehen, ein wirklich komplexes Thema. Mehr Informationen dazu erhalten Sie auch bei uns im Internet. Ein herzliches Vergelt's Gott fürs Zuschauen. Und nun viel Freude mit unserem Fernsehkoch Siggi Schrammelhuber.« Und schon lief der Abspann durch. Bayerische Motive wie die Zugspitze, die Heuwinkelkapelle bei Iffeldorf, ein Riesenrad über München, Bierdimpfl beim Gäubodenfest in Straubing, die Altstadt von Wasserburg, Burghausen, ein kleines Madl im Dirndl. Mir san mir, dachte Irmi unangenehm berührt.

Bartholomä drückte auf die Fernbedienung. Der Bildschirm wurde dunkel oder besser nachtblau. Irmi sagte nichts. Auch Bartholomä saß schweigend da, die Fernbedienung auf den Knien.

»Herr Bartholomä, ich bin gerade etwas überfordert«, sagte Irmi nach einer Weile. Vielleicht hätte sie das als Polizistin nicht zugeben sollen, vielleicht war das unklug. Kathi hätte sie sicher gerügt.

»Stimmt, diese ganze Diskussion erschlägt einen etwas«, meinte Bartholomä.

»Sie sagen es. Wie waren denn die Reaktionen darauf? Regina hatte doch eindeutig die besseren Argumente, zumindest soweit ich das hier sehen kann.«

Bartholomä lachte bitter. »Das schon, wildbiologisch ist das alles völlig korrekt, aber wir leben in Bayern, wo Frauen nicht unbedingt gar zu schlau daherkommen sollten.«

Mädchen sein, da war es wieder, das alte Thema! »Denken Sie das auch?«, wollte Irmi wissen.

»Sie hat damit nicht nur Sympathiewerte gewonnen«, sagte Bartholomä.

»Na, zum Glück haben ja nicht so viele Leute Zeit, nachmittags fernzusehen.«

»Täuschen Sie sich da nicht! Es kamen Briefe, es kamen Mails, es kamen Anrufe zuhauf.«

»Mit welchem Grundtenor?«

»Tierschützer und viele kleine Privatjäger haben Regina gratuliert. Sie sind Heger, die die stabilen Tiere leben lassen wollen und nur ältere Tiere schießen, die kaum mehr Zähne haben und ohnehin verhungern würden. Es gibt genug Jäger, die nicht wollen, dass Tiere leiden. Das sind Menschen wie ich, die ganz ungern auf Füchse schießen, weil sie so hundeähnlich sind. Wie Lohengrin. Ach, es ist alles so ein Jammer!«

»Aber Herr Bartholomä, dann sind Sie doch auf Reginas Linie!«

»Der Ton macht die Musik. Sie wollte zu viel, sie wollte es zu schnell, und drum hat dieser Schnösel von Brennerstein mindestens genauso viel positiven Zuspruch erhalten. Aber seine Gönner kommen aus den höchsten Kreisen. Das sind Alt-Ettaler, das ist die Elite von Hogau und Neubeuern. Das ist der alte Adel, das sind politisch präsente Familien. Mit denen legt man sich nicht an.« Aber genau das hatte Regina getan, und nun war sie tot.

Wald vor Wild, Ökonomie immer vor Tierschutz – Irmi war Landwirtin genug, um sich ein differenziertes Bild machen zu können und gleichzeitig zu wissen, dass diese Thematik uferlos war. Ihr eigener Wald wurde von einer Jagdgemeinschaft bejagt, und anscheinend machte die vieles richtig, denn Bernhard beklagte keinen Verbiss. Und obwohl Bernhard Rehe sicher auch nicht sonderlich mochte – Kuhbauern mochten nun mal nur Kühe und diese am liebsten, wenn sie gesund blieben und viel Milch gaben –, hätte er nie komplett rehfreie Wälder gefordert, und es war ihm jedes Mal arg, wenn er ein Rehkitz »dermaht« hatte.

Aber Bernhard vergaß so etwas wieder, nur Irmi nicht. Das tote Reh stand irgendwo in der Galerie der mandelbitteren inneren Bilder, die aufstanden wie Gespenster aus der Gruft, und zwar immer dann, wenn man sie am wenigsten brauchen konnte. Da waren Bilder ihrer überfahrenen Katzen, die sie als junges Mädchen von der Straße geholt hatte. Bilder von Wally, ihrer geliebten Hündin, bevor sie eingeschläfert worden war. Bilder von geschundenen Tieren standen auf, mit denen sie bei einem früheren Fall zu tun gehabt hatte, und es war ihr, als protestieren sie stumm. Die toten Menschen aus ihren Mordfällen standen viel seltener auf. Eigentlich merkwürdig.

Vielleicht lag es daran, dass es immer der Mensch war, der wie in einem groß angelegten Feldversuch die Erde zerstörte. Der Mensch benahm sich so, als kenne er den

Ausgang seines Tuns noch gar nicht. Dabei war dieser Ausgang doch klar. Die Tiere und Pflanzen verloren immer, als erhaltenswert galt doch stets nur das, was wirtschaftlichen Nutzen brachte. Jeder schien sich aus der Schöpfung nur das herauszupicken, was ihm genehm war. Der Rest hatte keine Daseinsberechtigung. Immer und überall prallten die Interessensgruppen aufeinander und schossen scharf. In dem Fall wirklich scharf, und es war nur schwer festzumachen, wer die Guten und wer die Schlechten waren. Es war und blieb ein weites Feld, um den guten alten Fontane zu zitieren, dachte Irmi: Waldbesitzer, die Rehe hassten. Ein Staat, der Schädlinge jagte. Jäger, denen die Tiere am forstgrünen Poncho vorbeigingen, und andere, die Heger waren. Und es gab auch Tierschützer, die jagten. Es prallten so viele Meinungen aufeinander, keines der gängigen Klischees stimmte zur Gänze, und alle Beteiligten waren radikal. In die eine oder andere Richtung. Und Radikale gingen immer weit, mordsmäßig weit …

Es schien Veit Bartholomä nicht zu stören, dass Irmi immer wieder lange schwieg, im Gegenteil, das schien er mehr zu schätzen als ihre Fragerei. Und so sagte er sogar ganz freiwillig: »Marc von Brennerstein war kurz nach dem TV-Auftritt dann auch Geschichte in Reginas Leben, oder besser …«

»Besser was?«

»Regina hat sich von ihm getrennt, aber er wollte das nicht so recht einsehen. Er hat sie bedrängt. Angerufen. Ihr aufgelauert. Er war der Typ, der das Nein einer Frau als Ja interpretiert. Er hatte das Interview als Wettkampf gesehen, doch für Regina war eine Welt zusammengebrochen. Marc von Brennerstein musste nie erwachsen werden. Er ist so ein ewig Junggebliebener von der Marke goldenes Löffelchen und Zucker in den Arsch geblasen.«

»Wie lange hat er sie bedrängt? Bis jetzt?«, fragte Irmi. »Ich weiß es nicht. Ich nehme es aber an. Ein von Brennerstein verliert nicht. Regina konnte – so voranpreschend sie auch wirkte – sehr verschwiegen sein. Sie hat viel in sich selbst eingeschlossen, und ich glaube, dass niemand wirklich das Innerste von Regina kannte.«

»Auch Sie nicht? Sie kannten sie ein Leben lang, Herr Bartholomä!«

»Ich auch nicht. Nein, wirklich nicht.«

Irmi beschloss, sich Herrn von Brennerstein bald einmal genauer anzusehen. Sie dankte Bartholomä für seine Offenheit und übergab das Büro quasi den Kollegen, die sich Reginas Computer vornehmen würden.

Dann beschloss sie, einen kurzen Blick in Reginas Schlafzimmer zu werfen. Darin stand ein Metallbett in ein Meter vierzig Breite, ein alter schwerer Kleiderschrank, eine Kleiderstange und eine Bank unterm Fenster. Die Bettwäsche war in Gelb und Orange gehalten. Regina war nicht sonderlich ordentlich gewesen, ein paar Kleidungsstücke hingen nachlässig über dem Bettgestell oder über der Kleiderstange. Bei ihren Leinenturnschuhen hatte sie den Fersenbereich hinuntergetreten.

Irmi öffnete den Schrank und registrierte eine große Anzahl von hochwertigen Jeans und Blazern – von Jagdstil über ländlich-sittlich bis zu einem Lederblazer in Orange

53

und einer einer Jeansjacke mit Nieten. Regina war mit Sicherheit der Typ Frau gewesen, der eine Jeans anziehen konnte und dazu eine einfache Bluse und einen dem Anlass entsprechenden Blazer – und die immer bezaubernd ausgesehen hatte. Der Schrank zeugte davon, dass sie ihren Stil gekannt hatte, damit gespielt und nicht allzu viel Zeit auf Styling verwendet hatte. Auch in dem Fernsehauftritt hatte sie so gewirkt: lässig-elegant, aber nicht nachlässig.

Auf dem Fensterbrett standen drei Fotos: eins von Robbie, als er zwölf gewesen sein mochte, eins der verstorbenen Mutter, die ihr auffallend ähnlich sah, und eins vom Vater. Hier wirkte er weniger Ehrfurcht gebietend als auf dem Ölbild. Er sah sanft aus, ein wenig unglücklich. Das Ölbild unten sollte einen Gutsherrn darstellen, hier oben war er ein verletzlicher Mann und Vater, fand Irmi. Wer bist du gewesen, Regina von Braun? Noch immer verwehrte die Tote Irmi jeden Zugang.

Weil ein Stück der Hauptstraße wegen eines Unfalls gesperrt war, fuhr Irmi hintenrum, Richtung Tierheim, und es ließ sie jedes Mal schaudern: Sie hatten den Wald geschändet, sie hatten eine Mondlandschaft geschaffen für einen Tunnel, der nun wohl auf ewig eine leere Röhre bleiben würde. Lächerliche hundert Millionen fehlten … Natürlich hatten die Naturschützer schon früher darauf hingewiesen, dass das Wasserproblem im Gestein sehr drängend sei. Doch die hatte keiner gehört im Olympia-Bewerbungsrausch. Nun war der Tunnel verschlossen, die Natur zerstört. Vielleicht könnte Garmisch darin nun Tunnelpartys veranstalten, die Feriengäste wurden ja eh immer älter. So würde man eventuell die Partyjugend anlocken können.

Als Irmi im Büro eintraf, wurde gleich ein Anruf zu ihr durchgestellt. Seit ihrem letzten großen Fall hegte Irmi eine große Sympathie für die Lokaljournalistin Tina Bruckmann. Mit Kathi verband sie sogar eine echte Freundschaft, die beiden unternahmen häufig etwas zusammen. Nun erkundigte sich Tina Bruckmann über den neuen Fall. Irmi war wenig überrascht, wie schnell etwas durchgesickert war. Sie lebten hier in Garmisch, im Werdenfels, die Welt war klein, Informationen und mehr noch Fehlinformationen und Halbwahrheiten waren schneller als der Schall. So gab sie kurz Auskunft und erklärte, Tina Bruckmann dürfe selbstverständlich eine kleine Meldung bringen, morgen würden sie sowieso eine Pressekonferenz geben müssen.

Gerade als Irmi zu Hause ein paar Wursträdchen und ein Stück Käse auf einen Teller geladen und eine Scheibe vom Brot abgeschnitten hatte, das sich in einem Übergangsstadium zum Holzprügel befand, kam Bernhard herein.

»Heute nix mit Feuerwehr?«, fragte Irmi.

»Nein, der Kommandant hat keine Zeit, der zweite auch nicht.«

Na, hoffentlich hatten die im Ernstfall kein Zeitproblem, dachte Irmi.

»Ein Bier?«, fragte Bernhard.

Irmi nickte, und Bernhard stellte eine Flasche vor seiner Schwester ab.

»Neuer Fall?«

»Ja, Regina von Braun wurde erschossen.«

»Die von Braun?«

»Ja. Kanntest du sie?«

Über die Jahre hatte Bernhard gelernt, dass seine Schwester nur dann redete, wenn sie durfte oder es ihr danach war. Und dass es Irmi war, die die Fragen stellte.

»Kennen, ja mei. Sie war öfter mal auf Veranstaltungen der Waldbauernvereinigung.«

»Attraktive Frau, oder?«

»Ja mei.«

»Bernhard!«

»Ja, is des jetzt ein Verhör?«

»Nein, aber wie fandest du sie?«

»Sah nicht schlecht aus. Zu dünn für meinen Geschmack. Schlau war sie aa.«

»Schlau oder Schlaumeier?«

»Das ist Geschmackssache.«

»Ach, Bernhard!«

»Also, ich fand, sie war gut informiert für a Weibets, sie schießt sehr gut, erzählt man sich. Hat bessere Strecken als die Männer. Hat Ahnung vom Forst.«

Für a Weibets, ja klar! Für eine Frau nicht schlecht.

»Und was fanden andere?«

»Dass sie zu g'schnappig war, sich zu sehr eingemischt hat.«

»Bei forstwirtschaftlichen Fragen? In der Frage Wald vor Wild?«

Bernhard sah Irmi genau an. Gerade so, als müsse er seine Schwester ganz genau betrachten, um sie wirklich zu erkennen. Sie waren wie ein altes Ehepaar, grüßten sich, sprachen wenig, meist nur Small Talk. Ab und zu mussten sie Dinge wie Versicherungen und Steuern besprechen. Sie pöbelten sich an, weil einer mal wieder vergessen hatte, den Kühlschrank zu füllen. Wobei eigentlich immer Irmi den Kühlschrank füllte. Selten saßen sie mal auf ein Bier auf der Hausbank oder wie heute in der Küche zusammen. Auch Irmi hätte die Augen schließen müssen, um sich die Silhouette ihres Bruders vorzustellen, sein Gesicht. Was trug er? Was hatte er die letzen Tage angehabt? Sie lebten ihre Leben, die nur ab und zu eine Schnittmenge ergaben.

»Wenn es um Wald vor Wild geht, hast du dir ja wieder eine schöne Szene herausgesucht!«, brummte Bernhard nach einer Weile.

Auch Irmi musterte ihn genauer als sonst. Er stand kurz vor seinem Fünfzigsten und war damit fünf Jahre jünger als sie. Er würde immer ihr kleiner Bruder bleiben, obwohl er immerhin eins fünfundachtzig groß war. Mit den Jahren hatte er ein paar Falten mehr und einige Haare weniger bekommen. Die Geheimratsecken machten allmählich mehr Platz für sein Gesicht. Außerdem hatte er ein bisschen zugelegt, aber sie hatten halt beide dieses Notzeitgen: Sie aßen beide eher wenig und sahen doch immer so aus, als würden sie im Schweinsbraten schwelgen. Lissi, die wirklich rund war, hatte immer gesagt: »Sei froh, Irmi, denn wenn du mal krank wirst, fallst ned gleich vom Stangerl.« Dabei hatte Irmi gar nicht vor, in nächster Zeit krank zu werden.

»Nach einem betrügerischen Gänsebaron geht es diesmal um die hohe Jagd.«

»Die hohe Jagd. Das ist lange her!«

»Bloß weil du immer noch so ein Kügelchen in deinem Allerwertesten hast«, versuchte Irmi einen Scherz.

Dabei war diese Geschichte gar nicht so witzig. Manche Jagdpächter hatten nämlich offenbar eine interessante Ansicht von Freiwild. Bernhard hatte die Realität im Allerwertesten – in Form einer Schrotkugel, die im Gegensatz zu zig anderen nicht hatte entfernt werden können. Er hatte sich des Vergehens schuldig gemacht, in der Dämmerung noch ein paar Zäune an einem Waldrand kontrolliert zu haben. Es war bis zum Prozess gekommen, und der Jäger hatte recht bekommen. Was laufe Bernhard auch noch in der Dämmerung herum?, hatte es geheißen. Bei Schrot könne schließlich immer mal was abprallen. Der Jäger hatte sogar den Jagdschein behalten dürfen. Es war sicher kein Zufall, dass der Richter auch Jäger gewesen war. Und gerade Irmi wusste, dass recht haben nicht recht bekommen war. Und dass Recht mit Gerechtigkeit nur sehr weitläufig verwandt war. Bernhard hatte jedenfalls den Pachtvertrag mit besagtem Jäger nicht verlängert.

Vor ein paar Jahren war Irmi mit Lissi mal in der Landvolkshochschule bei der Wies gewesen – inklusive einer Kirchenbesichtigung natürlich. Als sie gerade aus dem Portal traten, dachten sie, der Krieg sei ausgebrochen. Was dann aber zu sehen war, war ein flüchtendes Reh, und immer wieder ertönten neue Schüsse, die erst nach dem fünften Mal endeten. Das Reh war mittlerweile fast im Biergarten des Gasthofs Moser, als es schließlich zusammenbrach. Der Jager sei mehr oder weniger blind und taub, erfuhr man und dass Jäger immer einen Kugelfang benötigten, sprich: sicher sein mussten, dass Fehlschläge in den Boden gingen und keine Menschen gefährdeten. Hier wäre als sicherer Kugelfang eine Gruppe Japaner sehr gut infrage gekommen …

»Blinde Jager, taube Jager. Blinde und gleichzeitig taube Jager, die sind ein Ärgernis, auch für meinen Arsch. Aber das ist ja gut ausgegangen. Das ist nicht das Problem.«

Irmi wartete.

»Dieses ganze Konstrukt der Bayerischen Staatsforsten, das ist das Problem«, schimpfte Bernhard drauflos.

Irmi wartete immer noch.

»Warum sagst nichts?«, wetterte Bernhard.

»Du willst mir doch was sagen.«

»Hör mal zu, Schwester, was ich dir sagen will, ist, dass du da auf verlorenem Posten stehst. Wenn die Staatsforsten damit zu tun haben, dann viel Spaß. Das ist ein richtiges Wirtschaftsunternehmen, da dringst du nicht durch.«

Irmi erzählte vom Inhalt der Fernsehdiskussion. »Du bist also auch der Meinung, dass Regina von Braun recht hatte?«

»Ich kenn die Frau nicht so gut, aber sie hat sicher recht. Es funktioniert nicht, wenn man nur noch ökonomische Maßstäbe anlegt. Der Staat früher war in der Hinsicht viel souveräner. Aber ein wildfreier Wald, damit man noch mehr Geld machen kann, das ist gegen die Natur.«

»Bernhard, du überraschst mich, ich dachte, Rehe seien dir auch eher … Na ja …«

»Ich arbeite mit und von der Natur. Glaubst du, ich bin

so ein Depp wie die vom Forst? Ich muss auch mit schlechtem Wetter, ungünstigen Jahren, kranken Tieren zurechtkommen. Man kann sich die Natur doch nicht zurechtbiegen. Und eins sag ich dir: Da kommt noch was auf uns zu. Die setzen auch noch eine Benutzungsgebühr für Waldwege durch. So was ist längst im Gespräch. Wenn wir dann in unseren Wald fahren, müssen wir Maut für die Durchfahrt zahlen. Wart nur ab!«

Inwieweit das richtig und realistisch war, vermochte Irmi nicht zu beurteilen. Sie wusste nur, dass es so etwas in anderen Bundesländern bereits gab. Längst hatte sie Bernhard den Hof und alles drumherum überlassen. Sie musste sich nicht um die Fragen der Wirtschaftlichkeit ihres Hofes kümmern. Ein bisschen war sie wie eine Touristin, die ab und zu in der Früh im Stall mithalf oder beim Melken am Abend. Die ab und zu die Motorsäge schwang. Sie liebte das, es war ihr Ausgleich. Ihre Bodenhaftung. Ihre Normalität. Aber sie war immer auch ein Stückchen weiter weg als Bernhard.

»Die meisten haben doch keine Ahnung mehr von der Natur. Ihr Weltbild kommt aus dem Fernsehen«, meinte Bernhard. »Der Förster ist ein guter Hardy Krüger jr. aus einem Forsthaus Falkenau. Das neuerdings übrigens am Ammersee liegt und mit Bildern um sich wirft, die von überallher kommen, bloß nicht vom Ammersee.«

»Bruderherz, du schaust Forsthaus Falkenau?«, meinte Irmi und konnte sich ein Grinsen nicht verkneifen.

»Darum geht's nicht. Es geht darum, dass die vom Forst und auch die Jäger tun, was sie wollen. Weil der Rest der Welt nix von der Natur weiß. Weil sich keiner auflehnt. So ein Fernsehförster erzwingt den Abschuss von Rehen, ein echter Förster zeichnet vor allem Bäume an.«

»Du willst sagen, dass das viel zu komplex für die Fernsehwelt ist und es in der Realität ungleich komplizierter wird, weil es durchaus Jäger mit einem Faible für Tiere gibt, aber auch solche mit dem Faible für Waffen, Trophäen, Angabe und Pomp. Und um uns noch weiter zu verwirren, sind die bösen Trophäengierigen beileibe nicht immer die protzigen Münchner oder Augsburger Pächter. Dein Hintern wurde von einem Werdenfelser beschossen!«

»Nenn es, wie du willst, Schwester, aber diesmal hast du wirklich einen Scheißjob«, sagte Bernhard und stand auf. »Gute Nacht.« Er zögerte. »Pass auf dich auf.«

»Werd ich.« Sie sah ihm noch eine Weile nach, dann räumte sie die Flaschen weg.

Als sie zu Bett ging, waren die beiden Kater schon da. Warum sich der Kleine auf den Rücken legte und für den Wettbewerb ›Deutschlands längster Kater‹ zu trainieren schien, war ihr unklar. Sie lachte und zog eine ausgeleierte Männerboxershorts an und dazu ein T-Shirt. Beides stammte von *ihm*. Sie war über fünfzig und trug Sachen ihres Fernlovers. War das Kinderei oder bereits altersbedingt verzeihlich? *Er* hatte schon seit fünf Tagen nicht angerufen, sollte sie sich vielleicht bei ihm melden? Nein, lieber nicht, womöglich lag er bei seiner Frau im Bett. Dabei wusste Irmi sehr wohl, dass *er* ein eigenes Schlafzimmer hatte.

Eigentlich war sie weniger allein als er: Sie hatte den längsten Kater der westlichen Hemisphäre im Bett und außerdem noch einen Katzenkollegen, der massiv ihr Kopfkissen belagerte und mit einem kurzen Zischen vermeldete, dass er auch nicht vorhatte, selbiges zu verlassen. Irmi stopfte sich ein Handtuch unter den Kopf, faltete sich entlang dem Rekordkater und schlief schnell ein.

3

Mai 1936

*Ein entfernter Verwandter vom Herrn ist da, der junge Herr
von Bodinghausen. Er ist Student der Rechtswissenschaften,
und er spricht mich mit Fräulein an. So ein Kokolores. Der
Herr sagt, er sei ein Revoluzzer. Er redet allerweil seltsame
Dinge, er macht mich ganz drimslig mit seinen Reden. Dem
Jakob hat er erzählt, dass schon in den 1890er-Jahren ein
»Verein zum Wohle der auswandernden Schwabenkinder« ein
kommodes Passieren der Alpenpässe eingefordert habe. Und im
Jahre 1903 sei im Deutschen Reichstag ein Gesetzesentwurf
vorgetragen worden, der die Kinderarbeit verbieten sollte.*

*Was weiß denn so ein Stenz von unserem Lechtal? Kinder,
die nicht arbeiten? Das gibt's doch gar nicht. Wir haben immer
gearbeitet. Die Urgroßmutter, der Urgroßvater, die Großmut-
ter, die Mutter auch. Wir alle hatten draußen bei den Deutschen doch zum ersten Mal genug zu essen! Versteht der junge
Herr das nicht? Seine Welt ist doch ganz hintrafihr. Aber er
hat wohl nie Hunger gelitten, dass ihm schwindlig geworden
wär, dass er hätt zittern müssen, dass alles geschmerzt hat.*

*Ein Amerikaner, sagt der Herr Student, hätte schon 1908
die Sklavenmärkte in Oberschwaben in einer Zeitung
besprochen und hat behauptet, dass 1915 die Kindermärkte
abgeschafft worden seien. Das hat der Herr Kaplan auch
erzählt, aber der Herr Pfarrer hat gemeint, das sei Unfug.
Und Unfug sei es auch, dass die Schulpflicht ebenso für auslän-*

*dische Kinder wie uns gelten solle. Wenn der alte Herr Pfarrer
wüsste, dass ich als Föhl schreiben und lesen kann! Der Kaplan
hat es mich gelehrt, er hat gesagt, ich hätte Talent zur Schrift-
stellerei. Das stelle man sich einmal vor: ein Madl wie ich!*

*Wir wären lebende Anachronismen, hat der junge Herr
Student gesagt, und obsolet. Das habe ich gehört, als ich einmal
gelauscht habe. Verstanden habe ich es aber nicht. Und dass wir
in die Schule müssten, hat der Herr Student gesagt. Und der
Herr hat geantwortet, dass der Herr Student nicht ganz
richtig im Oberstübchen sei, und mit der Schule würde er uns
nicht helfen. Und dass er dieses Jahr ein wenig mehr bezahlen
wolle. Ich verstehe oft nicht, was die da reden. Eigentlich
versteh ich gar nichts. Ich bin so dumm, und Schriftstellerin
werde ich nie.*

Irmis Morgen war wie immer, und das war gut so. Bernhard hatte Kaffee gekocht und ihr welchen übrig gelassen.
Toastbrotbrösel bedeckten die Anrichte, und das Marme-
ladenglas stand offen. Dass der kleine Kater immer hoch-
sprang und das Glas am Rand ableckte, sah Irmi mit diebi-
scher Freude. Wenn Bernhard das wüsste, ihn würde es ja
grausen. Aber bitte, was verschloss er denn auch nie seine
Gläser?

Der große Kater kam herein und warf elegant eine fette
Wühlmaus in die Höhe. Gottlob war sie schon in den ewigen Mäusejagdgründen, denn es war ungut, wenn die Kater noch lebende Exemplare losließen, die dann hinter
Schränken verschwanden, irgendwann doch verendeten
und sich nach einer Weile geruchsmäßig eher unerfreulich
präsentierten.

Irmis Alltag daheim war überschaubar, auch das war gut so, denn ihre Fälle waren meist umso verworrener.

Auf ihrem Weg ins Büro kam ein Anruf von Kathi, dass sie etwas später eintreffen werde. Das Soferl hatte verschlafen und jenen Bus verpasst, der die ganze Jahrgangsstufe zu einem Ausflug ins Museum der bayerischen Könige nach Schwangau gefahren hätte. Wozu fuhren die Tiroler Kinder eigentlich zum bayerischen Kini? Wollte man die alten Ressentiments zwischen Tirolern und Bayern wieder aufleben lassen? Kathi jedenfalls musste nun per Auto hinterherdüsen. Irmi beneidete das Soferl nicht. Kathi würde in der ihr eigenen charmanten Art klarstellen, was sie von dem Ganzen hielt. Dabei war Sophia im Gegensatz zur Mama normalerweise eher morgenmunter, hatte wohl nur leider bis zwei in der Frühe vor Facebook gesessen. Irmi wünscht der Aktie den Totalabsturz. Facebook war eine moderne Seuche.

Kollege Hase kam vorbei und präsentierte seine Ergebnisse. Autospuren: ein paar. Fußabdrücke: zuhauf. Die Zuordnung: eine Sisyphusarbeit. Die Gerichtsmedizin hatte auch nur die Kugel entfernen und bestätigen können, dass eine sehr gesunde Frau ums Leben gekommen war. Die Tatzeit wurde auf zwischen halb zehn und halb elf abends geschätzt. Irmi bekam Auskunft über das Kaliber und führte daraufhin ein paar Telefonate. Schließlich lud sie einen Jäger, der am Telefon sehr sympathisch wirkte, ein, einmal bei ihnen vorbeizuschauen. Sie hatte Glück: Seine Zeit ließ das zu, und er versprach, in einer Stunde da zu sein.

Als dann Kathi eine Dreiviertelstunde später eingetroffen war, rief Irmi Andrea, Sailer und Sepp dazu.

»Das Kaliber ist ein .22lr, das steht zumindest hier«, erläuterte Irmi ihren Leuten. »Dieses Kaliber ist gängig bei Jagdwaffen, bei der Bau- und Fallenjagd auf Kleintiere. Es wurde auch ein Schalldämpfer verwendet. Der Schütze kann nicht allzu weit weg gestanden haben. Soweit der Bericht. Ich habe den Revierjäger, Herrn Kugler, hergebeten, damit er uns etwas mehr über das Kaliber erzählen kann. Er müsste gleich da sein.«

Wenig später stand Franz Kugler vor ihnen. Er war bärtig, trug dicke Filzstiefel und ein Karohemd unter einer olivfarbenen Fleecejacke. Der Mann wirkte besonnen und schien ein ruhiger Typ zu sein, der weder arrogant noch oberschlau daherkam.

»Was Sie da gefunden haben, ist das Kaliber der Wilderer«, erklärte Kugler. »Günstiger Preis, geringe Geräuschentwicklung und geringer Rückstoß.«

Kathi sah ihn völlig verblüfft an. »Gibt es heute allen Ernstes noch Wilderer? Das ist doch Jennerwein-Schmarrn, oder?«

Der Revierjagdmeister sah Kathi an und antwortete resigniert: »Ja, ein Schmarrn ist das schon, wenn Sie so wollen. Aber leider hochaktuell. Und mit Verlaub, es ist mehr als ein Schmarrn. Von wegen Alpenrebellen und Robin Hood unterm Karwendel – Wilderei ist nicht nur ein Straftatbestand, sondern auch ein schweres Verbrechen gegen die Tiere!«

Es war still im Raum, bis Andrea leise sagte: »Die armen Tiere.«

Kathi setzte gerade zu einem Spruch an, und ausnahmsweise blieben ihr die Worte im Halse stecken. »Andrea, du bist doch echt ...« Vermutlich hatte sie Andrea wegen ihrer kindischen Tierliebe aufziehen wollen, doch der Revierjäger bedachte Kathi mit einem so scharfen Blick, dass sie vorzog zu schweigen.

»Diese vermaledeiten Wilderer schießen oft mit viel zu kleinen Kalibern. Für die Jagd auf Hochwild sind 6,5-Millimeter-Patronen vorgeschrieben und eine Auftreffenergie von mindestens zweitausend Joule auf hundert Meter. Wilderer aber schießen gerne mit Kleinkalibern, weil die nicht so laut sind, und sie verwenden meistens Schalldämpfer. Wenn dann obendrein mit Unterschall geschossen wird, weil Überschall ja einen Knall erzeugt, ist das Geschoss noch langsamer. Das führt oft dazu, dass die Tiere nicht sofort niedergehen, sondern flüchten und elend sterben müssen.« Er unterbrach sich, suchte Irmis Blick. »Was Sie da haben, ist eine Minipatrone, die beispielsweise auf der Karnickeljagd verwendet wird. Und für die Jagd auf Menschen ist sie eigentlich auch ungeeignet.«

Die Stille im Raum war erdrückend.

»Die verwenden Biathlongewehre«, fuhr Kugler fort, »sägen die Läufe ab, verwenden Eigenbauten – das alles aus Spaß, aus einer perversen Tradition heraus. Und wissen Sie was, dieses Wildererpack meint auch noch, es sei wer. Es sei stark, dabei sind das Feiglinge!«

Diese Wildererromantik hatte sich Irmi ohnehin nie erschlossen, auch nicht die romantisierenden Filme. Sie hatte diese überzeichneten Typen immer schon als kriminell empfunden, vielleicht war sie ebendeshalb Polizistin geworden.

Weil niemand etwas sagte, fuhr der Revierjäger mit seiner leisen, aber eindringlichen Stimme fort: »Wissen Sie, wie das ist, wenn Sie immer wieder Gamsen finden, denen das Projektil in der Lunge steckt? Dass wir Kadaver ohne Kopf finden wegen der Trophäen? Dass wir Tiere finden, die offensichtlich lange mit dem Tode ringen mussten. Weil diese Wilderer-Saubeutl nicht schießen können.«

Kathi war nun ziemlich kleinlaut.

»Ich frage mich jetzt nur, warum tun die Leute das?«, wollte Irmi wissen. »Um das Fleisch wie bei der Armut früher geht es ja wohl kaum, oder?«

»Nein, es geht zu neunzig Prozent um die Trophäe. Im Nationalpark Berchtesgaden ist die Wilderei ein permanentes Problem. Ein Kollege von mir hat dort während der Hirschbrunft fünf Männer in der Dämmerung angetroffen, ist ganz arglos näher getreten, um zu fragen, ob er was helfen könne. Da sind die Kerle plötzlich davongerannt und haben einen Hirsch mit abgetrenntem Schädel zurückgelassen. So schaut das aus in unseren Revieren.«

»Und was machen Sie dann?«, fragte Sailer.

»Ich kann ja schlecht auf einen Fliehenden schießen. Dann hätt ich euch am Hals. Also hinterherrennen und das eigene Leben gefährden? Am besten wäre es noch, der Hund würde den Wilderer stellen – aber was ich sagen will: Es ist extrem schwierig, Wilderer auf frischer Tat zu ertappen. Man muss ihre Vorlieben ausloten, erst langfristig erwischt man sie.«

»Wie den Jennerwein?«

»Dieser verdammte Georg Jennerwein! Dem haben wir den ganzen Mythos zu verdanken. Als zwölfjähriger Bub hat er miterlebt, wie sein Vater von königlichen Jägern als Wilderer erschossen wurde, aber anstatt sich das eine Lehre sein zu lassen, trat er in Papas Fußstapfen. Weil sein Salär als Holzknecht nicht reichte, hat er gewildert. Er wurde ein Gejagter, der dann im November nördlich der Bodenschneid gefunden wurde – er hatte eine Schussverletzung im Rücken, und seine rechte große Zehe steckte im Abzug seines Gewehrs, sein Unterkiefer war zerschmettert. Solche Umstände sind natürlich Steilvorlagen für die Legendenbildung. Die allgemeine Lesart war am Ende, dass der Jagdgehilfe Josef Pföderl ihn ertappt und erschossen hätte. Dem Pföderl wurde aber nie unterstellt, dass er ihn habe töten wollen, nur eben stellen. Der Pföderl bekam acht Monate Gefängnis, hat die Tat aber nie zugegeben. Auch ein Jäger namens Simon Lechenauer war im Gespräch und natürlich die Version, er habe sich schwer verletzt und am Ende selbst erlöst. Egal – der Jennerwein wurde zum Mythos. Und dass an seinem neunundneunzigsten Todestag eine gewilderte Gams an seinem Grabkreuz hing, zeigt, dass Wilderei gesellschaftlich bis heute kein Tabu ist.«

»Aber früher ging es doch wirklich darum, dass die armen Bauern gewildert haben, damit die Kinder mal was anders als Mus oder Brennsuppn zum Beißen hatten«, sagte Kathi, die sich immer noch nicht so ganz geschlagen gab.

»Ja, genau, der Robin-Hood-Schmus, Frau Kommissar, oder? Ursprünglich haben die Bauern tatsächlich ihren Grund vor dem Verbiss schützen und die Fleischration aufbessern wollen. Aber als der Adel dann die Jagd als Vergnügung sah und mit prunkvollen Hofjagden ganze Wälder zusammenschoss, wurden die Bauern und Bürger bestraft, wenn sie jagten. Den undankbaren Job, den Wilderer, Wilddieb oder Wildschütz aufzuspüren, hatten die Forstbeamten. Doch schon damals waren die Wilderer nicht nur arme Schlucker, die Weib und Kinder vom Verhungern bewahren wollten. Sie schossen auch ihre Verfolger nieder, ein Leben zählte wenig, und das von Tieren erst recht nicht. Da wurde nämlich auch nicht immer waidgerecht geschossen, sondern viel mit Schlingen gejagt, in denen die Tiere immer schon elendiglich verreckten! Das sind Ihre Robins!«

»Würde es uns denn weiterhelfen, wenn wir wüssten, ob im Forst der Familie von Braun gewildert wurde? Denken Sie, Regina von Braun kam einem Wilderer in die Quere?«, erkundigte sich Irmi. Allmählich reichten ihr nun doch die langen Monologe des Jägers. So interessant das alles war, sie hatten einen Mord in der Gegenwart aufzuklären, und Jennerwein konnte ihnen im Grunde egal sein.

»Viel spricht dafür, und ich kann Ihnen sagen, dass auch bei den von Brauns gewildert wurde. Die Jagd grenzt an den Staatsforst und an meine Reviere an, die Typen machen vor Grenzen keinen halt. Und die Rechtslage ist auch nicht gerade abschreckend.«

Irmi kam der Elch in den Sinn – und die Rentiere. Sie schauderte. Solche Exoten gäben natürlich eine imposante Trophäe ab, und man würde sich den teuren Ausflug nach Skandinavien sparen. Das war alles so bizarr.

»Kannten Sie Regina von Braun?«, fragte Irmi.

»Natürlich.«

»Und?«

»Sie war sehr gebildet. Sie hat das Rehwild zu ihrer Sache gemacht.«

Auf einmal war er nicht mehr so gesprächig. Vermutlich fiel es ihm leichter, über Tatsachen und Erfahrungen zu referieren, als über Rehe zu sprechen. Als Angestellter der Bayerischen Staatsforsten musste er die Bäume seines Dienstherrn schützen, obwohl er sicherlich nicht der Typ war, der einer »Schädlingsbekämpfung« zustimmte. In seiner Haut wollte Irmi nicht stecken. Sie provozierte ihn aber dennoch.

»Regina von Braun war gegen den Abschuss, und Sie sind dafür!«

»Falsch, wir waren beide für einen waidgerechten Abschuss. Reginas Ziel war es, dem Rehwild so gute natürliche Äsungsmöglichkeiten zu geben, dass es erst gar nicht verbeißt. Und da kommt man früher oder später immer an den Punkt, wo menschliche Eingriffe in die Natur angeprangert werden müssen. Und wo man klarmachen muss, dass man waldbauliche Interessen nicht einfach so über den Tierschutz stellen darf.«

»Und das hat Regina getan?«

»O ja, laut und deutlich.«

»Zu laut?«

»Wer zu leise ist, wird nicht gehört.«

»Und wer zu laut ist?«, insistierte Irmi.

»Regina ließ manches Mal die Diplomatie vermissen. Bisweilen kommt man besser auf Umwegen zum Ziel, aber das war nicht so ihr Ding. Sie war eine sehr interessante Frau, hübsch dazu. Genau das kann zum Problem werden. Wäre sie ein schiacher Besen gewesen oder so ein Mannweib, hätte man sie vielleicht eher angehört. So oder so – jedenfalls mochte sie keine schießwütigen Jäger und die Wilderer natürlich noch viel weniger.«

»Aber Wildern ist doch verboten!«, sagte Andrea und klang wieder wie ein naives Mädchen.

»Die Rechtslage ist ein Witz. Die Wilderei gilt in Deutschland als Straftat gegen das Vermögen und gegen Gemeinschaftswerte. Das könnte mit bis zu fünf Jahren Freiheitsentzug geahndet werden, was aber fast nie vorkommt. Die Tierschutzvergehen sind immer noch zu stark unterbewertet!« Kugler schnaubte. »Ich höre immer, die Wilderer hätten einen Ehrenkodex, aber in der Realität schießen sie dem Kind die Mami weg! Sie lassen Tiere leiden, aber solange das Tier im juristischen Sinn als Gegenstand gesehen wird und Wilderer eine gewisse Akzeptanz erfahren, sind wir weit weg von Gerechtigkeit.«

Andrea war ganz blass geworden. Irmi wusste, dass ihr der letzte große Fall, bei dem viele Tiere so erbärmlich hatten leiden müssen, an die Nieren gegangen war. Und nun gab es schon wieder solche unappetitlichen Geschichten. Und jetzt setzte der Revierleiter noch eins drauf.

»Und glauben Sie bloß nicht, es ginge nur um unsachgemäße Schusswaffen. Längst sind wieder die Fallensteller unterwegs. So skurril das auch klingen mag: In Augsburgs westlichen Wäldern, ja, sogar im Stadtwald geht eine Russenmafia um, die mit Drahtschlingen wildert. Frei nach dem Motto: Das haben wir zu Hause so gemacht und importieren das jetzt nach Deutschland. Aus diesem Milieu stammt auch die Praktik, ganze Weiher abzulassen und die Fische abzugreifen oder mit riesigen Schleppnetzen abzufischen – illegal natürlich. Das erfüllt eindeutig den Tatbestand der Fischwilderei. Ich denke, dass ...«

»Herr Kugler, Sie sagten, man müsse die Gewohnheiten ausloten. Kennen Sie denn jemanden, der wildert?«, stoppte Irmi ihn erneut.

»Kennen oder kennen?«

»So gut kennen, dass Sie einen Namen nennen würden?«

»Da gibt es einen, der macht gar keinen Hehl draus, dass er wildert. Der hat noch jede Menge Wildererlobby und seinen Fankreis. Er ist Musikant und ewiger Stenz, der hat das Wildern fast schon zur Kunstform erhoben und erfreut die gewogene Damenwelt gerne mal mit Wildbret. Der Welt ist er als Karwendel-Hias bekannt.«

Sailer merkte auf: »Aber des is doch oaner, der beliefert aa die Moserbärenhüttn, wo's hinter Scharnitz auffi geht.«

»Sicher. Der Wirt will nicht wissen, wo das Fleisch herkommt«, sagte Kugler grimmig.

»Und ihr könnt da gar nichts machen?«, fragte Andrea.

»Wenig, die halten doch alle zamm, de Sauhund«, grummelte der Revierjäger.

Aber ob sie auch zusammenhalten würden, wenn es um Mord ging? Eine tote Gams, ein Hirsch, na gut – aber eine hübsche Biologin? Würde da der eine für den anderen den Kopf hinhalten? Irmi bezweifelte das, und sie hoffte auf die mangelnde Loyalität in den Dörfern. Solidarisch war man selten, und schon gar nicht, wenn sich das eigene Krawattl zuschnürte. Andererseits – auch da hatte Irmi jede Illusion verloren – gab es düstere Mauern des Schweigens. Wenn der Täter einer war, der im Verdacht stand, sich zu rächen, egal, ob er Zäune aufschnitt und das Vieh auf die Bundesstraße trieb, egal, ob er Rundballen klaute oder ob er gerne an anderer Leute Höfe zündelte – die Dorfbewohner hielten sich alle fein stad. Hauptsache, sie traf es nicht. Das Schweigen in Feigheit war allemal besser als das Sterben im Mut.

»Dann fragen wir den doch mal«, meinte Irmi. »Der wohnt wo?«

»Mittenwoid«, sagte Kugler. Und er sagte das so, als sei damit auch alles gesagt. Mittenwald, mitten im Wald eben. Hohe Berge, enge Täler, enge Gemüter. Irmi wunderte sich stets, dass diese gewaltige, diese orchestrale Landschaft aus Farben und Formen nicht große, kühne Menschen hervorbrachte. Hätten sie nicht kühne Gedanken hegen müssen und hochfliegende Ziele haben? Es lag so viel Kraft in dieser Landschaft, die Menschen aber machten nichts daraus. Vielleicht duckten die sich einfach unter so viel Energie. So wie Menschen sich immer wegduckten. Wahrscheinlich hatte Regina von Braun die Menschen in ihrer Umgebung mit ihrer Energie erschlagen.

Als Kugler schließlich ging, schickte Kathi ihm ein Stöhnen hinterher. »Der hört sich aber auch gern reden.«

»Der hat eben ein Anliegen«, sagte Andrea und hielt Kathis Blick stand. Mehr noch: Ihr Blick besagte, dass Kathi sich eben für gar nichts engagiere.

Irmi trat mitten hinein in die Kampfeslinie der beiden und wandte sich an Kathi: »Gut, auf geht's ins Karwendel zum Hias! Pack mer's.«

Kathi folgte ihr – wortlos.

Die Strecke hinauf nach Mittenwald war heute wenig

befahren. Die Touristensaison hatte noch nicht begonnen, und tuckernde Traktoren waren auch keine unterwegs. Wobei die modernen Landwirte ja kaum mehr tuckerten, sondern mit Mammutbulldogs unterwegs waren, deren Sinn nur einer sein konnte: den Nachbarn zu beeindrucken. Bei Preisen weit über hunderttausend Euro konnte man nicht mehr tuckern, sondern man dröhnte heran. Kugler hatte ihnen beschrieben, wo der schießfreudige Musikant wohnt. Abgelegen lebte er in jedem Fall. Sie fuhren auf einem Wegerl zum Lautersee hinunter, der noch gänzlich unbeeinflusst von Wanderwaden, Bikern oder Badewütigen dalag. Irmi schlingerte in einer eisigen Fahrspur voran, wo im Sommer der Wanderbus verkehrte. Sie umrundete den See und nahm dann einen Forstweg, an dessen Ende ein altes Holzhaus stand. Rundum lehnten sich Holzscheite an, und es war unklar, wer da wen stützte: das Holz das Haus oder das Haus die akkurat geschichteten Scheite. Darin war der Wilderer in jedem Fall ordentlich. Irmi kam sich vor wie in der Kulisse zu einem Wildererfilm. Der Mann schien sich zu inszenieren, allein die Tatsache, dass er als Matthias natürlich auch namentlich in die Fußstapfen des bayerischen Hiasl getreten war.

Irmi hatte Andrea gebeten, Infos zusammenzutragen. Darin war Andrea ganz großartig, und weil sie das wohl in irgendeiner Frauenzeitschrift gelesen hatte, nannte sie die Unterlagen neuerdings Dossier. Auf der rosafarbenen Mappe, die Andrea ihr mitgegeben hatte, stand in geschwungener Schrift ›Dossier Matthäus Klostermayr‹. Andrea packte alles zwischen solche rosa Pappdeckel, die sie anscheinend in inflationärer Menge besaß.

»Geboren 1736 in Kissing bei Augsburg, schon als Zwölfjähriger Hilfsarbeiter auf dem Schlossgut Mergenthau und ein Junge, dem mit sechzehn die Mutter wegstarb. Er war kurzzeitig legaler Jagdaufseher, verlor den Job aber, weil er einen Pater verspottete. Bei dem territorialen Fleckerlteppich, der das heutige Schwaben damals war, hatten solche Leute ein leichtes Spiel, denn die Verfolger beendeten ihren Einsatz jeweils an den Grenzen. Der Hiasl wurde bald Anführer einer richtigen Räuberbande, die auch Amtsstuben überfielen und ausplünderten. Nach einem Feuergefecht im Gasthof Post in Osterzell wurde er schließlich festgenommen und am 6. September 1771 in Dillingen an der Donau hingerichtet.«

Nun standen Irmi und Kathi also vor der Tür der Version »Hiasl zwoa«. Die Tür war eingerahmt von Rehkrickerl, und noch bevor Irmi klopfen konnte, wurde sie aufgerissen. Alles an dem Mann war schwarz. Er hatte schwarze Locken, die bereits ein klein wenig von Grau durchzogen waren. Seine Augen waren rabenschwarz, die Brauen auch. Er trug eine abgewetzte Lederhose und ein bis zum Gürtel offenes geschnürtes Leinenhemd, das den Blick auf ziemlich viel schwarzes Brusthaar preisgab. Seine behaarten Arme erinnerten an einen schwarzen Waldtroll. Ein Troll trifft auf eine Elfe, schoss es Irmi durch den Kopf. Der Typ schien Kathi sofort ins Visier genommen zu haben, seine Augen wanderten unverfroren über ihren Körper.

»Fertig? Soll ich mich umdrehen?«, motzte Kathi ihn an.

»Wennst mogst. Die Seitn kenn i jetzt. Deine Knöpf daten zum Spuin scho reichen, zum Melken braucht ma se ja ned. Brauchst di ned umdrehen. Du host eh koan Oarsch

in der Hosn. Aber des schadt ned, fett werden die Weiber
friah gnug.«

Bevor Kathi nun handgreiflich würde oder ihre Waffe
zog, setzte Irmi auf Deeskalation durch rüde Ablenkung.

»Und tot werden s' auch, die Weiber, wenn sie dir blöd
im Weg rumstehen!«

»Wer ist tot?«

»Wo warst am Sonntag in der Nacht? Wildern?« Irmi
vermied es normalerweise, ihre Verdächtigen bayerisch jovial zu duzen, aber bei dem hier war ein »Sie« einfach nicht
angebracht.

»Wo war i? Dahoam war i!«

»Zeugen?«

»Koane.«

»Schlecht. Sehr schlecht.«

Er lachte, inzwischen nicht mehr ganz so selbstsicher.

»Wollts reinkommen?«

»Zu gütig.« Kathi erdolchte ihn mit Blicken.

Er drehte sich um. Irmi und Kathi folgten ihm durch
einen Gang, hinein in die Stube unter tiefen Decken. Dort
wies er auf eine Eckbank, öffnete ein kleines Kastl, das in
die Wand eingelassen war. Traditionell der Platz für den
Hausgebrannten. Er griff hinein und stellte drei Gläser
sowie einen Steingutkrug auf den Tisch. Schenkte ein.

»Sagts jetzt bloß ned, ihr seids im Dienst.«

»Sind wir aber.«

»Bled.« Er selbst kippte ein Stamperl und noch eins.
»Falls ihr glaubts, i wui eich vergiften.«

»So dämlich bist aber nicht, oder? Du schießt lieber. Ist
nämlich unauffälliger.« Kathi klang eisig.

Irmi war überrascht, wie gut Kathi sich im Griff hatte.

»Wer hat wen derschussn?«

»Du die Regina von Braun. Guter Schuss, Wildererkaliber, kennt man vom Karwendel-Hias.«

Er überlegte kurz. Dann grinste er. »Ach, der Kugler Franzl hot plaudert.«

»Ach was! Das ganze Karwendel kennt doch deine Heldengeschichten, und die erzählt der Hias fein selber, oder? Warum musste die Regina sterben?«

Kathi war heute wirklich gut in Form: beherrscht, zynisch und ungeheuer attraktiv, wie sie mit ihren dunklen Augen Giftpfeile aussendete.

»De Regina?«

»De Regina?«, äffte Kathi ihn nach. »Ja, genau die, und die ist tot. Was sagst jetzt, du Karwendelschrat?«

Viel von seiner Fassade war längst abgefallen. »Aber warum sollt ich die Regina derschießn?«

»Host ned aufgemerkt, Karwendler? Weil sie di beim Wuidern gstört hot!«

Bevor Kathi nun ihr wüstestes Tirolerisch auspackte, griff Irmi ein. »Also, Hias: Du hast die Regina gekannt?«

»Ja.«

»Warum?«

»Es gibt a Waldbauernvereinigung. Do bin i aa drin.«

»Ach, der Wilderer mit Waldbesitz?«, schoss Kathi dazwischen.

»Des is koa Verbrechen.«

»Nein«, sagte Irmi. »Das nicht. Aber Wilderei ist ein Straftatbestand und Mord erst recht.«

»Aber i hob sie doch ned derschussen! I doch ned!«

»Aber gewildert auf ihrem Grund?«

»De Regina is a saubers Weibets, bei ihr im Revier hob i nia ned gschussn.«

»Ach, du wilderst nur bei weniger sauberen Weibern?«, rief Kathi.

»Bei dir dad i aa ned wuidern«, kam es von ihm, aber ziemlich kleinlaut.

»Schad eigentlich, denn wenn ich dich erwischen würde, tät ich dich hinrichten lassen, wie dein großes Vorbild.«

»Hinrichtung, ha! Den boarischen Hiasl ham s' erdrosselt, zertrümmert, dann noch geköpft und geviertelt, alles Anzeichen dafür, wie sehr er bei der Obrigkeit gefürcht war. Aber der Schiller hot eam als Vorbild für den Karl Moor in die Räuber g'nommen. Das erste Hiasl-Lied hat's scho 1763 gebn, und ihr kennts doch des Liadl von der Biermösl-Blosn zamm mit die Toten Hosen?«

»Ach stimmt, der Herr Waldschrat musiziert ja auch!«, rief Kathi.

Er nahm eine Ziehharmonika von der Truhe und sang drauflos: »Bin i der boarisch Hiasl, koa Jager hat de Schneid, der mir mei Feder und Gamsbart vom Hiatl obakeit! Drum tu i d'Felder schützn mit meine tapfern Leit, und wo i aa bloß hikimm, oh mei, da is a Freid!«

Dieses alberne Hiasl-Lied konnte Irmi auf den Tod nicht leiden. »So ganz glaub ich nicht, dass überall eitel Freude herrscht, wo du hinkommst«, sagte sie.

»Ach, kimm, i schiaß doch nix mehr. Des letzte Wuid hob i in Scharnitz beim Gaugg eikauft und g'sagt, dass es g'wuidert is. Für a Freindin, die steht dodrauf. Und dem Gaugg hob i g'sagt, er derf nix sagen, sonst …«

79

»Sonst derschießt ihn?«, ranzte Kathi ihn an. »So wie die Regina!«

»I hob niemand derschussn.«

»Also, Hias, dann fassen wir mal zusammen. Du hast kein Alibi, du warst in der fraglichen Nacht allein zu Hause. Ich hätte gerne deine Waffen und deine Stiefel. Es kommt gleich noch jemand und schaut sich das Profil deines Jeeps an«, erklärte Irmi.

»Hobts so an Durchsuchungsbeschluss?«

»Wenn du magst, hab ich den in dreißig Minuten, aber du hast doch nix zu verbergen, oder? Waffen, Schuh, auf geht's!« Irmi strahlte ihn regelrecht an.

Er öffnete die Truhe, auf der die Ziehharmonika gelegen hatte, und holte zwei Gewehre heraus.

»Du weißt schon, dass die in einen ordnungsgemäßen Waffenschrank gehören?«, fragte Irmi.

Er gab ein knurrendes Geräusch von sich.

»Die anderen Waffen auch!«

Der Hias stand tatsächlich auf, Irmi folgte ihm. Er öffnete die Tür zum ehemaligen Stall und zerrte hinter einem alten Rupfensack noch zwei verwegen aussehende Gewehre heraus.

»Alle?«, vergewisserte sich Irmi.

»Ja«, knurrte er. »Aber bloß, damit du glaubst, dass i des ned war.« Er beugte sich verschwörerisch zu ihr und sonderte eine scharfe Schnapsfahne ab. »Die Regina, die hot a Buch mit Jagdg'schichterl g'schriebn. Die hot mi dazu aa interfjut. Und do steht so mancherlei drin. Do san Leit erwähnt, die mechten sich sicher ned in am Buch lesen.«

»So, so, und wo ist das Buch?«

80

»I glaub, des kimmt erst aussi. Du bist doch die Polizei!«
»Allerdings«, sagte Irmi und war ganz froh, dass zwei
Mitarbeiter des Hasenteams hereingepoltert kamen. Der
Schnapsschrat kam ihr allmählich zu nahe. Sie übergab
den Kollegen die Waffen, ermahnte den Hias, seine Stiefel
herauszugeben, und verabschiedete sich mit einem fröh-
lichen »Pfiat di«.

Kathi stand vor dem Haus und war immer noch in Rage.
»Ich glaub dem kein Wort. Der wildert doch sicher noch.
Und wenn der sagt, die Regina sei ein saubers Weibets ge-
wesen, dann hat er die sicher angebaggert. Schönes Motiv:
Er konnte bei ihr nicht landen und ist ausgetickt!«

Das mit dem sauberen Weibets hatte Irmi schon von
ihrem Bruder gehört. All den Männern schien es da ähnlich zu ergehen. Man musste zugeben, dass sie attraktiv
gewesen war und klug – und unheimlich war sie ihnen allen deshalb gewesen. »Kann alles sein, ich möchte jetzt
aber erst mal die Auswertung von Reginas Computer
sehen«, sagte Irmi und erzählte ihrer Kollegin von dem
geplanten Buch.

»Was wird da schon drinstehen? Die Story vom röhren-
den Hirsch eben. Der haarige Waldschrat war es. Puh, da
weiß man doch, wo der Mensch herstammt, oder! Dieser
haarige Aff, der! Woher willst du überhaupt wissen, dass
der dir alle Waffen gegeben hat, die Tatwaffe kann er doch
leicht versteckt haben.«

»Klar, ich an seiner Stelle würde das tun.«

»Was soll dann das Ganze?« Kathi starrte Irmi an.

»Ich wollte ihn aufschrecken. Der macht einen Fehler,
wenn er was damit zu tun hat. Er ist viel zu mitteilsam und

muss Aufmerksamkeit erregen. Waldschrat in der Midlife-Crisis, würde ich sagen. Und jetzt geht's ab ins Büro, und die Storys von den Hirschen lesen, ob nun röhrend oder nicht.«

»Irmi, du hast sie nicht mehr alle! Wirklich wahr!«

»Kathi, du auch nicht!«

4

Juni 1936

Ich hatte gehofft, dieses Jahr würde es anders sein. Weil doch auch die Johanna da ist, und die ist viel hübscher als ich. Auch ein wenig rundlicher. Dabei ist sie erst fünfzehn. Unten in Vorderhornbach spielen sie es auf dem Fozzahobel, dass die Johanna Tuttagrätta braucht. Ihre Mutter bindet ihr die Brust immer eng zusammen, aber die Johanna macht die Binde immer wieder auf. Mit dem Konrad aus Vorderhornbach war sie schon mal im letzten Winter im Gada gewesen, sie versündigt sich, die Johanna. Aber das ist ihr ganz gleich. Die Johanna hat gesagt, das ist eben so. Das gehört dazu. Dass ich den Herrn gewähren lassen soll und dass ich deshalb besser zu essen bekomm. Dieses Jahr ist er in den ersten Monaten gar nicht gekommen, aber jetzt kommt er fast jede Woche. Ich halte ganz still, ich darf nicht schreien und weinen. Am Anfang hat es mehr wehgetan, und die Johanna sagt, auch das gehört dazu. Ich habe die Johanna gefragt, ob der Herr nie zu ihr komme. Aber sie sagt Nein und dass sie lieber ein Auge auf den Herrn Student werfen würde.

Sie poussiert mit ihm, sie ist so kühn, die Johanna. Und er setzt ihr solche Flausen in den Kopf. Sie hatte schon öfter ein Stelldichein mit ihm in der Kutschenremise. Sagt, dass er ganz weiche Hände habe und dass sie mit ihm durchbrennen wolle und dass sie mit ihm nach Amerika gehen werde.

Abends lege ich immer zwei Herrengedecke auf, und die

Männer politisieren. Der Herr flucht dann immer, flucht, dass er Ostpreußen nicht verlassen habe, um nun wieder von Hitler gestört zu sein. Die Verträge von Locarno habe der Herr Hitler gebrochen, und ins Rheinland sei er einmarschiert. Mir sagt das alles nichts, das ist so weit weg. Und der Herr Student faselt von einem Mussolini, der Äthiopien niedergerannt hat. Und er spricht von den Faschisten und davon, dass er nach Amerika gehen wolle. Vom Herrn gibt es dann Schelte, dass er ein Feigling sei, dass man sich im Lande wehren müsse. Ich serviere dann immer noch mehr Cognac, und wenn der Herr dann zu mir kommt, ist es schlimm. Er ist grobschlächtig, er wütet über mir. Manchmal möchte er auch, dass ich vor ihm niederknie. Ach, lieber Herrgott, wäre ich doch besser am Hornbachjoch gestorben. Ich habe so viele böse blaue Flecke, die ich verbergen muss. Wenn er fertig ist, streicht er mir über die Wange und flüstert: »Entschuldige.«

Sie hatten sich in Mittenwald beim Rieger drei Butterbrezen gekauft und beäugten die Bahnhofstraße. Das gigantische Hotelprojekt ruhte wegen einer Klage der Anwohner. Vielleicht würde Mittenwalds Traum, ein zweites Fünf-Sterne-Seefeld zu werden, ganz scheitern.

Kathi mümmelte gerade im Auto an ihrer zweiten Breze und maulte mit vollem Mund: »Dieser Arsch, dieser Aff, den kriegen wir!« Irmi sagte lieber nichts, musste dann aber doch schimpfen, als ein Kurierdienstwagen sie übel schnitt und zu einer Vollbremsung zwang. Es lag irgendwas in der Luft, und auch als sie ins Büro kamen, wirkte die Atmosphäre angespannt. Andrea hatte auf sie gewartet und verkündete, dass der Computer ausgewertet sei.

»Und was habt ihr gefunden?«, fragte Irmi.

»Geschichten«, kam es gedehnt von Andrea.

»Was für Geschichten? Geht's etwas konkreter?«, fragte Kathi spöttisch. Ihre gute Phase schien vorüber zu sein. Wahrscheinlich wurmten sie immer noch die Knöpfe und der fehlende Arsch.

Andrea musste schlucken, sagte dann aber mit fester Stimme: »Dateien mit Geschichten, deren Titel nach schlechten Filmen klingen, und mit Namen, die wirklich brisant sind. Namen aus der besseren Gesellschaft. Ich hab euch das alles ausgedruckt. Außerdem hab ich den E-Mail-Verkehr mit dem Verlag gefunden. Das Buch muss gerade im Lektorat sein. Die letzten Mails beziehen sich auf Fragen zum Text.«

Irmi gratulierte Andrea innerlich, dass sie Kathi so gut standgehalten hatte. »Das heißt, der Waldschrat Hias hatte recht. Es gibt ein Buch. Kommt er auch vor?«

»Ich habe vieles nur überflogen, über ihn gibt es eine Wilderergeschichte, die ist … ähm … noch harmlos. Aber …«

»Aber was?«

»Aber sie schreibt auch über einen Marc von Brennerstein.«

»Das ist ihr Ex!«, rief Irmi.

»Oh, dann ist es ja noch schlimmer. Also, na ja, es gibt eine Geschichte von einer Drückjagd mit Hunden auf Einladung von diesem von Brennerstein. Es wurde viel geschossen und schlecht getroffen, außerdem wohl auch auf Böcke, und das nach dem 15. Oktober, wo die – so hab ich das verstanden – schon Schonzeit hatten. Und dann ist ein angeschossenes Tier ins Nachbarrevier gelaufen, und die haben nachgesucht, ohne die Nachbarn zu verständigen. Ich kenn mich ja nicht aus mit dem Jagen, aber das ist wohl der totale Fauxpas. Und ein zweites Tier mit einem Keulenschuss ist auch ins Nachbarrevier gelaufen. Da hat aber keiner nachgesucht, und es wurde nach Tagen vom Nachbarn elend verendet aufgefunden. Das ist ein Verstoß gegen das Jagdgesetz.« Andrea atmete schwer. Sie hatte lange referiert, fast ganz ohne ihre sonst so häufigen Ähms und Alsos.

Alle sahen sie an.

»Ja, und der von Brennerstein hat mit seinen Kumpels auch mit Nachtzielgeräten geschossen. Nachtsichtgeräte zum Rumlaufen im Dunkeln darf man schon benutzen, aber nicht Nachtzielgeräte, das ist ein Verstoß gegen das Nachtjagdverbot. Ich hab nachgesehen. Eineinhalb Stunden nach Sonnenuntergang darf eh keiner mehr rumschießen.«

»Das ignorieren aber viele der honorigen Jäger«, meinte Irmi und dachte an Bernhard und seinen Schrotallerwertesten.

»Am fiesesten finde ich«, setzte Andrea nach, »dass der von Brennerstein mal gesagt haben muss, als es um die armen Kitze ging, die zusammengemäht werden: Was wir dermäht haben, müssen wir schon mal nicht mehr erschießen. Da erwisch ich gleich drei, hat er gesagt. Das ist doch ...« Andrea kämpfte mit den Tränen.

Irmi kannte genug Bauern, die das zwar nicht aussprachen, aber dachten. Denen gingen die zermähten Kitze sonst wo vorbei. Manche hielten sogar drauf zu und unterbanden Hilfsangebote von Naturschützern, die Wiesen vor dem Mähen abzugehen. Und das Flugobjekt mit Temperatursensor, das man über Wiesen fliegen lassen konnte, damit es Aufschluss über eventuelle Tiere im Gras gab, würden die in tausend Jahren nicht einsetzen.

»Die entscheidende Frage ist dann aber doch, ob dieser von Brennerstein das gewusst hat«, meinte Kathi. »Hat er gewusst, dass seine Ex über ihn wenig feine Geschichten schreibt?«

»Ja, und genau das werden wir ihn fragen«, sagte Irmi.

»Herrgottsakrament, des wird der sicher ned woin, dass des an die Öffentlichkeit kimmt«, meinte Sailer. »Des klingt ja schauderhaft. Wenn des stimmt.«

»So was stimmt immer. Diese Regina hat sicher sauber recherchiert. Außerdem wird kein Verlag der Welt es wagen, so was zu drucken, wenn es nicht hieb- und stichfest ist«, meinte Irmi. Sie nahm den Ausdruck des Textes in die Hand und überflog das Vorwort.

»Sehr interessant«, meinte sie dann. »Wisst ihr was? Ich lese es euch einfach mal vor.«

Wenn Frauen scharf schießen

Mein Sepp war sechzehn Jahre alt, als er hochbetagt in die ewigen Jagdgründe einging. Sepp war ein prächtiger handzahmer Hirsch, der Hunderten von Kindern in meinem Naturpädagogikzentrum den engen Kontakt zu einem Wildtier ermöglicht hat. Sepp war ein Star! Dass er in die ›ewigen Jagdgründe‹ einging, ist in dem Fall keine Floskel. Die Indianersprache habe ich bewusst gewählt, denn ich habe mir beim Jagen die Denkweise der

Indianer zu eigen gemacht. Wenn Indianer jagen, dann sprechen sie vorher mit dem Tier und erklären ihm, dass sein Tod nötig sein wird. Das ist Ehrerbietung vor dem Tier, und auch hierzulande gibt es solche Rituale: dem Tier den letzten Bissen ins Maul zu stecken, vor dem toten Tier eine Weile zu verharren. Ein Tier sofort ohne jegliche Emotion abzutransportieren lehne ich ab. Ich habe genug Jagdkollegen, die mich auslachen und unter Druck setzen wollen, nach dem Motto: ›Bis du mal abdrückst!‹ Aber ich habe eine Verantwortung für das Tier, ich schieße nur, wenn ich mir hundertprozentig sicher bin.

Auch wenn ich schießwütige Frauen kenne und übervorsichtige Männer, so gibt es doch eine Tendenz, dass Frauen den Finger nicht so schnell am Abzug haben und bei großen Distanzen eher mal verzichten. Was ich bei Frauen auch selten erlebe, ist diese Vernarrtheit in Waffen. Das Sammeln von Waffen. Wir benutzen die Waffe einfach als Arbeitsgerät.

Warum ich jage?

Nun, ich bin schwer vorbelastet und mit Wald und Flur aufgewachsen. Ich besitze einen Forstbetrieb mit über achtzig Hektar. Das ist vergleichsweise klein, aber ab achtzig Hektar ist das eine Eigenjagd, ich will und muss den Bestand regeln. Aber ein Jagdschein ist kein Schussschein. Und nicht für ein Wochenendseminar geeignet. Im Saarland beispielsweise gibt es Crashkurse, für die man ein paar Tausend Euro hinblättert, aber es fehlt die Praxis, und es fehlt etwas ganz Entscheidendes: die Passion. Jagd aus Prestigegründen hat nichts mit Naturliebe zu *tun.* In Bayern hingegen ist der Schein sehr aufwendig, man spricht nicht umsonst vom »grünen Abitur«, das Waffenkunde, Jagdrecht, Hundekunde, Forst- und Landwirtschaft sowie Naturschutz, Schießübungen und sehr viel Wildtierkunde umfasst. Ein Jäger ist sein eigener Fleischbeschauer, das heißt, er muss sehr genau über Krankheiten Bescheid wissen.

Wie kann gerade ich Tiere töten?

Die Antwort hat etwas mit ebendieser Ehrerbietung zu tun und mit einer gesunden Einstellung zur Ernte. Bestimmte Jagdpraktiken lehne ich ab, die reine Trophäenjägerei ist für meine Begriffe abartig. Jagd hat da ihre Berechtigung, wo ich das Tier dann auch als Fleischlieferant verwerte. Und das erfordert einmal mehr Umsicht. Das Tier darf in keinem Fall wissen, wer dahintersteht. Es darf keinen Kontakt zum Schützen aufnehmen, womöglich sogar herübersehen. Ich als Mensch brauche die Distanz, und das Tier sollte auch aus ganz pragmatischen Gründen keinerlei Anspannung spüren, denn Stressadrenalin schadet dem Fleisch. Aber was sehe ich bei den männlichen Kollegen? Ich sehe Brunftverhalten bei Männern – wie bei der Jagd die Geweihe klappern, das ist ganz großes Kino.

Liebe Leser, wenn wir heute nicht umdenken, ist es morgen schon zu spät. Frauen sind ihr ganzes Leben lang dahin gehend erzogen worden, eine Synthese zu finden, das mussten wir in allen unseren Lebensbereichen lernen. Die Jagd profitiert nur davon.

Ihre Regina von Braun

Es war eine Weile still, bis Andrea sagte: »Das mit den Indianern find ich schön.«

»Ja, das war wieder mal klar«, meinte Kathi. »Shitting Bull hat gesprochen und so.«

»Des hoaßt Sitting Bull«, kam es von Sailer, der wohl auch eine große Vergangenheit als Indianer in Kindertagen gehabt hatte.

»Ach?«, fragte Kathi mit einem süffisanten Grinsen und fuhr fort: »Ich bin mir nicht ganz sicher, ob da nicht zwischen Selbstbild und Fremdwahrnehmung ganz schöne Abgründe klaffen. Diese Regina von Braun war gewiss keine, die Synthesen finden konnte. Sie wiegelt doch schon in ihrem Vorwort auf und ...«

»... ist dir da so was von ähnlich!«, ergänzte Irmi.

Andreas Miene entspannte sich. Irmi lächelte sie an und meinte in Kathis Richtung: »Dabei gebe ich dir sogar recht. Ich kann diese Regina von Braun nicht greifen und schwanke, ob ich sie sympathisch oder unsympathisch finden soll.«

»Ich finde sie mutig«, flüsterte Andrea.

»I woaß ned«, kam es von Sailer. »Wär s' doch besser Biologielehrerin worden.«

Irmi seufzte. »Ihr seid auch keine große Hilfe. Wir müssen das Buch komplett lesen und herausfinden, wem sie außer von Brennerstein noch auf die Füße getreten ist. Das könnten Leute sein, die das Erscheinen des Buches verhindern wollten. Andrea, wie heißt der Verlag?«

»Corecta Verlag, mit Sitz in Österreich. Ich hab dir die Telefonnummer und die E-Mail-Adresse der Lektorin aufgeschrieben.«

Irmi nahm den Zettel. Eine Nummer in Innsbruck und die Adresse a.schmidt@corecta-verlag.at.

»Gut, ich ruf da morgen mal an. Wir machen jetzt Schluss und warten auf die Auswertung der Waffen vom Karwendel-Hias. Morgen fahren wir zu diesem von Brennerstein. Sonst noch was, bevor wir eine kurze PK für die Lokalpresse geben?«

»Die Computerspezeln von der KTU haben rausgefunden, dass an Reginas PC mehrfach mit dem Passwort rumprobiert worden ist.«

Irmi sah Andrea überrascht an. »Das heißt, da war einer dran, der sich Zugang zu ihren Dateien verschaffen wollte?«

»Sieht ganz so aus.«

»Was war denn das Passwort?«

»Na ja, sie haben es natürlich mit den Familienmitgliedern versucht, dann alle Tiernamen, Geburtstage und so.«

»Ja, und?«

»Das Passwort war Platzhirsch.«

»Wow!«, rief Kathi.

»Da kommt ja keiner drauf«, sagte Irmi bewundernd.

»Die KTU schon«, meinte Kathi grinsend.

Irmi dankte ihren Leuten und verabschiedete sich in die PK. Außer Tina Bruckmann waren die üblichen Verdächtigen der Region anwesend, die Skandalmedien hatten wohl noch keinen Wind von der Geschichte bekommen oder das Ganze noch nicht als boulevardwürdig erachtet. Bisher gab es von der Polizei aus auch wenig zu sagen. Eine tote Biologin, ein Kleinkalibergeschoss, eine Tatzeit, bislang keine Motive. Das Buch mit den Jagdgeschichten würde Irmi momentan noch nicht erwähnen, das hatte sie mit dem Pressesprecher und der Staatsanwaltschaft so abgestimmt. Sie sprachen auch nicht explizit darüber, dass man es hier mit einem Wildererkaliber zu tun hatte, darauf würden die Schreiberlinge, sofern sie pfiffig waren, von selbst kommen.

Nachdenklich fuhr Irmi schließlich heim. Im Kopf wirbelten Bilder, Worte und Sätze herum. Doch, sie hätte manchmal etwas für einen dieser Jobs gegeben, die man einfach hinter der Bürotür lassen konnte.

Platzhirsch, interessantes Passwort. Wen hatte sie damit gemeint? Ihren Lover, ihren Ex? Einen anderen Mann? Ihren Vater vielleicht? Oder war das einfach ein Gag, ein Wort, das ihr gerade eingefallen war? Ein Mann, dein Mann, mein Mann, schoss durch Irmis Kopf, und sie dachte an *ihn*. Sie wählte auf dem Handy seine Nummer an, doch es meldete sich wieder nur seine Mailbox. Irmi wusste, dass er gerade irgendwo in Russland unterwegs war, und sie hatte keine Ahnung, wie es da mit dem Telefonnetz aussah. Das war ja schon in Bayern katastrophal und löchrig wie ein Käse.

Mein Mann? Er war doch ihr Mann, zumindest gefühlt. Aber Irmi hatte sich immer schon unwohl gefühlt mit Possessivpronomen bei Menschen. Es gab Leute, die mit ihrem Besitz herumprotzten: mein Haus, meine Jacht, meine Frau, mein Hund, mein Pferd. Aber Lebewesen besaß man nicht, Lebewesen begleiteten einen auf Teilstrecken eines Lebens. Mein Lebensgefährte? Ein Gefährte war ursprünglich jemand, der einen auf einer längeren Reise begleitete. Oder kam das Wort doch von Gefahr?

Lebensabschnittspartner, das ging gar nicht, fand Irmi. Eine Affäre klang so flüchtig, dabei war ihre Affäre doch gar nicht so flüchtig, immerhin kannte sie *ihn* schon seit einigen Jahren. Und liebte ihn. Sie liebte ihn doch? Lover? Liebhaber? Was war *er* eigentlich in ihrem Leben? Heute war er abwesend, unerreichbar, nur weil ein Mobiltelefon seinen Dienst verweigerte. Und gerade heute wog das so schwer. Aber sie hatte ja ihre Kater zum Reden. Sie lagen nicht, wie erwartet, in Irmis Bett, sondern saßen vorwurfsvoll auf dem Fensterbrett. Irmi brauchte eine Weile, um die Lage zu überblicken. Sie hatten es geschafft, eine fast volle Literflasche Mineralwasser vom Nachtkästchen ins Bett zu kippen. Ein Bett, das nun geflutet war. Und darin konnte man als Katze ja wahrlich nicht liegen. Als Mensch auch nicht. Irmi zog das Bett ab, stopfte Küchenhandtücher unter das frische Leintuch, damit sie die Feuchtigkeit aufsaugten. Tiere erzogen zur Ordnung – was hatte sie die Flasche auch nicht verschlossen?

Irmi erwachte am nächsten Morgen um halb sieben. Bernhards höllenstarker Kaffee stand parat, und auch die Zeitung lag auf dem Tisch. »Wildererschuss auf Biologin?« Tina Bruckmann war pfiffig, sie hatte am Abend noch Kontakt mit Kugler aufgenommen, der als Revierjäger natürlich von diversen Fällen der Wilderei zu berichten wusste, bei denen mit demselben Kaliber geschossen worden war wie beim Mord an Regina von Braun.

Vom Büro aus meldete sie sich beim Corecta Verlag in Innsbruck. Eigentlich hatte sie gar nicht damit gerechnet, dass die Lektorin um kurz nach acht schon ans Telefon gehen würde. Diese Menschen in Kreativberufen begannen doch erst gegen zehn. Wenn überhaupt. Aber Anita Schmidt war schon am Platz und stellte auch gar nicht infrage, dass Irmi wirklich von der bayerischen Polizei war. Sie schien tief betroffen, dass Regina tot war.

»Was passiert denn nun mit dem Buch?«, fragte Irmi schließlich.

»Keine Ahnung. Ich muss das mit der Verlagsleitung besprechen. Es gibt ja Rechtsnachfolger, die auch die Tantiemen der laufenden Bücher bekämen. Ob das Buch nun erscheint, keine Ahnung. O Gott, wie furchtbar.«

Rechtsnachfolger wäre dann Robbie, nahm Irmi an. Regina hatte im Corecta Verlag bereits vier Bücher veröffentlicht, eines über die Biologie von Reh und Rotwild, ein Kinderbuch mit vielen Bildern, ein Buch über die Haltung von Rentieren in Mitteleuropa und eines über Gemüseanbau.

»Das Gemüsebuch ist aus den Aufzeichnungen ihrer verstorbenen Mutter entstanden. Ein sehr schöner Text, wie ich finde«, sagte die Lektorin. »Ihre Mutter war Autodidaktin, sie hatte sagenhafte Ideen und sehr einfache und praktikable Tipps. Mein Gemüse gedeiht prächtig, seit ich diese Ratschläge berücksichtige.«

Irmi dachte, dass sie das ja vielleicht auch einmal lesen sollte. Ihr mangelte es am grünen Daumen. »Das aktuelle Werk dagegen ist ja ziemlich brisant.«

»Wir sind ein Naturbuchverlag mit einem Fokus auf Jagdthemen, auf Hundebücher und Kochbücher. Wir sind kein Magazin, aber unsere Verlagsleitung hat sich ganz klar dafür entschieden, auch mal was Kritisches zu veröffentlichen. Die meisten Jäger werden das ja nicht auf sich beziehen. Sie sind ja die Guten.« Sie lachte unsicher.

Ja, die Guten und die Schlechten. Immer diese schwierige Grenzziehung.

»Frau Schmidt, das finde ich ja durchaus löblich. Ich nehme auch an, die Verlagsleitung erwartet sich gute Absatzchancen. Aber Sie bewegen sich da auf sehr dünnem Eis, oder? Haben Sie nicht Angst vor einem Schwall von Klagen?«

»Wir können die Geschichten nicht mit den Klarnamen bringen. Das ist sicher.«

Irmi horchte auf. »Wir haben den PC von Regina von Braun sichergestellt. Und da sind die Geschichten alle personalisiert. Ein Marc von Brennerstein und seine Jagdpraktiken beispielsweise kommen da gar nicht gut weg.«

»Das ist die erste Version. In der lektorierten Fassung erzählen wir Geschichten, aber ohne Namen. Mit Namen, das ginge doch gar nicht! Du lieber Himmel!«

»Nun, den Absatz des Buches könnte das aber ankurbeln, oder?«

»Ja, aber die Arbeit unserer Rechtsabteilung auch. Wir haben uns darauf verständigt, dass wir nur Andeutungen machen, es kann ja jeder selbst etwas hineininterpretieren.«

»Und Regina von Braun war damit einverstanden?«, fragte Irmi.

»Anfangs nicht, dann aber schon. Der Verlag hat ganz klar gesagt, dass er gerne üble Praktiken brandmarkt, aber ohne Namen. Wir lehnen uns auch schon so weit aus dem Fenster, das sage ich ihnen!«

95

Anita Schmidt klang ein wenig skeptisch. Irmi hatte den Eindruck, dass wohl vor allem die Verlagsleitung das Buch bringen wollte und weniger diese Lektorin. Einige der Geschichten würden sicher auch ohne Namensnennung Staub aufwirbeln. Zwar hatte so ein Jagdbuch bestimmt keine so hohen Auflagen wie diese albernen Krimis, die heutzutage die Schaufenster der Buchläden zuhauf bevölkerten. Und es waren schon gar nicht die Bestsellerauflagen dieser mittelalterlichen Softpornos zu erwarten, deren Erfolg sich Irmi auch nicht erschloss. Aber einige Leute würden es genau lesen, Leute wie Marc von Brennerstein. Und die hatten Einfluss in Bayern!

Irmi bedankte sich für die Auskünfte, hinterließ ihre Telefonnummer und informierte ihre Leute. Sailer und Sepp war anzusehen, wie angestrengt sie nachdachten. Andrea blickte zu Boden.

Kathi übernahm schließlich das Wort. »Aber wenn im Buch keine Namen fallen, dann sind wir doch auch unser Mordmotiv los, oder? Dann hätte dieser von Brennerstein ja keinen Grund, Regina aus dem Weg zu schaffen.«

»Außer er hat nicht gewusst, dass die Namen entfallen. Was, wenn er in Reginas Computer geschnüffelt, seine Story gelesen und sie anschließend zur Rede gestellt hat? Jemand hat ja versucht, ihr Passwort zu knacken.«

»Aber konnte er denn sicher sein, dass Reginas Tod das Erscheinen des Buchs verhinderte?«, fragte Andrea zögernd.

Irmi nickte ihr zu. »Gute Frage, die Lektorin konnte das auch nicht sagen, aber egal wie – den von Brennerstein besuchen wir jetzt mal.« Sie grinste Kathi an. »Und wir pokern ein wenig.«

»Aye, Aye, Sir!«, machte Kathi.

Es klopfte, und herein stolperte der Hase, der Irmi heute noch dünner vorkam als im Wald der von Brauns. Aber da hatte er auch eine Daunenjacke getragen. Heute hatte er eine Softshellweste an, und die hatte er sicher in der Kinderabteilung gekauft. Er wusste zu berichten, dass die Waffen vom Karwendel-Hias clean waren. Aus keiner war vor Kurzem geschossen worden, und kein Gewehr wies die Eigenschaften auf, die gepasst hätten. Kollege Hase hatte mit ein paar Ballistikern Material gesichtet, Vergleichswunden analysiert, auch Wunden an gewilderten Tieren. Die Experten waren zu dem Schluss gekommen, dass die Tatwaffe höchstwahrscheinlich eine umgearbeitete Biathlonwaffe war.

Vielleicht war es Sailer, der den Ausschlag gab. Er lachte polternd und sagte: »Die Magdalena Neuner wird's scho ned gewesen sein.«

»Die Martina, die wo mal Glagow g'hoaßn hot, aa ned«, setzte Sepp noch eins drauf.

»Ja, und die Miri Gössner auch nicht und all die anderen netten Mädels.« Irmis Ton war eisig. »Und der Kasperle im Kasperletheater war es auch nicht, der haut ja immer nur das Krokodil.«

Sepp starrte seine Chefin entgeistert an.

»Was ihr hier veranstaltet, ist Kasperletheater!«, fuhr Irmi fort. »Aber aus irgendeiner Waffe wurde geschossen, und drum werdet ihr jetzt mal alle Biathlonvereine überprüfen und auch die Sportschützen, denn alle müssen ihre Waffen ja ordentlich versperrt aufbewahren. Und registrieren. Schaut euch die Jäger in der Region an, das hier ist doch kein Verbrechen, wo ein Auftragskiller mal schnell aus Weißrussland eingeflogen wird. Hier geht es um etwas Privates. Ich bin der Meinung, dass der Täter dicht dran war an Regina von Braun.«

»Des is a Witz«, kam es von Sailer.

»Kein Witz, mir ist heute gar nicht so witzig zumute. Wir haben eine tote Frau, und es sind schon zwei Tage vergangen, ohne dass wir irgendwas hätten. Also gehen wir jetzt mal ganz systematisch vor, das nennt man Polizeiarbeit. Wir sind hier nicht beim Fernsehen, wo dumme Bullen allein irgendwo reinmarschieren und eins auf die Mütze kriegen.« Im gleichen Atemzug wusste Irmi, dass sie auch so eine dumme Bullin war, die gefährliche Alleingänge machte. Aber keiner der Kollegen sagte noch etwas.

Sogar Kathi war relativ schweigsam, als sie sich Richtung Tölz aufmachten. Es hatte zu schneien begonnen. Fette, nasse Flocken sanken hernieder. Es war bald Ostern, so gehörte sich das im Voralpenland. Schnee zu den unmöglichsten Zeiten, bloß nie an Weihnachten. Einen Vorteil hatte das: Kathi war relativ schnupfenfrei, der Schnee klebte die Pollen zusammen.

Sie verließen die Hauptstraße und schraubten sich ein wenig hinauf bis Wackersberg. Schmucke Höfe, ein ganz anderer Baustil als im Werdenfels. Irmi entdeckte eine Inschrift, die in Stein gehauen war: »Sieh das Leiden unsres Herrgotts, der uns dies schöne Land bescherte, sieh den Bauernstand, den stolzen, und die Politik, die g'scherte.« Das stand bestimmt schon länger da, schon vor den Querelen wegen des Milchpreises, lange vor dem aktuellen

Versagen der Landwirtschaftspolitik. Sie passierten eine Pestkapelle, und auf einmal hatte Irmi das Bedürfnis anzuhalten.

»Willst du beten oder was?«, maulte Kathi. Trotz Pollenbefreiung war Kathi heute wenig genießbar.

Irmi zuckte mit den Schultern und ging los. Während des Dreißigjährigen Krieges hatte die Region fast alle Einwohner verloren. Die wenigen Überlebenden hatten die traurige Pflicht, sie in einem großen Hügelgrab beizusetzen, und 1638 hatten sie die Pestkapelle errichtet. Irmi wusste gar nicht, warum sie das heute so berührte, und begann im Gästebuch zu lesen. Eine Grażyna aus Polen, die in Wackersberg arbeitete, freute sich über den schönen Tag, und eine Melanie wünschte sich eine gute Prüfung im Februar und im März und eine neue Arbeit. Einfache Wünsche.

Ja, manchmal wünschte sich Irmi auch eine neue Arbeit und eine neue Kollegin. Ihre stand ans Auto gelehnt, rauchte und sah sie an, als wäre sie sowieso irrsinnig. Am liebsten hätte sich Irmi auf die Terrasse des Gasthofs Waldherr gesetzt und ein paar Obstler gekippt. Auch das war ein Wunsch, den sie selten hegte, aber heute war ihr so kalt. Innerlich und äußerlich.

Aber der Waldherr hatte geschlossen.

Das Anwesen der von Brennersteins war weniger protzig als erwartet. Marc von Brennerstein selbst war gerade damit beschäftigt, in die Motorhaube seines schweren Mercedes-Geländewagens zu starren. Als Irmi und Kathi kamen, schälte er sich aus dem Auto und blieb an den Wagen gelehnt stehen. Er war zweifellos attraktiv, jetzt weit mehr als im TV, als er geschminkt gewesen war und viel zu maskenhaft ausgesehen hatte. Im Fernsehen hatten sie ihm sicher die Haare mit Spray festgepappt, nun strich er sich eine Strähne aus der Stirn und schmierte sich versehentlich Öl ins Gesicht.

»Sind Sie auf dem Kriegspfad?«, fragte Kathi.

Er war nur sehr kurz irritiert, dann blickte er in den Außenspiegel und wischte sich mit einem Taschentuch, das er elegant aus der Jacke zauberte, die Stirn ab. Das Taschentuch war natürlich eins aus Stoff und trug ein Monogramm. Wo gab es heute noch Männer mit solchen Taschentüchern? Nur in einer Welt, die nicht Irmis war.

»Besser?«, fragte er. »Die Damen wünschen?«

»Wir würden mit Ihnen gerne über Ihre tote Exfreundin sprechen«, erklärte Irmi.

»Als hätte ich es geahnt«, seufzte er theatralisch. »Darf ich Sie hereinbitten? Es ist doch noch etwas frisch heute.«

Er war so was von ungerührt, dass Irmi fast versucht war, ihm Anerkennung zu zollen. Sie empfand ihn nicht unbedingt als unsympathisch. Er wirkte einfach wie ein Mann, der es sein ganzes Leben lang gewohnt gewesen war, dass sich ihm nichts in den Weg stellte. Er besaß die Selbstsicherheit der Upper-Class-Kinder, die das Leben nur von der Sonnenseite kennen. Solchen Menschen wurde gerne Arroganz vorgeworfen, aber im Prinzip verhielten sie sich nur entspannt und souverän. Wer nie wirtschaftliche Not leiden musste, immer in den richtigen Zirkeln nach oben bugsiert worden war, wer nie um einen Job hatte kämpfen müssen, tat sich leicht mit dem Selbstbewusstsein.

Das Hauptgebäude war ein prächtiges altes Bauernhaus.

Marc von Brennerstein führte sie in einen Raum von der Größe einer Gaststube. Ein Kachelofen bullerte, und kaum hatten sie sich gesetzt, brachte eine Frau ein Tablett mit Tee, Kaffee und Gebäck herein. Ein wenig war Irmi schon beeindruckt, und ein klein wenig verstand sie diese Regina auch. Ihr eigenes Haus war so erdrückend, sosehr sie es auch mit orangenen Farbtupfern aufzupeppen versucht hatte. Dieses Anwesen war pure Großzügigkeit, war Helle, war Anmut. Und es gab definitiv schiachere Männer. An den Wänden hingen kunstvoll gearbeitete Messer und ein paar Jagdwaffen, die so teuer aussahen, dass sie wohl nur Dekorationszwecken dienten.

»Waffennarr?«, fragte Kathi.

»Diese Messer sind feinste Handarbeit. Die Geschichte solch schöner Dinge ist interessant. Waffen gehören zum Menschen, gehören zur Menschheitsgeschichte. So wie die Jagd. Narretei ist das keine. Ich bin Sammler.«

Jäger und Sammler, das waren die Menschen früher einmal gewesen. Damals war es ums Überleben gegangen, um die Nahrung. Heute jagten sie nach Ruhm und Erfolg und sammelten Statussymbole. Die Gene waren einfach nicht mitgekommen, dachte Irmi. Laut sagte sie: »Regina von Braun wurde erschossen. Sie wissen das.« Das war eine Feststellung, weniger eine Frage.

»Ja, eine Tragödie.«

»Na, so eine Tragödie war das ja wohl nicht für Sie. Schließlich hatten Sie Streit, und Sie hatten sich getrennt. Sie haben sich eine Fernsehschlacht geliefert«, sagte Kathi scharf.

Er lächelte. »Schlacht – nun ja, solch starke Worte würde

ich nicht verwenden. Wenn ich jede meiner Exfreundinnen hätte erschießen wollen …«

»Ach, waren es so viele?«

»Wen interessieren profane Zahlen? So spielt das Leben. Andere Mütter haben auch schöne Töchter.« Sein Blick besagte: Deine Mutter hat ja auch eine schöne Tochter.

»Die Zahl Ihrer Exfreundinnen interessiert uns nicht. Aber Sie wollten Regina gerne halten!«, sagte Irmi mit Chilischärfe in der Stimme.

»Es ist korrekt, dass sie die Beziehung beendet hat. Ich fand das etwas übertrieben als Reaktion auf eine Fernsehsendung. Es war doch nur eine Sendung im Hausfrauenfernsehen.«

Irmi spürte, dass er das wirklich ernst meinte. Er schien sich dessen tatsächlich nicht bewusst zu sein, wie sehr er Regina im Mark erschüttert hatte. Er war ein Spieler, der immer gewann. Er hatte den Fernsehprovokateur gespielt und einen Heidenspaß dabei gehabt.

»Herr von Brennerstein, ich würde mir diese DVD gerne mit Ihnen ansehen.« Irmi zauberte sie aus der Tasche und wedelte damit. Von Brennerstein war ganz kurz irritiert, dann öffnete er einen Holzschrank, in dessen Innerem ein Riesenbildschirm, diverse Kästchen und eine Bose-Anlage zum Vorschein kamen. Er legte die DVD ein. Irmi sah den ersten Teil nun schon zum zweiten Mal, ein Seitenblick auf Kathi zeigte ihr, dass diese schon bei der ersten Antwort des Landadligen aggressiv wurde. Da war wieder der Moderator, der sagte, es ginge ja hier nicht um Schokolade. Regina wirkte angespannt, als sie wieder ins Bild kam.

»Nein!«, rief sie ins Mikro. »Hier geht es darum, dass das Wild aus den Deckungen gar nicht mehr rauskommt. Wir wissen doch längst, dass die Ganzjahresjagd nur bedeutet, dass die Tiere scheuer werden und schier unauffindbar. Auch Sie müssten erkannt haben, dass lediglich Intervallzeiten zum Jagderfolg führen. Außerdem schnellt bei einer Beunruhigung in der Winterzeit der Energiebedarf der Rehe um bis zu vierhundert Prozent des Ruhezustandes in die Höhe. Nur wenn das Wild in den Wintermonaten ungestört ist, schont es seine Energiereserven und kommt mit einem kargen Nahrungsangebot gut über die Runden, sonst verbeißt er nämlich noch mehr! Das ist doch logisch!«

»Logik, meine Liebe, ist ein Wort aus dem Altgriechischen und meint denkende Kunst. Man versteht darunter die Lehre des vernünftigen Schlussfolgerns. Ihre Rehbegeisterung ist aber nicht vernünftig.« Wieder grinste er selbstgefällig.

»Sie lügen den Leuten doch was vor. Sie reden von Versuchen mit Nachtzielgeräten, Sie reden von der winterlichen Gatterjagd im Allgäu nach dem Motto: Ich schieß raus, was mir nicht passt. Das bedeutet: Ich erschieße Tiere ohne Fluchtmöglichkeiten. Ich erschieße Tiere in einem Bereich, der der Notzeitfütterung dient. Mit hoher waidgerechter Jagd hat das alles nichts mehr zu tun, da bin ich im Sprachduktus sogar bei Ihnen: Das ist wirklich nur noch Schädlingsbekämpfung!«, giftete Regina.

Irmi fand, dass Regina die weit besseren Argumente hatte, aber auch ihr wollte sie nicht so recht gefallen. Sie redete zu schnell, zu laut, und auch sie wirkte arrogant.

Während er gönnerhaft schien, war sie zu wissenschaftlich. Es war wie ein Duell zwischen zwei Präsidentschaftskandidaten. Irmi beobachtete von Brennerstein aus den Augenwinkeln. Der saß entspannt da und lächelte selbstgefällig.

»Wenn ich die Tiere nicht anders erwische«, sagte von Brennerstein im Fernsehduell, »muss ich das tun. Es geht um Effizienz, ich erinnere Sie noch einmal daran, dass Abschusspläne bindend sind. Ich habe einen geringeren Aufwand, muss nicht dauernd ansitzen, bin nicht an Tageszeiten gebunden.«

Regina sah so aus, als würde sie ihm nun jeden Moment an die Gurgel fahren, und auch der Moderator hatte instinktiv den Kopf eingezogen.

»Wenn ich mal das Thema Ethik komplett ausklammere und nur die Wildbiologie ins Feld führe, dann nutzt ihnen der Gatterabschuss nur kurzfristig. Die erfahrenen weiblichen Tiere, die die Herde anführen, werden nicht mehr hineingehen und die Herde dann auch nicht mehr. Rotwild ist extrem lernfähig. Was Sie hier propagieren, ist nicht besser als jede Großschlachterei.« Reginas Augen sprühten.

»Frau von Braun«, mischte sich der Moderator ein, »erklären Sie dem Zuschauer doch bitte, was diese Gehege sind!«

»Wintergatter, nicht Pferch oder Gehege! Die Tiere sind freiwillig hier, sie kommen im Frühwinter und haben weder Uhr noch Kalender. Sie kommen nicht unbedingt mit dem ersten Schneefall, aber mit dem ersten großen Wintereinbruch. Diese Erfahrung, dieses Wissen geben die Mütter an die Kinder weiter. Rothirsche sind große Pflanzenfresser und waren eigentlich Offenlandbewohner, aber der Mensch hat sie immer weiter in den Bergwald zurückgedrängt. Sie haben sich angepasst, aber im Winter bietet der Bergwald zu wenig Äsung. Rotwild zieht eigentlich in die Flussauen, aber die gibt es heute kaum noch. Die Flüsse sind begradigt, von Straßen abgeschnitten, besiedelt. Was also tust du als hungriger Hirsch, der du auch noch Wiederkäuer und auf rohfaserreiche Nahrung angewiesen bist? Genau, du knabberst Bäume an, und das aus Überlebenswillen. Genau deshalb gibt es diese Wintergatter. Die Tiere erhalten artgerechte Nahrung aus Heu und Grassilage, Rüben und Kastanien als Schmankerl. Man hindert die Tiere daran, den im alpinen Raum so wichtigen Schutzwald zu verbeißen, und entlässt sie erst wieder, wenn die Bodenvegetation wieder Nahrung bietet.«

»Aha, aber dann ist es doch wirklich unethisch, die Tiere dort abzuschießen, Herr von Brennerstein«, meinte der Moderator und schaute dümmlich aus seinem Trachtenhemd. »Da schießen Sie ja quasi auf Gefangene, die nicht flüchten können.«

»Die Kugel ist noch nicht draußen, da ist das Tier schon tot. Wenn's knallt, dann sind die Tiere tot, bevor sie es merken. Ich bin ein guter Schütze, ich schieße nicht daneben, bei mir muss kein Tier leiden. Das ist Ethik. Und noch mal zum Mitschreiben: Anders schafft man die Abschüsse nicht.«

»Nonsens! Deutschland hat im Vergleich sowieso schon die längsten Jagdzeiten. Die Staatsforsten haben zwischen viereinhalb und achteinhalb Monaten Zeit, ihren Abschuss von weiblichem Rehwild zu erfüllen. Das sollte genügen«, zischte Regina.

»Frau von Braun, auch in Ihrem Revier werden Sie die Auswirkungen des Klimawandels merken. Es kommen zu viele milde Winter, die Nährstofflage ist viel besser geworden, dem Rehwild geht es doch gut.«

»Jetzt kommen Sie mir nicht mit dem Klimawandel!«, rief Regina.

Von Brennerstein frohlockte. »Sie werden das auch kennen: Die milden Winter veranlassen die Rehe, erst gar nicht bis zur Kierung zu kommen.«

Der Moderator sah ratlos aus. »Kierung?«

Von Brennerstein schenkte ihm ein gönnerhaftes Lächeln. »Wir sprechen von Kierung, wenn man mit kleinen Futtermengen Rehwild anlockt, um dann zum Abschuss zu kommen. Wenn die Tiere aber aufgrund der milden Winter gar kein Interesse an Futter haben, dann schaffen wir unsere Abschusszahlen nicht.« Es folgte der letzte Teil, in dem Regina anprangerte, dass man also künftig auf trächtige Geißen schießen wolle. Und da waren wieder die Heuwinkelkapelle und die Überleitung zum Koch Schrammelhuber. Aus, Äpfel, Amen.

Nach der Sendung wirkte Kathi etwas erschlagen, also ergriff Irmi das Wort. »Sie und Frau von Braun hatten aber tatsächlich sehr kontroverse Ansichten.«

»Ich ermorde aber nicht all jene, die eine andere Ansicht haben als ich.«

»Haben Sie denn so viele Feinde?«

»Feinde, das ist Pathos. Ich führe ein Wirtschaftsunternehmen, die Bayerischen Staatsforsten tun das auch. Wir haben es ständig mit Menschen zu tun, deren Herz für ein paar Bambis schlägt.«

Auch jetzt setzte er auf kurze Sätze und blieb ruhig. Er hatte so eine Art, das Gegenüber mit einer gewissen Nonchalance und ein paar reißerischen Aussagen zu provozieren. Genauso war es beim Fernsehauftritt gewesen. Er hatte kurz gekontert, Regina hatte sich um Kopf und Kragen geredet.

»Regina von Braun war Jägerin und Biologin. Sie war auch Waldbesitzerin. Ich glaube nicht, dass sie einfach nur ein Bambi-Syndrom hatte. Sie hatte gute Argumente. Das zeigt doch das Interview deutlich.«

»Jetzt erzählen Sie mir gleich noch, dass Frauen mit mehr Bedacht jagen und mehr Gefühl für die Kreatur haben? Frauen sind zu schwach. Mein Vater hat immer gesagt: Frauen sollen daheim bleiben und Kinder kriegen. Sie sind geistig zu schwach, das Töten auszuhalten. Mir kommt ka Weiberleit ins Revier, das war sein Credo.«

»Ihr Vater? Und Sie?«

»Frauen können den Mund nicht halten, attraktive Frauen sind störend und bringen alles durcheinander im Wald.«

»Wie Regina?«

»Regina ist zweifellos sehr klug und schön.«

»War!«

»Was war?«

»Sie war klug und schön, und nun ist sie tot.«

»Ja, bedauerlicherweise. Wir hatten Meinungsverschiedenheiten, wie in jeder Beziehung. Ich habe Regina wahrlich nicht den Tod gewünscht. War es das jetzt? Ich habe nicht endlos Zeit. Falls ich ein Alibi brauche, um welche Zeit geht es denn?«

»Sonntag am späten Abend, gegen zweiundzwanzig Uhr.«

»Da war ich hier. Ich habe meine Waffen gereinigt.«

»Zeugen?«

»Mein bayerischer Schweißhund.«

Kathi schnaubte. Irmi hatte lediglich die Stirn gerunzelt.

»Ich möchte nicht unhöflich sein. Aber war es das jetzt?«, insistierte er.

Irmi zögerte nur ganz kurz. »Ja, das war es im Prinzip, Herr von Brennerstein. Was mich nur noch beschäftigt, ist das winzige Detail, dass Sie in Reginas Buch so schlecht wegkommen. Nachsuche im Nachbarrevier, dann gar keine Nachsuche … Ich weiß ja nicht.«

Irmi spürte, dass Kathi die Luft anhielt. Das Risiko war hoch. Er brauchte ja nur zu sagen: Welches Buch?

Er aber schluckte kurz, was seinen Adamsapfel hüpfen ließ. »Ich habe ihr gesagt, dass ich rechtlich gegen das Machwerk vorgehe, wenn sie das wirklich veröffentlichen will.«

»Woher kannten Sie das Manuskript denn?«

»Von Regina.«

»Ach, hat sie es Ihnen vorgelesen? Das wundert mich.«

Zum ersten Mal schwieg er.

»Sie haben in ihrem Computer gestöbert. Das ist aber nicht sehr fein, Herr von Brennerstein«, sagte Kathi süffisant. »Kannten Sie ihr Passwort?«

Da er immer noch schwieg, meinte Irmi: »Ich hätte gerne Ihre Waffen, die haben Sie ja sicher registriert, und

Sie haben auch sicher nichts dagegen, dass wir Abdrücke von Ihren Fahrzeugen nehmen, nicht wahr?«

Natürlich brachte er nun seinen Anwalt ins Spiel. Irmi versicherte ihm, dass sie sich völlig korrekt an die Gesetze der Bundesrepublik Deutschland zu halten gedenke. Sie bat ihn, doch morgen mit Anwalt in Garmisch vorbeizukommen, und war überrascht, dass er zustimmte. Er gab weiter den souveränen Landadligen.

Als sie und Kathi aus dem Haus traten, fühlte Irmi aber doch, dass das Gespräch sie ausgelaugt hatte. Menschen, die nur so vor Selbstwertgefühl strotzten, waren anstrengend. Ob das Regina auch so gegangen war?

Es hatte wieder zu schneien begonnen, nasser Schnee, der allmählich in Regen überging, fiel vom Himmel, und sie beeilten sich, ins Auto zu kommen.

»Studierter Schnösel!«, schimpfte Kathi.

»Immer auf die Füße gefallen. Solche Menschen haben weniger Probleme als du und ich.« Und insgeheim dachte sich Irmi, dass er sich eben auch keine machte. Ihr war klar, dass ein Marc von Brennerstein ein zäher Brocken war. Ihm einen Mord nachzuweisen würde mehr als schwierig werden.

»Wie ist Brennerstein wohl an das Passwort gekommen? Das war doch Platzhirsch, oder?«, fragte Kathi.

»Selbsterkenntnis? Brennerstein ist ja das Bild eines Platzhirsches. Der sagt uns ohne Anwalt nichts mehr.«

»Was machen wir jetzt?«

»Ich möchte noch mal zum Gutshof fahren«, sagte Irmi, ohne so recht zu wissen, was sie dort wollte.

A Weiberleit kommt mir nicht ins Revier – das hätte

auch von ihrem Vater stammen können, dachte Irmi. Sie hasste solche Sätze und wusste doch, dass diese auch in ihrer Generation verankert waren und wahrscheinlich sogar in der nächsten.

Sie rief im Büro an, schaltete die neue Freisprechanlage auf laut und fragte, ob es irgendetwas Neues gebe. Andrea klang ziemlich verstört.

»Dieser Kugler hat angerufen. Er war gerade draußen. Er hat ein Stück Rotwild gefunden. Wieder ohne Kopf, sagt er. Die schneiden einfach die Köpfe ab wegen der Trophäe. Das ist so unglaublich fies. Kugler war richtig wütend. Dem Rotwild geht es eh schon so schlecht, weil alle Flussauen zugebaut sind. Und der Kugler sagt, Rotwild sei eigentlich so schlau. Die laufen bewusst auf Hangkanten, weil sie wissen, dass da keiner schießen kann. Weil da ja kein Kugelfang ist.«

Kathi ranzte in den Lautsprecher: »Kein schöner Tod, aber wir klären Todesfälle von Zweibeinern auf, oder.«

Andrea schniefte, und Irmi warf Kathi einen bösen Blick zu.

»Das Kaliber ist wieder das Gleiche. Er bringt uns das Tier.«

»Danke, Andrea, aber jetzt mach mal Pause«, sagte Irmi und legte auf. Sie hasste diese Machtlosigkeit und sah die Katastrophe heraufziehen: ein ungeklärter Fall, Tod durch einen Wilderer. Pech. Tragisch für die Biologin. Akte zu!

»So einen Wilderer muss man doch finden, verdammt! Vielleicht wollte der Regina von Braun gar nicht treffen. Vielleicht war er auf den Elch scharf. Der Wuiderer muss her!«, rief Kathi. »Und ich glaub immer noch, es war dieser

Karwendelschrat. Irgendwo hat der genau die gesuchte Waffe. Können wir den nicht observieren?«

»Willst du dem hinterherkriechen? Hast du eine Einzelkämpferausbildung? Kannst du im Wald herumschleichen, ohne auf Stöckchen zu treten? Weder du noch ich noch sonst einer von unseren Kollegen ist Lederstrumpf.«

»Sailer schon«, meinte Kathi und lachte. »Wenn der seine Lederhosn mit Altertumswert anlegt. Und die Wadlstrümpf, dann wird der zum Werdenfels-Lederstrumpf. Gut, du hast ja recht, aber dieser Kugler könnte doch an ihm dran bleiben.«

»Worum ich ihn auch bitten werde. Er soll die Augen offen halten. Aber das tut er sowieso. Und du hast gehört, wie schwer es ist, diese Typen aufzuspüren.«

»Geben wir auf?«, fragte Kathi.

»Erst am Jüngsten Tag.«

Kathi warf ihr einen seltsamen Blick und schwieg dann.

Wieder einmal fuhren sie über das enge Sträßchen zum Anwesen der von Brauns. Sosehr Irmi sich auch abmühte, den Schlaglöchern auszuweichen, spätestens das nächste Loch hatte sie gefangen. Rums, das Auto bebte. Die Qualität der Straße erinnerte Irmi an die ehemalige Transitautobahn von Hof nach Berlin und den albernen Sparwitz: »Warum ist das Radfahren auf der Transitautobahn verboten? Antwort: Weil man den Radlern sonst die Finger abfahren würde, wenn sie aus den Schlaglöchern klettern.«

Irmi spürte noch immer die Beklemmung von damals, wenn sie nach Berlin gefahren war, die Anspannung, die dreihundert Kilometer lang angedauert hatte, da man befürchten musste, von den Vopos hopsgenommen zu werden, weil man eine der abrupten Geschwindigkeitsbegrenzungen übersehen hatte. Eine Reise nach Berlin hatte immer einer Expedition geglichen, bisweilen hatte man Stunden an den Grenzstationen verbracht und inbrünstig gehofft, ja nichts falsch gemacht zu haben. Ein einziges Mal war Irmi zu schnell nach vorne gefahren, wo das Regime doch vorsah, dass man seinen Pass an dem einen Häuschen abgab, dann ewig wartete und erst dann bis zum zweiten Häuschen vorfahren durfte, wenn ein gestrenger Volkspolizist winkte. Irmi aber war gleich zu Häuschen zwei gefahren und mit ihr die restliche Schlange. Die Vopos hatten es geschafft, dass alle zurücksetzten, was bei einem Rückstau von fünf Kilometern ewig gedauert hatte.

Was einem alles einfiel! Was so ein Hirn alles speicherte! Irmi fragte sich, ob es wohl Menschen gab, die mal an gar nichts dachten. Das musste herrlich sein. Nichts denken müssen, das hätte Irmi gerne einmal erlebt, zumindest testweise. Aber das war einem wohl erst im süßen Tod vergönnt. Und selbst da war man doch nicht sicher: Wollte man den Katholiken glauben, saß man entweder auf einer Wolke mit Petrus und all den guten bigotten Christenmenschen oder schmorte in der Hölle mit Luzifer, der so ein neckisches Schwänzchen hatte. Irmi war sich gar nicht sicher, was sie bevorzugen sollte. Und ob da dann das Denken abgeschaltet war?

Regina von Braun hatte nicht nur viel nachgedacht, sondern ihre Gedanken auch zu Papier gebracht. Wer sich exponierte, der provozierte auch. Wer sprach und schrieb, war gefährlich. Auf dem Land weit mehr als in der Stadt.

Aber wenn alle, die denken konnten, ermordet würden, wie sähe es denn dann aus im Werdenfels und im Ammertal? Eins war klar: Bevölkerungsentleert wäre die Region dann sicher nicht ...

»Was schaust so zwider?«, fragte Kathi.

»Ach, mir ging nur das eine oder andere durch den Kopf«, meinte Irmi.

Sie fuhren vor das Seminarhaus, wo Helga Bartholomä sich damit abmühte, nassen Schnee wegzuschieben. Irmi grüßte freundlich und erkundigte sich nach Robbie. Es gehe ihm einigermaßen, sagte die Haushälterin und erzählte, dass ihr Mann am Gehege sei. Dann drehte sie sich ohne weitere Worte um, stellte ihre Schaufel ab und ließ die beiden Frauen stehen.

»Puh«, machte Kathi. »Die hat wenig Lust auf uns.«

Ja, sie wirkte wie beim letzten Besuch fahrig und aufgewühlt. Angestrengt und überfordert.

Der Weg war matschig, es war nasskalt und ungemütlich, wenn auch der Schneefall aufgehört hatte. Sie erreichten das Elchgehege, wo Veit Bartholomä gerade dabei war, die beiden Großnasen zu füttern. Er sah Irmi und Kathi und hob schwerfällig die Hand zum Gruß. Auch sein Gang war schleppend, als er näher kam und die Kommissarinnen begrüßte.

Irmi lächelte ihm zu und sah Arthur an. »Ich weiß nicht, irgendwie kommt es mir pervers vor, dass die Skandinavier Elchsteaks essen.«

»Tja, andere Länder, andere Sitten, Frau Mangold. Bei uns fällt der Elch zwar unter das Jagdrecht, da für Elche aber keine Jagdzeit festliegt, ist die Jagd ganzjährig verbo-

113

ten. Wird also nichts mit dem Elchsteak, der Verstoß ist eine Straftat, die mit Freiheitsstrafe bis zu fünf Jahren geahndet werden kann. Der Abschuss von Elchen erfüllt zudem den Tatbestand der Jagdwilderei in einem besonders schweren Fall.«

Und wahrscheinlich würden sie diese Wilderer eben nicht erwischen, dachte Irmi. Vermutlich würde sie die Akte schließen müssen, und Reginas Tod bliebe ungesühnt. Irmi schwieg, Kathi auch.

Bartholomä lächelte angestrengt. »Legal könnten Sie höchstens jene germanische Methode anwenden, die Cäsar in seinem Werk *De Bello Gallico* in einem Exkurs über den Herkynischen Wald in Germanien beschreibt. Elche sind seiner Meinung nach Tiere ohne Kniegelenke, die sich zum Schlafen gewöhnlich an Bäume anlehnen. Die Germanen würden diese Schwäche zur Jagd auf Elche nutzen, indem sie Bäume ansägten, sodass diese umfielen, sobald sich ein Elch dagegenlehne …«

»Hat er das echt geschrieben?«, wollte Kathi wissen.

»Ja, das hat er. Plinius der Ältere setzt in seiner *Naturalis historia* noch eins drauf: Wegen seiner großen Oberlippe könne der Elch nur rückwärts gehend grasen.«

»Die Erde war ja auch mal eine Scheibe«, meinte Irmi. »Wer weiß schon, was die Menschen in tausend Jahren über unser Wissen denken?«

»Hoffentlich gibt's bis dahin keine Menschen mehr«, sagte Bartholomä. »Diese Spezies hat es nicht verdient zu überleben. Sie zerstört alles, auch sich selbst, und das ist der einzige Lichtblick.« Er sagte das so bitter, so kalt, dass Irmi glaubte, einen Eishauch zu spüren.

»Sie sind ja auch Jäger, Herr Bartholomä. Wie schätzen Sie die Chance ein, solche Wilderer zu stellen?«

»Gleich null.«

»Wir haben Anlass zur Befürchtung, dass Regina von einem Wilderer getroffen wurde. Vielleicht wurde er gestört, und Regina kam ihm in die Quere.«

»Kann schon sein. Oder ein kurzsichtiger Jäger hat sie erwischt. Ich war mal Treiber, als auf Hasen geschossen wurde. Der Schrot ist vom Eisboden abgespickt. Mein lieber Herr Gesangsverein! Da hüpfen Sie, da lernen Sie steppen. Da weiß man, dass man noch lebt.«

»Meinem Bruder ist so was auch mal passiert, aber wir reden hier nicht von Schrot. Wir reden vom Kaliber .22lr.«

Er nickte. »Klassische Wildererwaffe.«

»Kennen Sie jemanden, der so etwas besitzt?«

»Frau Mangold, es liegt im Wesen der Wilderer, dass sie wenig an die Öffentlichkeit treten. Das ist der Abschaum.«

»Gab es Fälle von Wilderei bei Ihnen?«

»Ja, mehrfach. Wir haben schon öfter Kadaver mit abgeschnittenen Köpfen gefunden. Regina hatte Angst um die Elche und auch um die Rentiere, darum ist sie oft abends noch raus zum Gehege gegangen.«

Wie aufs Stichwort traten die Rentiere aus dem Wald. Es waren acht Exemplare, Irmi hatte bisher nur die beiden zahmen Elche gesehen. Die Rentiere waren kleiner als erwartet, einer trug aber ein recht großes Geweih. Bartholomä war ihrem Blick gefolgt.

»Das ist Rudi.«

»Rudi, the red-nosed reindeer?«

»Rudi, der Rüpel. Der Depp hat mir schon einmal sieben Rippen gebrochen, und ich sah auch im Gesicht ziemlich verhaut aus. Rudi war in der Brunst, und ich dachte: Der kennt mich doch. Das war dem Rentiermännchen im Hormonrausch aber egal – er hat in mir den Rivalen gesehen.«

Bartholomä lächelte sogar.

»Das war ein Lernprozess, das Tier konnte ja nichts dafür. Mit solchen Exoten muss man erst mal zusammenwachsen. Ich war mit Regina extra einmal in Finnland, um Tipps einzuholen. Du darfst denen nicht direkt in die Augen schauen, sagen die Finnen, und wir haben auch viel über die Fütterung gelernt. Rentiere haben eine sehr sensible Verdauung und bekommen leicht Durchfall. Dabei handelt es sich meist um eine leichte Verwurmung, wenn man aber nicht täglich den Kot kontrolliert, kann die Situation schnell entgleisen. Dann sterben sie binnen zweier Tage, wenn man nichts unternimmt. Das hatten wir auch schon. Wie gesagt: ein Lernprozess.«

Irmi hatte Bartholomä bisher immer als ein wenig brummig und wenig zugänglich empfunden, heute aber war er richtig redselig.

»Sie mögen diese Tiere?«

»Ja, sogar lieber als die Elche. Sie sind immer noch Wildtiere, sie haben eine interessante Sozialstruktur. Regina hat natürlich probiert, die als Schlittenrentiere zu trainieren.«

»Um dann an Weihnachten vor dem Supermarkt zu stehen?«, fragte Irmi staunend.

»Nein, eher für ihre Schulbesuche und hier fürs Zentrum.«

Rudi sah huldvoll zu ihnen herüber und versenkte dann die Nase wieder in der hölzernen Futterrinne.

»Wie kommen die hier zurecht?«, fragte Irmi. Vielleicht könnte sie Bernhard ja vorschlagen, Rentiere zu halten? Der würde seine Schwester garantiert sofort einliefern lassen. Sie grinste in sich hinein.

»In Finnland hat es im Sommer auch mal dreißig Grad. Die Temperatur ist kein Problem, wenn die Tiere einen kühlen Unterstand haben. Hier ist der Vorteil, dass es zwei Drittel weniger blutsaugende Insekten gibt als in Skandinavien. Wir haben festgestellt, dass Medikamente für andere Huftiere bei Rentieren gar nicht wirken. Unsere Exemplare stammen aus der Uckermark. Vom Züchter dort wissen wir auch, was für ein Spezialfutter sie brauchen.«

Sie blickten über das Paddock. Es war so friedlich in diesen Minuten, die hektische Welt war irgendwo da draußen. Das Gut lag nur wenige Kilometer von einer viel befahrenen Straße ins Tiroler Zugspitzgebiet entfernt, aber diese wenigen Kilometer führten in eine hermetisch abgeriegelte Welt.

»Sie haben uns das gar nicht erzählt, das mit der Wilderei«, stellte Kathi nach einer Weile fest.

»Bitte entschuldigen Sie, dass ich nicht gleich daran gedacht habe. Regina ist tot, meine Frau ist am Boden zerstört. Wir wissen kaum noch, wie wir Robbie ablenken können. Suchen Sie den Mörder, ich muss hier für meine Lieben mitdenken. Verzeihen Sie mir, dass ich in der Polizeiarbeit so schlecht bin. Natürlich ist es nur allzu wahrscheinlich, dass Regina auf einen Wilderer getroffen ist.

117

Ach, wäre ich an dem Abend doch mitgegangen. Vielleicht hätte ich etwas verhindern können.«

»Womöglich wären Sie dann auch erschossen worden. Nachtarocken bringt nichts«, sagte Kathi – unsensibel wie immer.

Irmi runzelte die Stirn und wandte sich wieder an Bartholomä. »Sie haben hier über achtzig Hektar, also eine Eigenjagd. Regina hat das allein gestemmt?«

»Mit mir zusammen. Wir hatten keine Probleme mit Verbiss. Unsere Situation der Verjüngung ist günstig.«

»Haben Sie denn Ihre Abschusszahlen erfüllt?«, fragte Irmi.

»Wir haben jedenfalls keine Postkartenrehe geschickt!«, brummte Bartholomä.

»Was für Rehe?«

»Wir sprechen von Postkartenrehen, wenn man dem Landratsamt Rehe meldet, die man in Wirklichkeit gar nicht abgeschossen hat. Eine fatale Dummheit, denn dann glauben die Pappnasen auf den Ämtern, die keine Ahnung von der Realität im Wald haben, die Rehe seien wirklich da. Es ist unabdingbar, den aktuellen Stand mitzuteilen. Aber wir haben einen gesunden Wildbestand.«

In diesem Moment kam Robbie plötzlich hinter der Futterhütte hervor und entdeckte die beiden Kommissarinnen. Er stieß hervor: »Sie hat doch alles aufgeschrieben!«

»Hallo, Robbie«, sagte Irmi sanft. »Schön, dich zu sehen. Bist du schon zurück von der Arbeit? Ja, wir wissen, dass Gina alles aufgeschrieben hat.«

»Nein, wisst ihr nicht. Sie hat alles aufgeschrieben. Alles! Alles! Alles!« Er stampfte mit dem Fuß auf und begann sich zu drehen. Wie ein Derwisch. Dabei rief er immer wieder:»Alles! Alles! Alles!«

Veit Bartholomä erwischte ihn am Arm und bremste ihn.»Ist gut, Robbie. Du hast doch gesehen, dass die Frau Kommissar im Büro war. Robbie!«

»Sie hat alles aufgeschrieben«, wiederholte Robbie. Seine Stimme wechselte vom Lauten ins Weinerliche oder Flehende.

»Robbie, wo hat sie das denn hingeschrieben?« Irmi betrachtete ihn genau.

»In den Computer im Büro. Als wenn wir das nicht wüssten!«, maulte Kathi.

Irmi sandte ihr einen bitterbösen Blick und lächelte dann Robbie an.»Stimmt, Robbie, alles hat sie aufgeschrieben. Wohin denn?«

»Weiß nicht.«

»In ihren Computer im Büro, oder, Robbie? Da, wo der schöne alte Sessel von deinem Papa steht. Und wo der lustige Elch ist. In den Computer hat sie's reingeschrieben, oder, Robbie?«

Robbie schüttelte den Kopf.»Nein!«

»Der hat sie doch nicht alle«, zischte Kathi. Political Correctness war nicht ihr Ding.

»Alles! Alles! Alles!«, stieß Robbie aus und sah Kathi an, die gleich wegsah, weil sie seinem Blick nicht standhalten konnte.»Ins Klapp. Klapp in der Küche. Da hat sie's reingeschrieben.« Und er rannte los. Weinte. Drehte sich noch mal um.»Gina hat's doch verboten, dass ich's sag.«

Bartholomä rannte Robbie nach.

»Das haben Sie ja fein hingekriegt!«, schrie Bartholomä und lief Robbie hinterher.

»Der hat eher einen an der Klappe oder gehört in die Klapse«, meuterte Kathi.

»Himmel, Kathi! Jetzt reiß dich mal zusammen.«

Irmi überlegte. Robbie sagte nicht einfach wirres Zeug. Sie lebten nur in anderen Bewusstseinswelten. Was hatte Bartholomä über die Wahrnehmung gesagt? Welche Wahrnehmung die verzerrte war, welche nun die bessere oder gar die richtige war, das wusste nur Gott.

»Ins Klapp. In der Küche. Was meint er?«

Kathi hatte offenbar bemerkt, dass sie vorhin übers Ziel hinausgeschossen war, und gab sich Mühe, Irmi zu folgen.

»Eine Klappe im Küchenboden? Alte Häuser haben doch oft Kartoffelkeller«, schlug sie vor.

Irmi fand die Idee gar nicht so schlecht. Gemeinsam gingen sie in die Gutshausküche. Allerdings gab es dort keinen Keller. Helga Bartholomä, die Gemüse putzte, beäugte die beiden Frauen skeptisch. »Was machen Sie da?«

»Gibt es einen Raum mit einer Bodenklappe? Wenn nicht in der Küche, dann vielleicht anderswo im Haus?«, fragte Irmi und erzählte ihr von Robbies Aussage. »Er redet dauernd von einem Klapp.«

Ein Lächeln huschte über ihr Gesicht. »Er meint einen Laptop.«

Ein Klapp! Ein Laptop! Wie blöd und verbohrt musste man sein, um nicht darauf zu kommen. Irmi entfuhr ein Stöhnen. Unter Helga Bartholomäs Protesten begann Kathi zu suchen. Sie riss Töpfe aus den Schränken und stürmte die Speis, doch kein Klapp kam zum Vorschein.

»Ich muss jetzt kochen. Sie sehen doch, dass es hier nur Teller und Töpfe gibt!« Helga Bartholomä hieb mit einem Messer wütend in eine große Kartoffel.

Genervt stieß Kathi aus: »Dann machen S' Ihre Erdäpfel halt drüben im Seminarhaus in der Küche ...« Sie brach ab und sah Irmi an.

»Komm!«, rief Irmi, und die beiden stürmten hinaus. Hinüber in die Küche des Seminarhauses. Auch dort durchforsteten sie alle Schränke.

Veit Bartholomä kam dazu. »Was tun Sie da?«, fragte er entgeistert.

Die beiden Frauen blieben ihm die Antwort schuldig. Sie wühlten und wühlten. In einem großen Karton mit Papierservietten wurden sie fündig. Ein Netbook. Ein Klapp. Ein kleines, verstecktes Klapp.

Bartholomä war ganz fahl im Gesicht. »Das können Sie doch nicht einfach so mitnehmen!«, rief er. »Lassen Sie das da!«

»Doch, das können wir, Herr Bartholomä!«, schimpfte Kathi. »Vielleicht geben uns diese Daten neuen Aufschluss. Es geht hier um Mord. Ist doch komisch, dass sie das Netbook so gut versteckt hat. Wussten Sie davon?«

»Nein, Regina hatte doch den Computer im Büro. Sie saß ständig da. Sie ... ach ...« Bartholomä drehte sich um und eilte davon.

»Der ist ja völlig durch den Wind.« Kathi schüttelte den Kopf. »Los, lass uns lesen, was da drinsteht. Vielleicht kommen da ja die wirklich fiesen Geschichten von Marc von Brennerstein. Vielleicht war er ein Mädchenhändler oder Drogenbaron.«

»Ach, Kathi!«

»Oder da steht der Name des Wilderers. Sie war ihm auf der Spur, und er ist ihr zuvorgekommen. So war das!«

Irmi wollte Kathis Euphorie nicht schmälern und sagte dazu erst mal nichts. Sie spürte eine ungute Unruhe, ihr Magen krampfte sich zusammen. Was stand in diesem Klapp?

Es war inzwischen stockdunkel geworden. Irmi fuhr mit Kathi in Höchstgeschwindigkeit ins Büro, wo sie das Klapp anschaltete. Ein Passwort wurde gefordert. Irmi gab mit zitternden Fingern Platzhirsch ein. Verschrieb sich zu Platthirsch. Versuchte es erneut. Ein sattes Geräusch, da war die Oberfläche. Mehrere Bildverzeichnisse und Textdateien. Sie atmete tief durch, doch auf einmal zögerte sie. Als wollte sie gar nicht so genau wissen, was in dem Klapp stand. Sie sah auf die Uhr. Es war schon halb sieben.

»Ich nehme den Laptop mit und lese mich da heute Abend mal rein, wenn's dir recht ist.« Irmi wusste, dass Kathi das recht war, denn heute hatte das Soferl Langlauftraining unter Flutlicht. Kathi hatte sich vorgenommen, Sophia hinzubringen und ein wenig zuzusehen. Sonst hatte sie ja immer so wenig Zeit für ihre Tochter und wollte ihr natürlich zeigen, dass sie sich für ihren neu entdeckten Sport interessierte.

5

August 1936
Der Herr Student redet nur noch vom Lichtspielhaus, von der
Wochenschau und einem Tscharli Tschäplin und von einem
Film, der Modern Teims heißen soll. Bei einem Film laufen
Bilder auf einer großen weißen Wand entlang. So etwas habe
ich noch nie gesehen. Der Herr Student will jetzt erst recht
nach Amerika.

In Berlin sind Olympische Spiele, und viele der Herren, die
das Gut besuchen, sitzen nun nächtelang mit ihren Zigarren
da und diskutieren. Einige finden, dass der Herr Hitler schon
recht hat, wenige sind der Meinung des Herrn, dass dieser
Herr Hitler nur Elend und Verdruss über die Welt bringe. Vom
Krieg ist die Rede.

Der Herr Student hat glänzende Augen. Ein Tschessi Owens
hat vier Goldmedaillen gewonnen. Er rennt schneller als ein
Pferd und springt höher als eine Gämse. Der Herr Student hat
uns Bilder gezeigt, er will mich wohl das Fürchten lehren.
Dieser Tschessi ist nämlich ganz schwarz, ein schwarzer Teufel.
Ich weiß nicht, ob ich das dem Herrn Pfarrer erzählen darf.
Hier ist die Welt so groß, und sie macht mir Angst.

Nach Mariä Himmelfahrt war der Herr Student fort. Er
hat ein Schiff nach Amerika genommen, erzählen die Knechte,
und die Köchin, was eine rechte Bissgura ist, hat Johanna
ausgelacht. Johanna hat viel geweint. Ich versuche sie zu
trösten. Wie konnte sie denn nur glauben, dass ein Herr

Student eine kleine Tagelöhnerin aus dem Lechtal mit nach
Amerika nehmen würde? Die Johanna musste sich viel
übergeben, und sie hat noch mehr geweint. Mit einer der
Mägde hat sie viel herumgetuschelt, und dann hat sie einmal
den ganzen Tag gefehlt. Am Abend sah sie schrecklich aus. Da
hat sie noch mehr geweint und ist sehr krank geworden. Wir
hatten große Bange, dass sie stirbt. Dann verstand ich auch,
dass sie von einer Engelmacherin gekommen war. Die Mägde
brachten allerlei Tees und Kräuter, aber nichts half, sie wurde
immer elender.

Eines Tages kam die Herrin, die meist in ihrem fahrbaren
Stuhl sitzt und nur noch die wenigste Zeit mit ihren Krücken
stehen kann, leibhaftig in Johannas Kämmerchen. Die Herrin
ließ einen Doktor kommen. Sie ist so blass und zart, die
Herrin, aber wenn sie etwas anschafft, spricht selbst der Herr
ganz leise. Auch der Doktor war voller Ehrerbietung, und er
hat die Johanna wieder ganz gesund gemacht.

Irmi saß am Küchentisch vor Regina von Brauns Netbook.
Rechts und links von ihr hatte sich je ein Kater auf der
Bank zusammengeringelt. Die anfängliche Euphorie war
längst gewichen. Irmi verfluchte mal wieder, dass sie sich
mit dem Computer nie so recht angefreundet hatte. Reginas System war so verwirrend, dass Irmi Andrea bitten
würde, all diese Ordner und Unterordner zu sortieren.
Einer der Ordner trug den Namen Gut Glückstein. Hatte
so nicht das ehemalige Gut der Familie von Braun geheißen? Darin befanden sich lauter Dateien mit Textfragmenten. Bei einigen schien es sich um Gesprächsauf-
zeichnungen zu handeln, die Regina aus dem Gedächtnis

notiert hatte. In einem anderen Text beschrieb Regina ihren Vater Hieronymus von Braun und ihre Mutter Margarethe.

Sein Leben war der Wald. Und das ist keine Plattitüde, kein Satz, der gut klingt und den man einfach so dahersagt. Es war wirklich sein Leben. Er atmete mit dem Wald im Zweiklang. Lange vorher wusste er, wie das Wetter werden würde. Ich glaube, er wusste schon vor dem Borkenkäfer selber, dass dieser einen Baum befallen würde. Ich war oft mit ihm unterwegs. Er ließ seine Hand über Bäume gleiten. Er konnte mit verbundenen Augen an der Rinde alle Sorten auseinanderhalten. Am Wispern ihrer Kronen konnte er erkennen, ob es Ahorn oder Eiche war, Linde oder Erle. Er war ein sanfter Mann. Nie laut. Aber er war immer auch etwas entrückt. Er war nie ganz bei uns. Er war zu mir immer gut und sicher auch stolz, dass ich seine Leidenschaft teilte, aber er konnte es nie zeigen. Meine Mutter hat er, glaube ich, abgöttisch geliebt, aber auch ihr gegenüber war er immer so zurückgenommen höflich, dass ich ihn gerne mal geschüttelt hätte. Küss sie, umarm sie, schrei vielleicht mal. Er war rätselhaft.

Mama, soweit ich mich erinnern kann, hat ihn ebenso sehr geliebt. Und so wie er dem Wald verfallen war, hatte sie sich mit Haut und Haar dem Gemüse verschrieben. Sie züchtete prächtige Tomaten, Paprika und Peperoni in Sorten, die noch gänzlich unbekannt waren. Es gab Mangold und Spinat und Salate mit riesigen Köpfen. Oder vielleicht kamen die mir nur als kleines Mädchen so vor. Für mich wäre meine Mutter heute ein Gemälde von Arcimboldo. Eine schöne, schmale Frau, die inmitten von buntem Gemüse hervorlugt. Ich sehe

sie immer mit Handschuhen, immer mit einer kleinen Harke,
immer mit einem Messingeimer. Sie trug Herrenlatzhosen
und darunter bunte Blusen und war für mich die schönste
Frau der Welt. Auch sie war sanft, nur beim Geld wurde sie
knallhart. »*Wir Frauen müssen das Sacherl zusammenhalten*«,
sagte sie immer und grinste unsere Gutsverwalterin Helga an.
Ich glaube, wir waren eine sehr exotische Familie. Der Herr
des Hauses war immer im Wald. Die Frau des Hauses war
gemüsesüchtig und rief einen der ersten Hofläden ins Leben.
Eine zupackende junge Verwalterin gab es, und ihr Mann
war unser Forstarbeiter, der einfach alles konnte und wusste.
Sie waren alle auf ihre Weise brillant, eigenartig und eigen-
sinnig. Erst viel später spürt man, wie sehr das Leben in der
frühen Kindheit einen prägt. Was man zeitweise lästig fand
oder langweilig, hat sich doch tief ins Herz eingegraben. Wer
immer draußen war, hat andere Lungen. Solche Lungen
brauchen Waldluft. Wer immer draußen war, hat auch eine
andere Seele, und solche Seelen brauchen Flügel.

Irmi schluckte. Sie bewunderte Leute, die es verstanden,
sich auszudrücken. Sie war für einen Moment eingetaucht
in die Welt der von Brauns. Hatte Regina an der Geschichte ihrer eigenen Familie gearbeitet? Dann befand
sich das Projekt offenbar noch in einem sehr frühen Stadium. Vielleicht war es ihr aber auch nur darum gegangen,
ein ganz persönliches Tagebuch zu führen. Doch weshalb
hatte sie das Ganze so gut verborgen?

Hör auf, geheimnisse doch nichts da rein, ermahnte sie
sich selbst, wer mag schon sein Tagebuch offen herum-
liegen lassen? Heute schrieb man sein Tagebuch eben im

Netbook. Kinder hatten ja auch schon lange kein Poesie-
album mehr, sondern Freundebücher, in denen man sein
Lieblingsessen angeben musste. Eigentlich schade, denn
keiner schrieb mehr Sprüche wie einst ihre Lehrerin:
»Schiffe ruhig weiter, wenn der Mast auch bricht. Gott ist
dein Begleiter, er verlässt dich nicht.« Die Lehrerin hatte
nie verstanden, warum sie sich alle hatten ausschütten
wollen vor Lachen. Irmi lächelte in sich hinein und las
weiter.

Die schönsten Sommer waren die im Klausenwald bei Reutte.
Papa und ich waren die ganze Zeit draußen, sprachen über
Bergwald, über Schutzwald, über Kiefern und Zirben. Papa
machte irgendwelche Versuche mit den Zirben. Ich weiß nicht
mehr, worum es ging, aber diese Bäume waren so schön. Wir
hatten ein kleines Haus, das nur einstöckig war und über
einen düsteren Kartoffelkeller verfügte. Mama sagte immer,
dass man dort die bösen Gedanken hinuntersperren könne.
Aber das Leben war nie düster, in meinem Gedächtnis schien
immer die Sonne, was eher unwahrscheinlich ist, aber ich erin-
nere mich eben nur an Sonnenstunden. Das Haus hatte auf
der ganzen Südseite eine Holzveranda, und ich spüre bis heute
das warme Holz unter meinen nackten Kinderfüßen.
Wir spielten Kricket auf der Rasenfläche, und weil es so
abschüssig war, trafen wir nie die Tore. Mama machte kleine
Törtchen aus Johannisbeeren in Eischaum, den man im Ofen
goldbraun buk. Der Boden war aus buttrigem Mürbeteig. Ich
würde diese Törtchen sofort erkennen, könnte sie heute noch
jemand backen. Im letzten Sommer war Mama schwanger
und musste sich schonen. Sie lag viel auf der Veranda oder

schrieb auf ihrer Schreibmaschine an einem Buch über Ge-
müseanbau. Sie schrieb ständig, und sie las viel. Wir hatten
immer und überall Bücher, und auch unsere Verwalterin hegte
eine große Begeisterung für Bücher. Sie besaß welche in
altdeutscher Schrift und lehrte mich, diese zu lesen. Später
lernte ich sogar die altdeutsche Schreibschrift.

Bis heute trage ich das Bild von meiner Mama als Arcim-
boldo-Frau im Herzen. Ich sehe sie immer und immer wieder
inmitten von Gemüse: bunt und opulent.

Irmi konnte sich das alles bildlich vorstellen. Auf einmal
war ihr schwer ums Herz. Hätte sie nicht auch genug zu
erzählen aus ihrer Kindheit? Dabei war ihre Jugend auf
dem kleinen Bauernhof gar nicht sonderlich spektakulär
gewesen. Mit zwanzig hatte sie nicht das Gefühl gehabt,
etwas bewahren zu müssen. Heute schon. Je mehr sie von
Reginas Fragmenten las, desto sicherer war sie sich, dass
das Ganze sehr wohl ein Buch werden sollte. Schon in diesem unfertigen Stadium gelang es Regina, von den Erinnerungen aus ihrer Mädchenzeit allmählich überzuleiten
zu ihrer Sichtweise der Dinge so viele Jahre später. Und die
malten kein heiteres Bild einer Waldkindheit mehr. Regina klagte an. Die Geschichte der von Braun wurde immer bitterer.

Im Juni kamen wir im Klausenwald an. Ich ging noch nicht
zur Schule, das Leben war frei. Papa fuhr viel nach Innsbruck.
Einmal nahm er mich mit, und wir fuhren mit der Eisenbahn
auf die Nordkette. Ich weiß, dass ich Angst hatte, es ihm
gegenüber aber nicht zeigen wollte. Mama war oft sehr müde,

*und ich dachte, dass Papa eigentlich bei ihr bleiben müsste.
Aber sie meinte, das läge nur daran, dass ich ein Geschwisterchen bekäme. Ich fand diese Information erst gar nicht so gut.
Wozu brauchte ich ein Geschwisterchen? Ich hatte den Wald,
ich hatte die Tiere. Wir hatten Doktor Faustus und Mephisto
dabei, unsere beiden Jagdhunde. Wir hatten die Sommerkat-
zen, die stets einige Tage nach uns auftauchten und den
Sommer über blieben, weil bei uns das Speisenangebot besser
war als auf den Bauernhöfen, von denen sie kamen. Außerdem
fand ich das Geschwisterchen nicht sonderlich lieb, wenn es die
Mutter krank machte. Mama erklärte mir, dass sie erst
kürzlich gemerkt habe, dass sie schwanger sei, und dass das
Baby Ende September käme. Weil es ihr manchmal richtig
schlecht ging, fuhr sie nach Reutte zum Arzt und kam immer
noch müder zurück. Ich hörte die Eltern wispern, das sei eben
eine etwas schwierigere Schwangerschaft, dafür sei es mit mir
ja so problemlos verlaufen.*

*Im September war Mama so elend, dass die Abreise be-
schlossen wurde. Ein großer Krankenwagen kam und fuhr sie
nach Ulm. Ich wollte mit, aber ich sollte bei Helga bleiben. Die
Mama sah ich erst wieder, als sie in der Gutskapelle aufge-
bahrt war. Mein kleiner Bruder war winzig, und damals
begriff ich gar nicht, warum Helga nur noch weinte und Bartl
immer grimmiger wurde und der Papa gar nichts mehr sprach.
Der kleine Robert war ein sehr stilles Kind. Und obwohl ich
kein Geschwisterchen hatte haben wollen, wuchs er mir sehr
ans Herz.*

Regina schwenkte nun von den direkten Kindheitserinne-
rungen auf eine Kommentarebene. Reginas Mutter hatte

während der Schwangerschaft wohl häufig einen Frauenarzt namens Dr. Josef Wallner in Reutte aufgesucht. Zu dieser Zeit war Hieronymus von Braun in ein Forschungsprojekt der Uni Innsbruck eingebunden gewesen, wo es um Schutzwaldsanierung gegangen war. Gut Glückstein wussten die von Brauns bei Helga und Bartl in guten Händen. Erst als es Margarethe von Braun extrem schlecht ging, war man heimgefahren. Die Verlegung nach Ulm ins Krankenhaus kam zu spät: Reginas Mutter starb bei der Geburt, Robert von Braun kam behindert zur Welt. Regina hatte herausgefunden, dass Dr. Wallner in Reutte die typischen Symptome einer Schwangerschaftsvergiftung – Kopfschmerzen, Bluthochdruck, Übelkeit – nicht ernst genommen hatte. Als Weiberkram hatte er das abgetan. Nicht so anstellen sollte sie sich. Das Kind war im Mutterleib unterversorgt gewesen und war letztlich viel zu früh auf die Welt gekommen. Bei Reginas Mutter hatte die Schwangerschaftsvergiftung zu einer Plazentaablösung geführt, in deren Folge sie bei der Entbindung gestorben war, obwohl die Ärzte um ihr Leben gerungen hatten.

Irmi hatte das dritte Bier geöffnet, dabei trank sie sonst nie mehr als eine Halbe. Aber das Geschriebene zog sie so in den Bann, dass sie beinahe mechanisch trank. Aus Reginas Aufzeichnungen ging hervor, dass ihre Mutter keineswegs hätte sterben müssen. Der Frauenarzt in Reutte hatte ihre Befürchtungen einfach nicht ernst genommen, sondern heruntergespielt und behauptet, dass alles in Ordnung sei. Viele Jahre später hatte Regina Helga und Bartl gelöchert, sie hatte ihren Vater zu den Vorfällen damals befragt, sie hatte akribisch recherchiert. Die Quintessenz für Regina war klar ersichtlich: Ihre Mutter hatte wegen des selbstgerechten Dr. Wallner sterben müssen.

Irmi rauchte der Kopf. Die letzte kurze Passage, die Irmi las, brannte sich fest ein.

»*Über das Schreiben hat Mama einmal gesagt: Es ist falsch, dass Schreiben Therapie ist. Schreiben heilt nicht alle Wunden. Aber es setzt ein gewisser Verdünnungseffekt ein. Schmerzliches, das man kaum zu überleben glaubt, verdünnt sich zu einem chronischen Schmerz, den man aushalten kann.*«

So recht konnte Irmi das alles nicht verstehen. Das Außerfern lag doch quasi vor ihrer Haustür. Sie fuhren zum Tanken nach Ehrwald und öfter nach Reutte zum Hofer, weil Bernhard die Mozartkugeln von dort so liebte. Irmi kaufte Dosensuppen – Leberknödel und Kartoffelsuppe – und schämte sich immer ein bisschen, dass sie so gar keine Hausfrau war. Am Plansee waren Leute aus ihrer Clique zum Windsurfen gewesen, weil es dort thermische Winde gab – das war ihre Sicht auf Reutte gewesen. Was Regina von Braun da schrieb, erinnerte ans Mittelalter, dabei hatte es sich 1974 abgespielt.

Besonders interessant war, dass Regina im Verlauf ihres Schreibens offenbar auf weitere Fälle gestoßen war, in denen sich Dr. Wallner in Reutte grobe Fehler geleistet hatte. Unter anderem ging es um Abtreibungen wegen eindeutiger medizinischer Indikationen, die aber nie vorgenommen worden waren. Regina von Braun klagte auch andere Frauen an, die nicht gewagt hatten, sich gegen den Gynäkologen auszusprechen. Irmi stieß auf die Protokolle eines Gesprächs zwischen Regina und einer Wiener Journalistin, die damals beim ORF gearbeitet und nach Frauen gesucht hatte, die über das menschenunwürdige Tun des Mediziners hätten berichten wollen. Sie hatte damals sogar einen Übertragungswagen angefordert, aber dann waren die anderen Frauen umgefallen. Keine wollte mehr etwas über ihre Lebens- oder Leidensgeschichte erzählen. Regina hatte sich vor allem über eine gewisse Elisabeth Storf geärgert, die das Interview komplett torpediert hatte.

Irmi spielte nervös am Schnappverschluss ihrer Bierflasche. Regina hatte viel in ihr Klapp geschrieben. Sicher hatte Robbie sie irgendwann mal entdeckt, und sie hatte ihm verboten, darüber zu reden. Und natürlich hatte der Bruder loyal zur geliebten Schwester gehalten! So weit war das alles klar und verständlich, aber was hatte das alles mit dem Tod der wortgewaltigen Regina von Braun zu tun?

Irmi stutzte kurz. Sie hatte doch eine Kollegin, die aus dem Außerfern stammte! Geburtsort Reutte! Morgen würde Irmi Kathi ein bisschen über ihre Heimat ausfragen, die sich längst als Tourismusparole ›Alles außer fern‹ aufs Banner geschrieben hatte.

Irmi war todmüde und fühlte sich so zittrig und labil, als habe sie gerade einen schweren Magen-Darm-Infekt überstanden. Neben ihr hatte der kleine Kater begonnen, sich zu putzen. Das monotone Geräusch, das er dabei verursachte, klang in ihren Ohren unnatürlich laut – so als seien Irmis Sinne heute besonders sensibel.

Sie schlief dennoch sehr gut, nur einmal unterbrochen von einem halbstündigen Ringkampf mit dem kleinen Kater, der partout der Meinung war, auf ihrem Kopf schlafen zu müssen, was zum einen den Charakter einer viel zu warmen Pelzmütze hatte und zum anderen einfach etwas bedrückend war. Am Ende war der Kater zu überzeugen, den Rest der Nacht im Fußraum des Bettes zu verbringen.

Am Donnerstagmorgen erwachte Irmi frisch erholt. Die alte Weisheit ›Schlaf mal eine Nacht darüber‹ hatte viel Wahres an sich. Abende eigneten sich zum Biertrinken und Katerkraulen, der Morgen zum Arbeiten. Die Schwermut, die dieses Waldgut mit sich brachte, war dem normalen Leben gewichen. Heute wusste Irmi gar nicht mehr, was sie am Vorabend so verwirrt hatte. Sie war früh im Büro und ging gleich zu Andrea.

»Schau mal, das ist ein Netbook von Regina von Braun. Sie hat unzählige Ordner und Unterordner angelegt, mir ist das zu chaotisch. Ich vermute, das ist eine Art elektronisches Tagebuch, ich spekuliere einfach mal, dass das auch ein Buch hätte ergeben sollen. Vielleicht teilst du meine Ansicht aber nicht, und es ist eben einfach nur ein Tagebuch. Ich brauche eine Reihenfolge von allen Textfragmenten. Jede deiner Vermutungen, wozu das alles dient, ist willkommen.«

Andrea strahlte Irmi an. »Kein Problem. Ich fange sofort an.«

Kathi war auch schon da, und auf die Minute genau traf von Brennerstein ein, zusammen mit seinem Anwalt, der sich als Ferdinand von Eberschwaigen vorstellte. Klar, man hatte auch einen Anwalt aus den besseren Kreisen. Herr von Eberschwaigen war sicher auch Jäger und sah aus wie eine Art blonde Version seines Mandanten.

Letztlich gab man zu Protokoll, dass Marc von Brennerstein tatsächlich in Reginas Laptop herumgeschnüffelt habe. Auf das Wort Platzhirsch sei er gekommen, weil er Regina mal unauffällig über die Schulter gesehen habe, wie sie es eingetippt hatte. Der Mandant habe ihr gegenüber seine Bedenken geäußert und wegen des Buchinhalts rechtliche Schritte erwogen. Der Anwalt sprach Hochdeutsch mit einer winzigen bayerischen Dialekteinfärbung – damit war er quasi prädestiniert, im ›Mir san mir‹-Land etwas zu werden.

»Und das dürfen Sie mir glauben, wir hätten auf Verleumdung geklagt und gewonnen«, sagte der Anwalt und sah Irmi arrogant an. »Meine Kanzlei ist auf derlei Fälle spezialisiert. Es ist zwar rein moralisch nicht ganz integer, in den Unterlagen seiner Partnerin zu stöbern, aber nicht strafbar.« Er lachte affektiert. »Im Krieg und in der Liebe ist alles erlaubt.«

»In der hohen Jagd offenbar auch, wenn Sie von hohen Herren ausgeführt wird«, entfuhr es Irmi.

Die beiden Männer runzelten nur die Stirn. Von Brennerstein unterzeichnete das Protokoll, er hatte auch nichts gegen eine erkennungsdienstliche Behandlung. Dann gingen sie.

»Solche Arschlöcher!«, rief Kathi, und Irmi hoffte nur, dass die beiden das nicht noch gehört hatten.

»Ich trau ihm auch nicht, aber wir müssen ihm irgendwas beweisen. Wir brauchen Reifenspuren, jemanden, der ihn in der Mordnacht gesehen hat. Wenn wir Fingerabdrücke oder DNA von ihm im Gut finden, ist das kaum aussagekräftig. Er war ja mit Regina zusammen.«

»Und das weiß der Arsch auch!«, ergänzte Kathi.

134

Sie holten sich Kaffee und waren ratlos. Kathi hatte von irgendwoher Manner-Waffeln gezaubert. Herrlich, die zerbröselten so schön im Mund. Beide sprachen nicht aus, was sie dachten. Wie sollte es nun weitergehen? Irmi nahm noch eine Waffel, trank Kaffee hinterher, genoss die Süße gepaart mit dem Bitteren. Ihre Gedanken, diese lästigen Gedanken, kreisten um Regina und ihre Aufzeichnungen.

Nach einer Weile fragte sie: »Weißt du, wann du geboren bist?«

Kathi sah Irmi an, als habe diese komplett den Verstand verloren.

»Ich meine natürlich nicht, wann, ich meine, wo und wie?«

Kathi tippte sich an die Stirn und reichte Irmi noch eine Waffel. »Dein Hirn braucht Zucker! Geht's dir nicht gut?«

»Ich möchte nur ein paar Fakten zu deiner Geburt wissen.«

»Geboren am 13. November 1981 in Reutte. Das steht auch in meiner Akte.«

»Wo?«

»Im Krankenhaus. Wo denn sonst?«

»Na, es gibt ja auch Praxen. Oder Hausgeburten«, meinte Irmi. »Weißt du irgendwas über den Frauenarzt deiner Mutter?«

»Wieso soll ich etwas über den Arzt meiner Mutter wissen? Über mein Geburtsgewicht und die Frage, ob ich Haare hatte, kann dich sicher meine Mama aufklären. Irmi, was soll das?«

Irmi berichtete in knappen Worten von Reginas Aufzeichnungen, in denen ein Arzt namens Josef Wallner aus

135

Reutte eine unrühmliche Rolle gespielt hatte. Offenbar hielt Regina den Mann für schuldig am Tod ihrer Mutter und letztlich auch an der Behinderung ihres Bruders. Und das konnte man ihr nicht einmal verdenken!

Kathi hatte die ganze Zeit aufmerksam zugehört, war ihr ausnahmsweise mal nicht ins Wort gefallen. Schließlich stellte sie die Frage, die Irmi am wenigsten hören wollte. »Und was hat das mit unserem Fall zu tun?«

»Das weiß ich auch nicht. Andrea sortiert gerade die Dateien, ich habe einfach so ein merkwürdiges Gefühl.«

Kathi versetzte Irmi einen Knuff. »Pass auf! Du kommst jetzt mit mir mit nach Seefeld. Ich muss das Soferl und die Mama da abholen. Soferls Trainingsgruppe fährt weiter nach Innsbruck, aber das Soferl muss noch auf einen Geburtstag, drum hol ich sie. Du kannst meine Mutter ja mal fragen nach dem dubiosen Arzt. Ansonsten reden wir mal nicht über den Fall. Wir schauen aus dem Fenster, amüsieren uns über die Pelzmantelmumien in Seefeld, trinken irgendwo einen Kaffee und sind froh, dass wir uns Seefelds Fünf-Sterne-Hotels nicht leisten können.« Sie ahmte einen Kellner in breitestem Wienerisch nach. »Gnä' Frau, willkommen im Klosterbräu, darf ich Sie beweinen?«

»Was?«

»Na, beweinen. Das sagte der immer, wenn er Wein ausgeschenkt hat. Das ist das Witzeniveau in Seefeld, und dafür gibt es dann viel Trinkgeld.«

Irmi musste lachen. »Ich frag mich jetzt bloß, wo du so verkehrst.«

»Ach, das ist eine andere Geschichte aus dunklen Zeiten meiner Vergangenheit.«

Irmi glaubte sich zu erinnern, dass Kathi mal eine Affäre mit einem Koch aus Seefeld gehabt hatte. Sosehr ihre Kollegin manchmal nerven konnte, sie hatte ihre guten Seiten. Manchmal war Kathi ein furchtbarer Trampel, aber sie wusste auch, wie man Menschen ganz unmerklich dirigieren konnte. Jedenfalls war Irmis Laune gleich spürbar gestiegen.

»Ja, komm, das machen wir. Bloß das Aus-dem-Fenster-Schauen gefällt mir nicht.«

»Warum?«

»Mein Vorschlag lautet: Ich schaue raus, und du schaust auf die Straße. Das ist nämlich bitter nötig, so wie du heizt.«

Irmis Vorschlag erwies sich als sehr sinnvoll, denn während bei Irmi in Schwaigen der Frühling schon so nah war, regierte hinter Scharnitz noch der Winter. Die Loipen waren in Betrieb, und an schattigen Stellen war die Schneedecke geschlossen. Der Parkplatz am Rosskopf war auch gut gefüllt, die Skiwütigen würden ihre Saison richtig auskosten können.

Das Soferl hatte noch gute Trainingsbedingungen. Irmi war anfangs etwas überrascht gewesen, dass Sophia auf einmal Biathletin werden wollte. Von Kathi, die Sport verabscheute, hatte sie den Sportsgeist sicher nicht. Aber Sophia gehörte zu den Menschen, die sich durchsetzen konnten, indem sie andere scheinbar mühelos um den Finger wickelten. Und so trainierte das Soferl nun in Bichlbach, und zum Schießtraining fuhren die Schülermannschaften aus dem Außerfern ab und zu nach Seefeld ins Nordische Kompetenzzentrum, wo es im Winter 2012 ja auch die Olympischen Jugendspiele gegeben hatte. Da wehte doch ein echter olympischer Geist überm Soferl!

Irmi grinste in sich hinein. Sie war ja auch keine begnadete Wintersportlerin, hatte sich aber von *ihm* einmal am Dachstein zu einem Biathlonschnupperkurs überreden lassen. Der Trainer hatte die Schüler nur einen Ski anschnallen lassen und gesagt, das sei wie Tretroller fahren. Dann hatte er noch etwas von der Steigzone am Ski gefaselt und dass man mittig darüber stehen müsse. Irmi hatte so was von darüber gestanden: Rücklage und weg! Dann mit zwei Ski, aber ohne Stöcke: Rücklage und weg. Sie hatte gekeucht wie ein Stier, während der Trainer gleiten und reden konnte und wahrscheinlich längst auf Kiemenatmung umgestellt hatte. *Er* hatte sich auch nicht viel besser angestellt, und ihnen beiden war das 3,5-Kilo-Gewehr immer schwerer vorgekommen. Doch dann war Irmis große Stunde gekommen: platt auf einer Gummimatte liegend schießen. Die Profis schossen ja liegend auf 4,5-Zentimeter-Scheiben und stehend auf 11,5-Zentimeter-Scheiben, die Anfänger im Kurs durften liegend auf die großen Scheiben zielen. Und Irmi traf, was natürlich etwas unfair war, denn als Polizistin musste sie – wenn auch ungern – ins Schießtraining. Auch *er* hatte geschossen. »Plöng«, machte es, als er abgedrückt hatte. »Na ja«, hatte der Trainer damals gesagt, »du solltest aber besser auf deine eigenen Scheiben schießen. Wir sind auf Bahn fünf, das war die sechs.« Später attestierte er *ihm*, dass er eine Gams aus der Felswand geschossen habe. Sie hatten viel gelacht, und ihrer beider Respekt vor Biathleten war ins Unermessliche gestiegen.

Auch vor dem Soferl hatte Irmi großen Respekt. Gerade flog sie auf Ski heran, fummelte das Gewehr vom Rücken und sank auf die Matte. Schoss – und wie! Irmis vorsichtiger Seitenblick auf Kathi offenbarte ihr, wie stolz diese auf ihre Tochter war. Auch wenn sie es nicht zeigen würde – das Soferl würde es dennoch wissen.

Elli Reindl, Kathis Mutter, kam herüber und begrüßte Irmi herzlich. Irmi mochte Kathis Mutter sehr. Sie war eine feine und kluge Frau und leise – ganz im Gegensatz zu Kathi.

»Grüß Sie, Frau Reindl! Toll, wie sie das macht!«

»Hallo, Frau Mangold. Ja, finde ich auch. Auch, dass sie dabei bleibt. Beim Reiten war das ein Strohfeuer, genau wie beim Schwimmen, und das Akkordeon verstaubt auf dem Schrank. Sie scheint hier wirklich etwas gefunden zu haben, was ihr Freude macht.«

Sie sahen den jungen Mädchen zu, ließen sich eine verblüffend warme Sonne ins Gesicht scheinen, die ab und an hinter den Wolken hervorkam. Schließlich war das Soferl fertig und genoss den großen Bahnhof zu ihrem Empfang sichtlich. Das Mädchen redete und zwitscherte anschließend die ganze Heimfahrt, und Irmi empfand es als angenehm, einfach mal zuzuhören und zu schmunzeln. Der Fall war wirklich weiter von ihr weggerückt. Da das Soferl einen Teil ihrer Ausrüstung in Bichlbach vergessen hatte, machten sie einen kurzen Abstecher dorthin. Kathi maulte über die Unordentlichkeit ihrer Tochter, Kathis Mutter zog eine Grimasse.

Es versetzte Irmi einen Stich, als sie die drei Generationen der Reindls betrachtete – mit allen Problemen, aber auch allem Schönen, was eine Familie mit sich brachte. Sie selbst hatte ebenso wenig Nachkommen wie ihr Bruder. Nach ihnen war Schluss mit den Mangolds aus Schwaigen. Außer wenn Bernhard noch ein Kind zeugte. Doch er war ein Junggeselle par excellence, und dass ausgerechnet Bernhard irgendwo auf einem Fest eine Frau schwängern würde, irgendwo hinter dem Zelt, irgendwo in den Büschen, wie das ja so gerne praktiziert wurde in der bier- und schnapsseligen Enthemmtheit, konnte sich Irmi nicht vorstellen. Nicht weil Bernhard unattraktiv war, und sicher hatte auch er Bedürfnisse, aber das wäre ihm einfach zu unbequem gewesen. Und er hätte seine Stammtischbrüder auch nicht einfach so sitzen lassen. Er hatte sich gut und komfortabel eingerichtet in seiner Männerwelt.

Während das Soferl seine Tasche suchte, setzte sich Irmi mal kurz ab. Auf der Suche nach einem WC landete sie in einer Umkleide, die in einen Putzraum überging. Die Türen standen offen. In der Ecke stand ein schwerer Stahlschrank. Wahrscheinlich war es eine Berufskrankheit, dass ihr Blick so röntgenhaft war. Oder war sie einfach neugierig? Blitzte da nicht etwas heraus? Sie trat näher, und siehe: Da standen fein aufgereiht ein paar Trainingswaffen, die Munition lag auch da. Na, wunderbar, dachte sie. Wenn man den Schrank nicht absperrt, nutzt er natürlich auch nichts. Ein Amokläufer hätte hier seine helle Freude. Gab es in Bichlbach Amokläufer?

Eigentlich hätte sie den Trainer verwarnen müssen, aber sie befanden sich in Österreich, und außerdem war sie irgendwie nicht in der Stimmung für erhobene Zeigefinger. Irmi ließ den Blick weiter durch die Räume gleiten und schloss kurz die Augen. Bilder kamen von irgendwoher: Arthur, der Karwendelschrat, von Brennerstein, Regina, das tote Schneewittchen, der Revierjäger. Biathlonwaffen, hatte der Revierjäger doch gesagt ...

Ein Ruck ging durch ihren Körper, Adrenalin strömte ein. Wer hatte sie denn eigentlich schon wieder so blind werden lassen? Sie hatten bei ihren Fällen doch häufig in Tirol zu tun, sogar weit öfter als im übrigen Bayern! Tirol war ihr Vorgarten, das Werdenfels war Grenzland, und war man den Tirolern von der Mentalität her nicht ohnehin viel näher als den deutschen Landsleuten irgendwo in der Mitte oder im Norden? Sie mussten ihre Suche auf österreichische Gewehre ausdehnen, ganz klar! Schon früher hatten sich die Wilderer nicht an Grenzen gehalten.

Irmi zog Kathi zur Seite und war mit einem Mal hellwach. Sie bat Kathi auch nicht, die Tiroler Kollegen ins Boot zu holen. Nein, sie schaffte an und ließ keinerlei Zweifel daran, dass Kathi sie selbst, ihre Mama und das Soferl in Lähn absetzen und sich dann um alles Weitere kümmern werde. Auch den Einwand, dass schon Donnerstagnachmittag sei, ließ Irmi nicht gelten. Sie wusste gar nicht, woher sie diese Entschlossenheit auf einmal nahm.

Bei Reindls daheim in Lähn warf das Soferl ihre Sportsachen in den Flur. Dann lief sie zu einer Freundin, denn sie mussten, bevor das Geburtstagsfest begann, noch mit einem Typen chatten, den sie über Facebook kannten. Kathis Mama seufzte. »Manchmal ist sie mir echt zu schnell. Ich werde alt.«

»Na, na, das ja wohl nicht!«, meinte Irmi lächelnd.

»Immerhin bin ich im Januar einundsechzig geworden. Taufrisch bin ich nicht mehr, Frau Mangold. Kaffee?«

Irmi nickte und setzte sich auf die Eckbank in der gemütlichen Wohnküche. Sie wusste, dass zum Kaffee irgendein selbst gebackener Kuchen kommen würde und der Hausgebrannte. Elli Reindl umfing ihre Gäste immer mit so viel Wärme und Behaglichkeit. Oft hatte sie Kathis Mutter noch nicht getroffen, die wenigen Male aber hatte sie sich der Frau immer nahe gefühlt. Während der Kaffee ganz altmodisch durch den Porzellanfilter plätscherte, zauberte Frau Reindl senior aus der Speis wie erwartet eine Linzertorte und den Schnaps.

»A Kloaner geht doch?«

Irmi grinste. »Rein therapeutisch, ja.«

Sie nippte an dem Obstler und glaubte dabei in eine Birne hineinzubeißen, so aromatisch war das hochgeistige Getränk. Das war etwas anderes als der Fabriksprit, der mit bunten Bildchen vorgab, etwas ganz Fruchtiges zu sein, und in Wahrheit in der Nase kratzte und biss.

»Geht's eigentlich mit der Kathi?«, fragte Elli Reindl plötzlich.

»Kathi ist eben Kathi. Ein bisschen schnell mit ihren Worten. Unbedacht, unsensibel manchmal, und doch hat sie ein Händchen für den Job.«

Elli Reindl seufzte. »Sie ist wie ihr Vater. Ich hoffe, sie wird mal etwas milder. Vielleicht mit zunehmendem Alter?«

Nun musste Irmi laut lachen. »Ich glaub, das ist Wunschdenken, wenn wir bei Kathi auf Altersweisheit hoffen. Sie wird wohl eher eine renitente Alte, die die Jugendlichen

mit ihrem Gehstock prügelt.« Irmi unterbrach sich kurz.
»Frau Reindl, falls Sie glauben, ich wäre hier, um mit
Ihnen über Kathi zu reden, dann stimmt das sogar ein wenig. Mir geht es allerdings um die sehr junge Kathi.« Sie
zögerte erneut. »Unser aktueller Fall führt uns unter anderem nach Reutte. Sie stammen aus dem Außerfern, und
ich würde einfach gern etwas mehr wissen über die Region. Genauer über einen Frauenarzt. Kennen oder kannten Sie einen Dr. Wallner, der in den Siebzigern in Reutte
praktiziert hat?«

Elli Reindl schwieg.

»Frau Reindl, ich nehme doch mal an, Sie kennen Ihren
Frauenarzt. Ist oder war das dieser Dr. Wallner?«

»War.«

Was war hier los? Warum machte Frau Reindl derma-
ßen zu? Irmi war irritiert, und im Prinzip war es ihr auch
unangenehm, weiter in die Frau zu dringen, aber genau das
war eben ihr Beruf. Penetrant sein, nachfragen, Witterung
aufnehmen.

»Frau Reindl, ich merke, dass Ihnen meine Fragen unangenehm sind. Aber ich kenne sonst wenige Frauen aus
der Region. In diesem Zusammenhang ist auch der Name
Elisabeth Storf gefallen. Sagt Ihnen das was?«

Elli Reindl warf Irmi einen Blick zu, der so traurig war,
dass es schmerzte. Kathis Mutter stand auf, ging hinaus
und kam wenig später mit ihrem Pass zurück. Den legte sie
vor Irmi auf den Tisch. Die war völlig konsterniert, bis sie
endlich verstand: Elli Reindl war auf den Namen Elisabeth getauft, Elisabeth Storf.

Am liebsten wäre Irmi aufgestanden, hätte sich für den

143

Kaffee bedankt und wäre ganz still und leise verschwunden. Stattdessen sagte sie: »Was ist passiert? Was hat Elisabeth Storf mit diesem Arzt zu tun?« Sie vermied es, den Namen der von Brauns zu nennen, zumal ihr selbst die Zusammenhänge nicht ganz klar waren.

»Warum jetzt, Frau Mangold? Warum jetzt, nach so vielen Jahren?«

Irmi blieb die Antwort schuldig, wartete und ließ Elli Reindl reden. Von einer Zeit, als sie gerade mal zwanzig gewesen und mit Ferdinand Reindl liiert gewesen war, einem jungen Heißsporn, der es im Metallwerk Plansee zu etwas bringen wollte. Die junge Elisabeth hatte eigentlich vor, Erzieherin zu werden, schwanger wollte sie nicht werden. Ihr streng katholischer Frauenarzt verbot zwar die Pille, doch Elisabeth hatte eine Freundin, die sich das Medikament nicht ganz legal in Füssen besorgte und ihr ein paar Packungen mitbrachte.

Das ging nicht lange gut, denn eines Tages entdeckte Ferdinand die Packung und verprügelte seine Freundin, die wenig später mit zweiundzwanzig Jahren schwanger wurde. Elisabeth stammte aus einfachen Verhältnissen und war in Rieden aufgewachsen. Dort hatte sie neben dem Gasthof Kreuz gewohnt, wo sie als Kind dem Vater das Bier geholt hatte. Sie hatte von Anfang an Probleme mit ihrer Schwangerschaft gehabt, die Mutter meinte nur, sie solle sich nicht so anstellen. Ihr Freund war sowieso nie da, sondern hockte mit Kumpels in der *Lisl-Bar*. Mehrfach war Elisabeth in aller Frühe von Rieden mit dem Radl aufgebrochen, den Lech entlang, oft auch bei Regen und Nebel, bis zur Praxis, wo sie zusammen mit anderen Frauen in eisiger Kälte vor dem Haus hatte warten müssen. Da waren auch Frauen von weit hinten im Lechtal dabei gewesen, die in bittersten Wintern hatten ausharren müssen, Frauen, die schon seit vier Uhr morgens unterwegs waren. Geöffnet aber wurde erst punktgenau zur Sprechstunde. Oder noch später. Elli Reindl hatte sich immer wieder einmal unterbrochen, so hatte Irmi sie noch nie erlebt, so verletzlich.

»Irgendwann hatte ich wieder einmal extrem starke Bauchschmerzen und bin zur Praxis geradelt. Dort bin ich noch auf der Straße in einer Blutlache zusammengebrochen. Im Krankenhaus in Reutte bin ich aufgewacht. Das Kind war weg, im siebten Monat. Es war tot geboren. Es gibt ein kleines Grab in Weißenbach. Eigentlich wollte mein Freund es gar nicht bestatten, weil es doch gar noch nicht fertig gewesen sei. Er wollte es entsorgen wie bei der Tierkörperverwertung.«

Irmi hatte den Blick nicht mehr vom Tisch genommen, sie starrte in ihre Tasse und verfluchte den Tag.

Der Abgang hatte Elli Reindl damals schwer zugesetzt, sie musste fast einen Monat im Spital liegen. Es hieß, sie könne keine Kinder mehr bekommen. Für ihren Freund war sie damit unwert, was ihn aber nicht davon abhielt, wenn er betrunken aus der *Lisl-Bar* kam, sie zu demütigen und immer wieder zu benutzen. »Für was anderes kann man dich ja nicht gebrauchen, bloß als Turngerät«, zitierte ihn Elli Reindl. Dabei klang ihre Stimme, als spräche sie aus einer Gruft heraus. Dass sie mit dreißig Jahren dann doch noch schwanger wurde, war eigentlich ein Wunder. Dass Kathi dann 1981 gesund zur Welt kam, erst recht.

145

Dass sie Ferdinand heiratete, war eine letzte Verzweiflungstat, die dem Druck beider Elternpaare geschuldet war. Sie ertrug ihren Mann noch zehn Jahre, bis er besoffen mit einem Motorrad in den Lech gerauscht war.

Elli Reindl sprang plötzlich auf, riss sich die dicken selbst gestrickten Wollsocken vom rechten Fuß und rief: »Da, Frau Mangold, das sind die sichtbaren Male.« Sie hatte drei erfrorene Zehen, nur noch Stümpfe waren übrig. »Das war der Morgen des Abgangs. Ein Kind und drei Zehen verloren. Entscheiden Sie, was schwerer wiegt.«

Selten hatte Irmi solch eine Hilflosigkeit verspürt. Sie war wie gelähmt, sie konnte einfach nichts mehr tun, nichts sagen. Sie hatte keine Ahnung, wie viel Zeit verstrichen war. Elli Reindl ging hinaus, und Irmi hörte ein Schnäuzen. Auch Irmi griff nach einem Taschentuch, es war ihr gar nicht bewusst gewesen, dass ihr die Tränen übers Gesicht liefen. Elli Reindl schenkte zwei neue Schnapsgläser ein, diesmal randvoll. Sie tranken auf ex.

Nun erst sah Irmi hoch.

»Aber warum? Warum konnten Männer wie dein Arzt so ein Terrorregime ausüben?«

Elli Reindl hatte ihr nie das Du angeboten, aber es war Irmi in dieser Situation einfach nicht mehr möglich, beim Sie zu bleiben.

Kathis Mutter sah Irmi zum ersten Mal wieder direkt in die Augen. »Du kennst die Antwort. Es war eine repressive Gesellschaft. Die Siebzigerjahre im Außerfern hatten mit den Siebzigern anderswo nichts gemein. Wir waren immer noch eine abgeschiedene Enklave, mit erschreckender

Selbstmordrate. Wäre ich nicht so feig gewesen, hätte ich auch zu dieser Statistik beigetragen.«

Die Schnapsgläser waren wieder voll. Diesmal nippte Irmi nur. »Es gab eine Journalistin vom ORF, die über die Schmach der Frauen berichten wollte, aber es hat keine ausgesagt. Du warst eine von denen, die am End ...« Sie brach ab.

»Ich sage dir doch, ich bin feige. Ich bin anders als Kathi. Wo sie voranprescht, gehe ich einen Schritt zurück. Sie ist Skorpion, ich bin Steinbock. Wo sie zusticht, stehe ich im Fels und warte.« Sie lächelte müde. »Die Journalistin, ja. Sie hieß auch Elisabeth. War aus Wien, ging alleine aus. Sie kam aus einer offenen Welt in unseren verriegeltes Welteneck, wie hätte sie uns verstehen können? Sie hatte alles arrangiert, wochenlang die Frauen aufgestachelt. Es kam ein Übertragungswagen über den Fernpass extra aus Innsbruck. Man hätte unsere Stimmen doch im Radio erkannt. Mein Mann hätte mich totgeschlagen. Dieses Mal hätte er mich totgeschlagen. Den Kiefer hatte er mir schon mal angebrochen. Ich hatte wochenlang Schmerzen, verlor Zähne, hatte Rückfälle mit Eiter im Kiefer.« Sie sah auf und wiederholte. »Diesmal hätte er mich totgeschlagen.«

Irmi wusste, dass das der Wahrheit entsprach. Dass das keine Übertreibung war. Er hätte sie totgeschlagen. Und was hätte die anderen Frauen erwartet, wenn sie erzählt hätten von den Demütigungen, den Vergewaltigungen in der Ehe und von einem Arzt, der unter dem Deckmantel der Religiosität eben auch nur zur Duldung aufrufen konnte? Der Lohn für einen guten Christenmenschen kam ja immer erst nach dem Tode. So lange hatte man eben zu warten!

»Und dann?«

»Die junge Journalistin ging bald zurück nach Wien. Was gab es hier auch zu berichten? Nicht viel. Vielleicht mal Gerüchte über die Metallwerke. Gerüchte, ob der alte Schwarzkopf wirklich beim Gewehrreinigen verunfallt war. Einmal sind fünf junge Holländer in den Lech gefallen und wurden einige Tage später bei Füssen angeschwemmt. Diese Elisabeth ist den Lech abgefahren auf der Suche nach einer Leiche. Weißt du, es baut sich ein Druck auf, dem du nicht mehr entfliehen kannst. Keiner von uns konnte das, dabei hätten wir alle nur in den Zug einsteigen müssen. Es gab unsichtbare Mauern, eiserne Vorhänge, gewoben aus Angst.« Sie nippte an ihrem Glas. »Die Männer gingen wieder in die *Lisl-Bar*, knallten zu später Stunde ihre Schwänze auf den Tisch, einfache Vergnügungen und Männlichkeitsrituale.«

»Warum sagt mir die *Lisl-Bar* etwas?«

»Sie war eine Legende. Und bevor sie 1973 zu einer Disko wurde, war sie ein Musikklub. Ein Klub, der in kürzester Zeit Kult wurde. Die Wirtin hieß auch Elisabeth, sie war bestimmt erst Anfang zwanzig, als sie 1963 eröffnete. Aber zwischen den meisten Mädchen aus dem Außerfern und einer Elisabeth Nigg lagen Welten.«

»Warum?«

»Sie war in England und Frankreich auf der Hotelfachschule gewesen. Sie wollte nach Amerika, und um sie dazubehalten, eröffneten die Eltern ihr die Möglichkeit dieser Bar. Es gab eine Kellerbar in Lermoos, aber ansonsten in dieser Gegend nichts Vergleichbares. Die Gäste kamen von weit her.«

»Und alle liebten Lisl?«

»Ich war bei der Eröffnung elf Jahre alt, also wirklich noch nicht im Baralter. Aber sie tat viel für die Legendenbildung. Sie war Elisabeth Unerreicht, sie wäre nie mit einem Gast mitgegangen, sie trug Kostüme, wie man sie in Paris trug. Sie war ein unerreichbarer, strahlender Stern an einem Firmament, zu dem niemand hinaufreichte. Dass sie dann mit einem Allgäuer wegging, hat alle verwundert und die Männerwelt schwer enttäuscht. 1973 übernahm dann ein Onkel. Sie lebt heute – glaub ich – in Garmisch, du solltest sie fragen. Sie wird dir etwas ganz anderes erzählen als ich. Sie lebte in einer anderen Welt als wir, ihr Elfenbeinturm war glänzend.«

Auf einmal ging die Tür. Kathi kam zurück.

»Was, ihr schnapselt hier, während ich die Scheißarbeit mach?«

»Ganz so ist es nicht«, sagte Elli leise.

»Wie ist es dann?«

Irmi empfand Kathis Ton als unangemessen ihrer Mutter gegenüber. »Konntest du denn was erreichen?«, fragte Irmi, um Kathi abzulenken.

»Klar, die Kollegen waren begeistert. Ich darf jetzt am Wochenende helfen, Waffen zu überprüfen. Klasse, Irmi, danke.«

Bevor die Situation weiter eskalierte, kam das Soferl. »Fährt mich jetzt einer?«, fragte sie. Inzwischen trug sie eine enge Jeans, Stulpen, Stiefel und einen Norwegerpullover, der ebenfalls sehr eng saß. Sie sah älter aus, als sie

149

war, und gleichzeitig eben doch wie ein kleines Mädchen. Bei Reindls würde man die nächsten Jahre sicher viel Spaß haben, was Schlange stehende Verehrer betraf.

»Ich fahr«, sagte Elli und sprang fast auf.

Irmi erhob sich und verabschiedete sich ebenfalls. »Kathi, wir reden dann morgen. Wenn du etwas Spektakuläres in Erfahrung bringst, ruf an.«

Kathi sah von ihr zu ihrer Mutter. »Ihr tickt doch alle nicht ganz richtig«, sagte sie dann und ging hinaus.

Irmi wünschte dem Soferl noch viel Spaß und war heilfroh, entfliehen zu können. Aber wovor floh sie denn eigentlich? Letztlich hatte sie immer noch keine Ahnung, warum sie Elli Reindl diese Konfrontation mit der Vergangenheit hatte zumuten müssen. Worum war es Regina von Braun denn tatsächlich gegangen?

Irmi fuhr im Büro vorbei und recherchierte ein wenig über die *Lisl-Bar*. Dabei stellte sie fest, dass die Namensgeberin des Lokals tatsächlich in Garmisch lebte. Irmi notierte sich die Adresse und stand wenig später vor der Haustür von Elisabeth Nigg. Eine sehr gepflegte Dame öffnete ihr. Irmi stellte sich vor, doch Frau Nigg schien es nicht weiter merkwürdig zu finden, dass die Polizei kam. Sie stellte Wein auf den Tisch und wartete.

»Ich würde mir gerne ein Bild vom Außerfern machen«, erklärte Irmi, »vom Außerfern zu der Zeit, als Sie die *Lisl-Bar* hatten. Sie waren ziemlich jung damals.«

»Ich war vierundzwanzig, ich wurde verfrüht geschäftsfähig erklärt.«

»Sie gelten als Legende«, begann Irmi vorsichtig.

»Ach was. Die Bar war einfach ungewöhnlich. Es gab ja

rundherum nichts. Weder in Füssen noch in Pfronten oder in Reutte. Wir hatten bis drei Uhr offen, wir hatten Livebands ab neun Uhr, das war legendär.«

»Aber die Herren kamen doch auch Ihretwegen?«

»Ach Gott, man muss in der Gastronomie klare Grenzen ziehen. Ich habe das immer getan. Ich habe Cocktails hinter der Bar gemixt, wenn die das Theater wollten. Meine Mutti war in Sichtweite. Sie hat die Eintrittskarten für fünf Schilling verkauft. Meine Familie lässt sich ins 15. Jahrhundert zurückverfolgen. Wir sind alteingesessen. Da war nichts mit Sodom und Gomorra. Skischuhe in der Bar waren verboten, dann liefen die Gäste eben strumpfsockig rum. Ich bin nie mit einem Gast ausgegangen, das war einfach tabu.«

Gerade das dürfte den Mythos befeuert haben, dachte Irmi. »Distanz ist wichtig. Wir hatten auch sehr honorige Leute da, die ihre Whiskey- und Ginflaschen da gelassen haben. Da waren Thurn und Taxis dabei, der spätere Skinationaltrainer, die Führungsetage bei den Metallwerken. Aber immer mit Niveau, es waren auch so Edelbaraber da, die am Stollen gearbeitet haben, die hab ich eigenhändig rausgeworfen.«

»Das klingt nach einer eigenen Welt und einer sehr ungewöhnlichen Frauenkarriere für damals«, meinte Irmi.

»Ja, gewiss, aber ich habe auch Mädchen an die Theke gebeten, und es war klar, dass man die nicht anbaggern durfte. Als Frau konnte man damals nicht allein weggehen, nicht ohne männliche Begleitung. Bei mir ging das.«

»Und Sie haben das immer durchgehalten mit dem Abstand?«

Sie lächelte wieder. »Ich hab sie doch gesehen, diese Typen, gerade mal drei Wochen verheiratet, die Frau geschwängert – und in der Bar dann die Holländerinnen abgeschleppt. Der Mann ist nicht die Krone der Schöpfung, Frau Mangold.«

Wie wahr, dachte Irmi. »Kannten Sie damals den Frauenarzt Dr. Wallner?«

Frau Nigg zog die Brauen ein wenig hoch. »Ich kann nichts Negatives über ihn sagen. Immer korrekt.« Es war klar, dass sie auch nicht vorhatte, mehr zu sagen.

Ja, auf der einen Seite die alten Bürgersfamilien, die Mädchen, die in der Fünfzigerjahren eine Mittelschule besuchen durften, die im Internat in der Nähe von Imst gewesen waren, wo Klosterschwestern sie schwimmen gelehrt hatten, die Mädchen in gestrickten Badeanzügen. Und auf der anderen Seite die einfachen Bauersfrauen aus dem Lechtal. Welten hatten dazwischen gelegen, aber auch das nutzte Irmi wenig. Immerhin hatte sie eine interessante Frau kennengelernt, und das hatte sie von Elli Reindls Geschichte abgelenkt. Das Leben in Reutte war auch heiter gewesen, wenn man den richtigen Kreisen angehört hatte. Aber war das nicht immer so?

6

Oktober 1936

*Ich habe lang nichts mehr eingetragen. Es war Erntezeit.
Wir dürfen dem Himmelvater danken. Wir haben Heu und
Stroh eingebracht, das Getreide war prächtig. Die Grundbira
auch. Der junge Herr ist gekommen. Er ist ebenfalls ein
Studikus, er war nun ein Jahr im Böhmischen und hat
gelernt, eine große Forstwirtschaft zu führen. Er ist nur am
Wald interessiert, er redet nur über Bäume und neue Sorten,
die er pflanzen will. Er ist zurückhaltend und kommt nach
der Mutter. Er ist klein und zart, aber seine Augen sind wie
Kohle im lodernden Feuer. Der junge Herr hat uns Käse
gegeben und eine Wurst, die Salami heißt. So etwas Feines
habe ich noch nie gegessen.*

*Ich musste gestern zur Herrin kommen. Ich hatte furchtbare
Angst. Was habe ich getan, ich habe doch gearbeitet für zwei?
Und ich war nur ganz kurz hinter den Hecken, weil mir
immer so schrecklich übel wurde. Die Herrin sagte, ich solle
mich zu ihr setzen. Sie sagte, dass ich es nicht wie Johanna
wegmachen lassen darf. Ich habe sie gar nicht verstanden zu
Anfang. Sie war so gütig, in ihren Augen lag so ein tiefer
Schmerz. Dann habe ich sie verstanden. Sie hat gesagt, dass sie
mir nicht helfen kann, aber sie gab mir einen Beutel. Mit
Geld, ich habe noch nie so viel Geld gesehen. Sie hat gesagt,
dass ich das verstecken muss und verteidigen muss mit meinem
Leben und dass es für das Kindelein sein soll.*

Und dass ich dem Herrn vergeben muss, hat sie gesagt. Weil sie doch schuld sei, weil sie ihm doch keine Frau mehr sei. Sie hat mir Binden gegeben, auf dass ich das Bäuchlein gürten könne.

Es war warm geworden. Wieder einmal viel zu schnell. Irmi wunderte sich immer, wie es Andrea schaffte, stets vor ihr im Büro zu sein.

»Morgen, Andrea, der frühe Vogel …?« Irmi lächelte die junge Frau an, die ohne Weiteres ihre Tochter hätte sein können. »Bist du weitergekommen mit dem Klapp?«

»Ja und nein. Also, ich meine, du hast recht. Das sollte ein Buch werden. Ich glaube, sie wollte eine Familiengeschichte der von Brauns schreiben. Der Titel sollte *Gut Glückstein* lauten. Ich hab dir die Dateien mal sortiert. Ehrlich gesagt war ich ziemlich, na ja, ich war erschüttert, was sie da über das Außerfern geschrieben hat. Wahnsinn, das ist ja gar nicht lange her. Und ihr Bruder behindert, also … Ich versteh das auch gar nicht so recht. Das ist doch gar nicht lange her. Ich wiederhole mich, ich weiß. Aber …«

Ach, Andrea, dachte Irmi. Ich verstehe das auch nicht so ganz. Ihr war Elli lange als die Starke, die Souveräne, die Gelassene vorgekommen. Als eine emanzipierte Frau, die ihre Tochter allein groß gezogen hatte und die Enkelin gleich mit. Doch Elisabeth Storf war eine andere gewesen. Sie hatte sich von ihrem Mann schlagen lassen, den Unterkiefer hatte er ihr zertrümmert. Er hatte sie so niedergemacht, dass sie an nichts mehr geglaubt hatte. Und wenn Irmi ehrlich war, passierte das im dritten Jahrtausend noch genauso: Auch kluge Frauen glaubten irgendwann mal, dass sie der letzte Dreck waren. Wenn man das nur oft genug gesagt bekam, glaubte man an den eigenen Unwert – im Mittelalter, in den Siebzigern und heute.

Und wenn man das von einem Menschen gesagt bekommt, der einen doch eigentlich lieben will, der versprochen hat, für einen zu sorgen in guten wie in schlechten Tagen, wiegt das noch viel schwerer. Bis Elisabeth Storf die heutige Elli Reindl geworden war, waren Flüsse aus Tränen ins Meer geflossen. Sie hatte mit Sicherheit viele Jahre ihres Lebens damit verbracht, Kraft zu schöpfen, aufzubegehren, loszukommen. Irmi Mangold war auch mal Irmi Maurer gewesen, und es hatte ebenfalls schier ewig gedauert, wieder Irmi Mangold zu werden, eine Irmi, die an sich glaubte, die wertvoll war, die aufstand für sich selbst und andere.

»Ja, ich finde das auch sehr unverständlich, Andrea«, sagte Irmi nur. »Hast du mir die Texte ausgedruckt?«

»Ja, also ich hab da allerdings noch ein Problem.«

»Ja?«

»Sie hat irgendwelche alten Aufzeichnungen eingescannt. Das ist ziemlich schwer zu lesen. Ich kann das gar nicht entziffern, ist nämlich in altdeutscher Schrift. Kannst du das lesen?«

Konnte sie das? Gedruckte Bücher ja, sie hatte die *Trotzkopf*-Bände von ihrer Mutter in altdeutscher Schrift gelesen. Damals hatte man in Büchern noch geschmökert, anstatt sich Apps aufs Smartphone zu laden. Das war eine Zeit gewesen, in der junge Mädchen noch Backfisch geheißen hatten. Alte Bücher konnte sie noch lesen und staunend in eine Welt blicken, die so lange zurückzuliegen schien. Aber altdeutsche Schreibschrift?

»Ich fürchte, nicht«, räumte sie ein. »Suchst du bitte jemanden, der das für uns entziffern kann?«

Kathi kam gegen Mittag ins Büro. »Also, ich hab den ganzen Abend und heute Vormittag wegen der Waffen rumgemacht, die Tiroler Kollegen hatten schöne Schimpfworte für mich parat. Die zitiere ich lieber nicht. Außerdem ist meine Mutter völlig schräg drauf. Was hast du mit der eigentlich angestellt? Doch, Irmi, meine Zeit war richtig klasse, danke!« Sie nieste und suchte mal wieder nach einem Taschentuch.

Irmi sagte nichts dazu. Elli Reindl hatte sie gebeten, Kathi möglichst wenig zu verraten von dem, was sie ihr erzählt hatte. Sie wollte ihrer Tochter das kleine bisschen positive Erinnerung an den Vater nicht auch noch nehmen. »Wir sind ein merkwürdiger Weiberhaushalt«, hatte sie gesagt. »Weder meine Tochter noch meine Enkelin haben Väter. Ich denke oft, dass das meine Schuld ist. Denn Mädchen sollten doch beide Pole des Lebens kennenlernen, oder?« Dabei hatte Elli Reindl sie so angesehen, dass Irmi bis tief in ihre Seele blicken konnte. Das war doch das eigentlich Perfide: Die Opfer entschuldigten die Täter. Die Opfer suchten die Schuld in sich. Bis heute. Es gab nur diese eine Überlebensstrategie: Das Böse tief in sich einschließen. Wegsperren. Wegdenken. Das Wegdenken war das Schwerste, Gedanken und Erinnerungen zuckten immer wieder wie Blitze irgendwo heraus und durchbohrten das Herz. Sich den bösen Erinnerungen zu stellen war nicht immer der beste Weg, manches war so schmerzhaft, dass es in den Tresorraum musste. Aber Gnade, wenn jemand einen Schlüssel fand, diesen Raum zu öffnen! Irmi wusste das nur zu gut.

Kathi nieste wieder. Sie sah erbärmlich aus mit ihren verquollenen Augen. »Die Ballistik meldet sich nachher bei dir, ich geh jetzt mal zum Arzt. Vielleicht gibt es irgendein verdammtes Allergiemittel, das hilft. Der verfickte Wind macht alles noch schlimmer. Scheißfrühlingswetter. Pollen überall.«

»Ja, das ist gut«, sagte Irmi, dabei war gar nichts gut. Sie sah an Kathi vorbei, die niesend von dannen zog.

Er war still im Büro. Zeit, ein bisschen Licht ins Dunkel des Schreibtisches zu bringen, E-Mails zu löschen, die Zeitung zu lesen, die sich mal wieder einem Geniestreich in der Doppelgemeinde widmete. Der unscheinbare und etwas heruntergekommene Partnachuferweg sollte neuerdings eine Promenade werden. Eine Flaniermeile oder Prachtstraße war der Partnachuferweg nun wirklich nicht, und ausgerechnet dieser Weg sollte nun die Namen der beiden Exbürgermeister tragen. Nach einem Beschluss des Bauausschusses der Marktgemeinde wurde ein Teilstück in Neidlinger-Promenade, ein anderes in Schumpp-Promenade, ein drittes in Lahti-Promenade umbenannt. Den Bewohnern des finnischen Lahti würde das wurscht sein, aber zwei Männer, die die Geschicke Garmisch-Partenkirchens gelenkt hatten, hätten auf eine solche Ehrung sicher gerne verzichtet. Im Falle von Neidlinger wurden vierundzwanzig verdienstvolle Jahre mit einem Drittel des vernachlässigten Partnachuferwegs aufgewogen. Da im Gemeinderat viele Sturm gelaufen waren, sollten die beiden Herren zusätzlich noch je ein Taferl an einer Parkbank kriegen. Die Diskussion darüber füllte die Zeitung, ihr Mord im Wald war nebensächlich geworden. Irmi schüttelte den Kopf – man könnte meinen, die Schildbürger seien in Garmisch-Partenkirchen erfunden worden.

Es war Nachmittag, als der Anruf kam. Ein Anruf aus der KTU, der Irmi dazu veranlasste, den Hasen aufzusuchen. Er präsentierte ihr eine Waffe. »Aus der ist geschossen worden. Damit wurde Regina von Braun erschossen.«

Irmi starrte ihn an. »Das ist sicher?«

»Was ich mache, ist immer sicher«, maulte Kollege Hase. »Ich habe Fingerabdrücke genommen, es sind eine ganze Reihe drauf, und mit Verlaub, das sind vor allem Abdrücke von Kindern.«

»Von Kindern?« Irmi schoss die Kindergartengruppe durch den Kopf. Hatte der kühne Bene geschossen? Quatsch!

»Die Waffe stammt vom Sportklub Bichlbach. Ist eine Biathlonwaffe, die von der Biathlontrainingsgruppe der Schülermannschaft verwendet wird. Von anderen auch, aber vor allem von diesen Schülern. Ich muss los, die Arbeit wird ja nie weniger«, sagte der Hase noch und verschwand.

Irmi stellte sich ans Fenster. Die Sonne schien, es ging ein kräftiger Wind, der in die noch kahlen Bäume fuhr. Bald würden sie in diesem frisch lackierten Frühlingsgrün sprießen. Sie sah Soferl vor sich, das auf den schmalen Ski so elegant ausgesehen hatte. Die Waffe stammte von Soferls Gruppe!

Irmi ging zu Andrea hinüber. »Kannst du bitte checken,

158

welche Mannschaften in Bichlbach Biathlon trainieren? Wer Zugang zu den Waffen hat. Wer ist Trainer? Und gibt es eine Verbindung zu Regina von Braun? Oder anders gefragt: Wer hat eine Verbindung zu Regina von Braun?«

Andrea dachte nach. »Ist das, ich meine, ist das nicht von der Kathi ihrem Soferl, also, ähm …«

»So ist es«, schnitt Irmi ihr das Wort ab und hatte noch Sailers Satz im Ohr: Die Magdalena Neuner wird's scho ned gewesen sein.

»Tatsache ist, dass wir die Waffe haben und nun wissen müssen, wer Zugang dazu hatte«, sagte Irmi.

»Ich war grad dran, jemand zu finden, der wo dieses Altdeutsch lesen kann.«

»Ja, Andrea, aber das hier ist jetzt wichtiger.«

Irmi rauschte hinaus und ließ eine Andrea zurück, die ganz unglücklich aussah. Sie selbst war auch unglücklich, mehr als das. Verdammt und zugenäht! Irmi hoffte, dass Kathi noch eine Weile weg sein würde, hoffte auf ein volles Wartezimmer. Aber was sollte sie tun? Es gab nur einen Weg. Sie musste nach Lähn.

Irmi wünschte sich Staus oder einen kleinen Lawinenabgang, aber der Tag präsentierte sich sonnig, und auch der Wind hatte ein wenig nachgelassen. Kein Baum würde umstürzen, nichts würde ihre Fahrt vereiteln. Lediglich die kleine rote Außerfernbahn stoppte Irmi für eine Weile, als die Schranke sich schloss, um das Bähnchen durchzulassen. Als Irmi vor Kathis Haus anhielt, blieb noch eine Hoffnung: Keiner würde da sein. Aber Elli und das Soferl waren gerade dabei, rechts von der Eingangstür Holzscheite zu stapeln. Dem Soferl war anzusehen, was sie von dieser Arbeit hielt. »Du hast deinen kleinen Hintern doch auch gerne warm«, hörte Irmi Elli sagen. Irmi lächelte, es gelang ihr aber nur ein wehmütiges Lächeln. Es half ja alles nichts: Da musste sie jetzt durch.

»Kommt, ich helf euch schnell«, sagte Irmi und hatte so doch noch eine Verzögerung erreicht. Der tobende Gedankensturm in ihrem Kopf aber war damit auch nicht anzuhalten.

Gesetzt den Fall, Regina von Braun hatte ein Buch schreiben wollen, gesetzt den Fall, sie hatte dazu Elli angesprochen und in alten Wunden gestochert, wäre das Grund gewesen, so ein Buch um jeden Preis zu verhindern? Lag sie mit ihrer Wilderergeschichte komplett falsch? Hatte das Ganze mit von Brennerstein gar nichts zu tun? War sie auf dem Holzweg?

»So, fertig!«, rief Sophia. »Ich geh jetzt hoch.«

»Bleibst du bitte in der Nähe? Ich müsst dich nachher mal was fragen«, sagte Irmi.

»Klar, muss bloß mal schnell mit Tini chatten.«

Sophia sprang leichtfüßig davon. Bei ihr hatte man das Gefühl, dass Jungsein wirklich etwas Herrliches war. Bei den meisten anderen Teenies hatte Irmi den Eindruck, dass sie schwer unter der Welt und sich selbst litten.

»Das Mädchen wird mir mehr und mehr ein Rätsel«, meinte Elli. »Einerseits macht sie Sport mit einem so zielstrebigen Ehrgeiz, andererseits lungert sie zu Hause nur noch am Laptop rum und chattet. Tini wohnt ein paar Straßen weiter, aber man redet über Facebook einfach besser.«

»Wir sind zu alt. Anders sozialisiert. Um das Soferl

mach ich mir da weniger Sorgen, die kann ja durchaus auch real mit einem sprechen und schaut einem dabei sogar in die Augen, was fast schon an ein Wunder grenzt. Aber ich mache mir um viele andere Kinder Sorgen. Sie sitzen eingeigelt in ihren Zimmern und glauben jede Menge Freunde zu haben. Was heißt es schon, auf Facebook ›befreundet‹ zu sein!«

»Ich bin in jedem Fall zu alt«, sagte Elli, lächelte und dehnte ihren Rücken. Dann sah sie Irmi ernst an. »Du bist aber nicht zum Holzaufschichten gekommen, oder?«

»Nein. Gehen wir rein?«

Irmi folgte ihr in die Wohnküche. Elli stellte Hollersirup und Mineralwasser auf den Tisch. Sie wartete. Drehte an ihren Fingern.

»Ich muss das jetzt leider fragen. Wo warst du Sonntag am späten Abend?«

In Ellis Blick lag Unverständnis. »Ich war hier. Habe ferngesehen. Falls du wissen willst, was kam – keine Ahnung. Ich bin eben alt und vergesslich.« Ihr Ton war etwas unwirscher geworden.

»Wo waren Kathi und das Soferl?« Irmi wusste, dass das eine dumme Frage war. Kathi und Sophia lebten im ersten Stock des Hauses. Und wenn die Oma unten ferngesehen hatte, dann hätte niemand bemerkt, wenn sie kurz weggefahren wäre und den Fernseher angelassen hätte.

»Oben«, sagte Elli erwartungsgemäß. »Was soll das?«

Irmi zögerte. »Elli, wir haben die Waffe, aus der geschossen wurde. Sie ist definitiv eine Biathlonwaffe, die dem Skiklub Bichlbach gehört. Und so leid mir das tut, ich muss deine Fingerabdrücke nehmen.«

161

»Was musst du?« Der Schrei kam von Kathi, die hereingepoltert war, wie sie das immer tat, trotz ihres Leicht-
gewichts. Man hatte immer das Gefühl, ein Pferd trabe
heran.

»Kathi, ich ...«

Kathi unterbrach sie rüde und schrie: »Was, du, du,
du? Ich habe stundenlang in einem Wartezimmer gesessen, Allergietests gemacht, deren Ergebnisse natürlich erst
kommen. Ich hab eine Kortisonspritze bekommen und
jede Menge anderen Scheiß mitgemacht. Du bist nicht im
Büro, auch nicht über Handy erreichbar, dafür finde ich
dich hier, und du willst die Fingerabdrücke meiner Mutter! Geht's noch?«

Elli hatte sich erhoben. »Ich lass euch mal kurz allein.
Keine Angst, es besteht keine Fluchtgefahr.«

Kathi starrte ihr nach. »Was geht hier vor?«

Irmi begann leise zu erklären. Sprach vom Waffenfund.
Sprach davon, dass sie eine Vermutung habe, dass Regina
von Braun noch ein ganz anderes Buch geplant habe. Dass
Kathis Mutter darin eine Rolle spiele.

»Und deshalb erschießt meine Mutter diese schreib-
wütige Regina? Hast du sie noch alle? Läufst du noch auf
allen Zylindern?«, brüllte Kathi weiter.

»Das sage ich auch gar nicht. Aber ich habe eine Tote.
Und ich habe eine Waffe, aus der geschossen wurde. Deine
Tochter zum Beispiel benutzt dieses Gewehr.« Irmi be-
mühte sich, sachlich zu bleiben.

»Das weißt du doch gar nicht!«

»Stimmt, aber ich muss es überprüfen.«

»Frau von und zu Mangold! Bisher hatten *wir* noch

162

einen Fall. Aber nun hast du ihn!« Kathi war so laut geworden, dass Elli zurückgekommen war.

»Kathi, ich werde dir ein paar Dinge aus meinem Leben erzählen müssen«, sagte sie. »Und wenn Irmi meine Fingerabdrücke haben will, soll sie sie nehmen.«

Kathi sah von der einen zur anderen und rief plötzlich durchs Haus: »Sophia, komm sofort runter!«

Das Soferl flog quasi die Treppe herunter, was daran liegen mochte, dass sie mit den von ihrer Oma gestrickten Wollsocken auf der glatten Holztreppe ausgerutscht war, vielleicht aber auch daran, dass sie gelauscht hatte.

»Wer benutzt eure Biathlonwaffen?« Kathi sah ihre Tochter scharf an.

»Na, die Gruppe. Wir sind sechs Mädels, das weißt du doch.«

»Wo sind die Waffen?«

»Na, bei To-Tommy im Waffenschrank im Stüberl. Du bist doch bei der Bullerei, Waffen gehören in gut gesicherte Schränke«, bemerkte das Soferl altklug und mit leiser Provokation in der Stimme.

»Wer ist To-Tommy?«, fragte Irmi dazwischen.

»Unser Trainer Tommy. Toller Tommy, deshalb nennen wir ihn To-Tommy.« Das Soferl kicherte.

»Aha, und wer noch benutzt die Waffen?«, wollte Kathi wissen.

»Keine Ahnung. Wahrscheinlich die zweite Gruppe, die Tommy auch trainiert. Spinnt ihr grad alle?«, fragte Sophia.

Weil Kathi einen Augenblick still war, sagte Irmi: »Sophia, magst du mir bitte mal die Anschrift und die Handynummer deines Trainers aufschreiben?«

»Klar, hab ich im Handy.«

Sophia sprang davon, sichtlich erleichtert, den drei irren Frauen zu entkommen.

Kathi schwieg noch immer, Irmi wusste, das in ihrem Inneren Kriege tobten. Die Tochter gegen die Polizistin. Die Vernunft gegen das Gefühl.

Irmi betrachtete Elli genau. »Elli, war Regina von Braun bei dir?«

Schweigen.

»Elli, bitte!«

»Sie hat angerufen. Mehrmals. Ich hab ihr gesagt, dass ich nicht mit ihr reden will. Dass dieser Teil meines Lebens passé ist. Ich hab aufgelegt. Dann hat sie es mit unterdrückter Nummer probiert. Sie war so penetrant. Und dann stand sie plötzlich vor der Tür. Ich hab nicht aufgemacht. Am nächsten Tag hat sie mir regelrecht aufgelauert. Ich musste sie hereinlassen. Schließlich wollte ich nicht der Nachbarin ein Bühnenstück liefern.«

»Und was wollte Regina von Braun?«, fragte Irmi.

»Wissen, was damals passiert war.«

»Wann damals?«, fuhr Kathi dazwischen.

»Bitte, Kathi, warte kurz. Sie hat gesagt, dass sie ihre Familiengeschichte aufarbeiten wolle.«

»Sonst nichts?«

»Zuerst hatte ich den Eindruck, sie sei Journalistin. So wie sie gefragt hat. Sie war sehr vehement, dabei war sie so ein zartes Persönchen.«

»Und als was hat sie sich zu erkennen gegeben?«

»Als Regina von Braun, Biologin, Besitzerin einer Forstwirtschaft und eines Walderlebniszentrums. Das war sie doch auch, oder?«

»Ja, das stimmt so alles. Hat dir der Name etwas gesagt?«

»Ja«, meinte Elli lapidar. Irmi war klar, dass damals bei den Recherchen der ORF-Journalistin viele Namen gefallen waren. Namen von Frauen mit einem ähnlichen Schicksal. Sicher auch der von Margarethe von Braun.

Kathi, die bis hierher geschwiegen hatte, fuhr erneut dazwischen. »Was redet ihr hier eigentlich?«

Elli sah Kathi voller Zärtlichkeit an. »Bitte, Kathi, ich geb jetzt Irmi diese Fingerabdrücke, und dann reden wir beiden unter vier Augen.«

Das Soferl war mit einem Post-it-Zettel zurückgekommen. Als Irmi dann auch noch Soferls Abdrücke nahm, hatte sie ganz kurz Bedenken, dass Kathi ihr alles aus der Hand schlagen würde. Beim Abschied zischte Kathi: »Das wirst du mir büßen.«

Das war eine Drohung, ein schwerer Affront gegen sie als Chefin. Aber Irmi war zu erschöpft, um zu reagieren. Sie ging einfach. Fuhr wie in Trance ins Büro, überreichte die Fingerabdrücke dem Hasen, der wieder besonders begeistert war, dass sie sein Wochenende verhunzte. Er versprach ihr, bis zum nächsten Morgen Ergebnisse zu liefern. Nicht ohne sich noch mal zu beschweren.

»Irgendwann nehm ich alle Überstunden«, meinte er. »Alle Samstagsdienste. Und die am Sonntag. Dann seht ihr mich ein halbes Jahr nicht mehr!«

»Wissen Sie was? Mich würden Sie dann etwa zwei Jahre nicht mehr sehen!«, erwiderte Irmi eisig.

Der Hase zuckte mit der Nase wie ein Karnickel und verschwand.

Auch Irmi fuhr nach Hause, wo sie anfing, die Milchkammer zu säubern. Sie stand in Latzhose und gelben Gummistiefeln da und fuhrwerkte so herum, dass Bernhard stirnrunzelnd davontrabte. Dass sie dann auch noch den Kühlschrank auswischte und den Herd reinigte, veranlasste Bernhard zu einer Flucht zum Wirt.

Der Samstag begann für Irmi gegen sieben. Sie hatte felsenfest geschlafen. Erst als der kleine Kater alle seine Krallen in ihre Zehen rammte, stand sie auf. »Du Monsterviech!«, stieß sie aus.

Schon um neun bekam Irmi den Abgleich der Fingerabdrücke. An der Waffe waren insgesamt fünf verschiedene Abdrücke klar zu differenzieren gewesen, es hatten wohl auch noch andere an dem Gewehr herumgefingert, doch deren Spuren waren nicht klar darstellbar. Unter den fünf Abdrücken waren nun zwei bekannt: die von Sophia und Elisabeth Reindl.

Irmis Magen verkrampfte sich. Dass ein Abdruck vom Soferl auf der Waffe zu finden war, verblüffte sie nicht weiter – schließlich übten sie und die anderen Mädchen regelmäßig auf dieser Waffe. Aber Elli Reindl konnte sehr gut schießen und war sogar mehrfach Schützenkönigin gewesen. Mittlerweile war sie zwar nicht mehr im Schützenverein, aber Schießen verlernte man nicht. Das war doch wie Radfahren, oder?

Aber wie wäre Elli an das Gewehr gekommen? Und

gleichzeitig kannte Irmi die Antwort. Der Trainer ließ den Schrank ja öfter offen stehen, sie selbst hätte sich problemlos eine Waffe holen können.

Irmi griff zum Hörer und bat Andrea, mit dem Biathlontrainer einen Termin im Schützenheim zu vereinbaren. Kaum hatte sie aufgelegt, da stürmte Kathi herein.

»Also, meine Mutter hat mir so einiges erzählt. Dass mein Vater kein Engel gewesen ist, weiß ich. Dass sie ein Kind verloren hat, wusste ich nicht. Sie hat es nicht leicht gehabt, aber deswegen erschießt sie doch nicht diese Regina.«

Das war eine sehr knappe Zusammenfassung von Ellis tragischer Vergangenheit. Irmi wusste, dass Kathi sehr schlecht mit Elend und Verzweiflung umgehen konnte. Sie wurde dann noch härter, noch tougher, noch sachlicher. Statt sich dem Schmerz zu stellen, flüchtete sie.

»Ihre Fingerabdrücke waren auf der Waffe.« Irmi sah Kathi nicht an.

»Aber das kann nicht sein!«

»Was nicht sein soll, kann eben doch sein«, meinte Irmi hilflos.

»Du hast sie nicht mehr alle!«, rief Kathi.

Irmi versuchte ruhig zu bleiben. »Kathi, versuch bitte einen Moment auszublenden, dass wir von deiner Mutter reden. Was würdest du bei jeder anderen Person tun? Wir haben eine Frau, deren Fingerabdrücke sich auf einer Tatwaffe befinden. Es gibt eine Verbindung zwischen den beiden. Regina von Braun hat deine Mutter massiv angegangen, sie hat sie mit Anrufen torpediert und sogar aufgesucht. Nenn das Stalking, wenn du so willst. Wir müs-

167

sen deine Mutter erneut verhören. Außerdem hat sie kein Alibi. Du bist nicht die Wächterin deiner Mutter. Sie könnte weggefahren sein, oder? Es ist nicht weit von Lähn nach Grainau, das muss ich dir nicht sagen, du fährst die Strecke fast täglich zur Arbeit.«

»Kein Alibi, oder! Du, du …« Kathi schluckte, aber Irmi wusste, dass ihre Kollegin kurz vor der Explosion stand.

»Kathi, eure Autos stehen vorn an der Straße, du würdest es nicht mal hören, wenn sie ihren Wagen anließe.«

In der Tat lag das schmucke Bauernhaus der Reindls an einer kleinen Stichstraße. Für parkende Autos war viel zu wenig Platz, weshalb Elli und Kathi ihre Autos immer vorne an der kleinen Straße abstellten. Sie verfügten über zwei Parkbuchten vor dem Haus der Nachbarin.

»Ja, reim dir nur was zusammen, du, du … selbstgefälliges Stück!«

Es ging einfach nicht. Es rumorte in Irmis Innerem. Sie verstand Kathi nur zu gut, aber das ging einfach zu weit. Sie war niemand, der auf Autoritäten pochte, was sich manches Mal schon als Fehler erwiesen hatte. Zu viel kumpelhaftes Verhalten motivierte schwächere Menschen schnell zur Auflehnung und Unhöflichkeit. Je länger die Leinen wurden, an denen man seine Mitarbeiter laufen ließ, desto mehr verhedderten sich diese in ihren eigenen Unzulänglichkeiten. Sie konnte das nicht mehr tolerieren.

Mit kühler Stimme, die gar nicht zu ihr zu gehören schien, sagte Irmi: »Kathi, ich ziehe dich von diesem Fall ab. Ich gebe das auch schriftlich an die Dienststelle in Weilheim weiter. Solange deine Mutter involviert ist, lehne

ich dich wegen Befangenheit ab. Du nimmst deine Überstunden, dann sehen wir weiter.«

Kathi war nicht mehr zu bremsen. »Ja, Frau Sieben-
gscheit. Ja, Frau Hauptkommissar. Gib's mir!«

»Du kannst dich gerne beschweren, aber bitte halte den
Dienstweg ein.«

Kathi fuhr herum. Da stand Andrea, die für die Wo-
chenendschicht eingeteilt war. »Na, prima, da steht ja
schon der Bauerntrampel. Nimm den doch mit. Das passt
ja perfekt: Bauerntrampel zu Bauerntrampel.«

Andrea starrte sie mit weit aufgerissenen Augen an. Sie
war mitten ins Schlachtfeld gestolpert. Irmis ganzes Inne-
res bebte. Am liebsten hätte sie Kathi auch angebrüllt,
hätte um sich geschlagen, sich verteidigt, dem Brodeln in
ihrem Inneren ein Ventil verschafft. Aber sie sagte nur sehr
leise: »Es reicht. Geh jetzt!«

Und Kathi ging.

Andrea sah aus, als würde sie gleich losheulen. »Ich …
ich … ich wollte nicht, ich …«

»Schon gut. Das ist nicht deine Schuld. Was kann ich
für dich tun?«

»Ich wollt nur sagen, dass ich die Sachen an jemanden in
München vom Landeskriminalamt gemailt habe. Da ist
eine Dame, die übersetzt uns die Texte. Sailer hat gemeint,
seine Oma könne das auch, aber ich dachte, ähm, das wäre
zu privat, ähm …«

»Wunderbar, da denkst du völlig richtig. Und was ist mit
dem Biathlontrainer?«

»Ich erreich ihn über sein Handy nicht, aber ich weiß,
dass er momentan, ähm, auf der Anlage ist, das hab ich

vom Verein erfahren. Er bereitet einen Saisonabschluss-Wettkampf vor. Der findet morgen statt.«

»Gut, wir fahren nach Bichlbach. Du kommst mit. Ich erklär dir auf der Fahrt das Problem.« Das Problem? Elli Reindl war mehr als ein Problem.

Nachdem Irmi Andrea auf den aktuellen Stand gebracht hatte, schwieg die junge Polizistin eine Weile. Dann sagte sie leise: »Die arme Kathi.« So war Andrea: empathisch, leicht zu erschüttern. Dabei war Kathi nicht besonders nett zu Andrea, und doch hatte sie spontan Mitleid. Irmi und Andrea – zwei Bauerntrampel, die vermutlich beide ein Mitfühlgen von der Natur mitbekommen hatten.

Vor der Trainingsanlage in Bichlbach stand ein Kombi. Die Tür zum Klubstüberl war offen.

»Hallo!«, rief Irmi in den Gang.

Keine Antwort.

»Komm«, sagte sie zu Andrea und schleuste sie in den Keller und durch die Umkleide. Dort stand Tommy und hängte gerade Startnummern auf eine Wäscheleine. Ganz der Hausmann! Irmis Blick glitt zum Schrank.

»Morgen. Schön, dass der Schrank heute mal abgesperrt ist!«

»Was?«

»Als ich am Donnerstag hier war, stand er offen, und es befanden sich Waffen darin. Sie wissen schon, dass Sie sich damit strafbar machen?«, fragte Irmi.

»Wer sind Sie?«, fragte er und sah dabei nicht sonderlich intelligent aus. Ansonsten war er ein attraktiver Typ um die dreißig, knappe eins achtzig groß, blond, graue Augen. Braun gebrannt. Für Irmis Geschmack war er viel zu dünn. Ein Mann vom Typ Ausdauersportler, der nur aus Sehnen und Muskeln bestand und dessen BMI wahrscheinlich im Minusbereich lag. Einer, der skaten konnte wie der Teufel, der im Sommer in irrwitziger Geschwindigkeit auf den Rollenski durch die Täler pfiff. Andrea hatte herausgefunden, dass er im österreichischen Biathlon-Nationalkader gewesen war. Klar, dass dieser To-Tommy einen Schlag bei seinen Schülerinnen hatte. Irmi hoffte für ihn, dass er seine Grenzen und Altersgrenzen kannte ...

Sie stellte sich und Andrea vor und fuhr fort: »Sophia Reindl ist die Tochter einer Kollegin, ich hab ihr kürzlich beim Schießen zugesehen. Und was hab ich auf der Suche nach einem Klo noch gesehen? Den offenen Schrank. Sie sollten mal ein Schild hinhängen.«

»An den Schrank?«

»Nein! Ein Schild, wo das Klo ist! Dann würden Leute wie ich nicht durch die Katakomben irren und sich in Waffenschränke verirren.«

Besonders hell auf der Platte war er offenbar nicht, aber um schnell zu laufen und gut zu schießen, brauchte man Kondition und eine ruhige Hand. Im Sport war zu viel Grips eher hinderlich. Selbstgerechte Funktionäre, unfähige Trainer, starre Systeme – mit Intelligenz und Selberdenken hatte man es bei diesen Strukturen schwer.

»Mit einer der Biathlonwaffen, die zu Ihrem Waffenpool gehört, wurde ein Mord verübt«, erklärte Irmi.

»Naa, oder!«

»Doch, scho!«

Nach einigem Hin und Her war Trainer To-Tommy durchaus freundlich und kooperativ und musste zugeben, dass er ab und zu vergaß, hinter den Schülern her zu sperren. Und sein »bei uns kommt doch nix weg« klang inbrünstig. Etwas zu inbrünstig, fand Irmi. Vorsichtshalber nahmen sie seine Fingerabdrücke, wobei das im Prinzip sinnlos war. Die Abdrücke würden in jedem Fall auf der Waffe sein, er gab diese Schießprügel schließlich aus.

»Wer hat denn sonst noch diese Waffen in der Hand gehabt?«

»Keine Ahnung.«

»Sagt Ihnen der Name Regina von Braun etwas?«

»Nein.« Er hatte keine Sekunde überlegt.

Irmi runzelte die Stirn. »Wo waren Sie denn am Sonntagabend?«

»Keine Ahnung.«

»Sie haben recht wenig Ahnung, Tommy. Wissen Sie, wir sind nicht zum Spaß hier. Mit einer Waffe, für die Sie die Verantwortung tragen, wurde gemordet. Wir können auch gerne nach Garmisch fahren.« Konnten sie natürlich nicht so einfach. Sie befanden sich auf österreichischem Gebiet, der Trainer war Österreicher, aber das spielte momentan keine Rolle. So pfiffig war der Trainer nicht.

»Ich glaub, ich war daheim. Ich bin den ganzen Tag draußen unterwegs, deshalb bin ich abends meist zu Hause und schreibe Trainingspläne.«

»Waren Sie allein?«

»Ja.«

Warum waren eigentlich alle Menschen, die sie befragte, allein? Eine Welt der Singles. Nie konnte jemand ein Alibi liefern. Allein saßen sie zu Hause vor dem Fernseher oder arbeiteten oder gingen mit den Hühnern schlafen. Und wenn tatsächlich mal jemand ein Alibi lieferte, dann stammte es sicher vom Ehepartner, und was davon zu halten war, wusste man ja. Blieb die Frage, was zu tun war. Ihn festnehmen? Unsinnig, er wäre gleich wieder draußen. Zu viele Leute hatten theoretisch Zugang zu den Waffen gehabt. Und was hatte der hübsche Thomas Wallner mit Regina zu tun gehabt? Nichts, wie es momentan aussah. Optisch hätten die beiden allerdings gut zusammengepasst.

»Ich verwarne Sie wegen der Waffen. Sperren Sie besser ab! Ich verzichte jetzt mal auf eine Anzeige, und Sie halten sich bitte zur Verfügung. Und wenn Ihnen was einfällt, hier ist meine Karte.«

To-Tommy nickte, irgendetwas in seinem Gesichtsausdruck gefiel Irmi nicht. Er wirkte angespannt. Vielleicht war Tommy gar nicht so dumm, wie sie dachte?

Schweigend fuhren Irmi und Andrea bis zu Kathis Haus. Auch hier stand die Tür offen, wohl um die Frühlingssonne hereinzubitten. Elli hatte gerade Kaffee gekocht, den sie ihnen anbot. Sie begrüßte Andrea freundlich, natürlich kannte sie Kathis junge Kollegin. Irmi atmete so tief durch, dass Elli und Andrea sie anstarrten.

»Elli, ich mach es kurz. Auf der Waffe, aus der geschossen wurde, sind deine Fingerabdrücke.«

Elli setzte ihre Tasse ab und sah Irmi an. »Aber ich hab Regina von Braun nicht erschossen! Ich könnte doch niemanden töten!«

»Wie kommen die Abdrücke auf die Waffe?«

»Ich weiß nicht. Ich …« Elli überlegte. Plötzlich hellte sich ihr Gesicht auf. »Jetzt fällt es mir wieder ein! Ich hatte die Waffe vom Soferl kürzlich mal in der Hand. Sie hat mich am Ende des Trainings mal schießen lassen. Das war der Termin, bevor du auch dabei warst. Aber wie sollte ich an die Waffe gekommen sein? Das Soferl nimmt die doch nicht nach Hause mit! Das darf sie doch gar nicht!«

»Der tolle Tommy nimmt es mit dem Absperren offenbar nicht so genau. Neulich war ich im Klubstüberl in Bichlbach auf der Suche nach einem Klo und habe zufällig den Waffenschrank gefunden, und zwar offen. Da hätte sich jeder ein Gewehr rausziehen können.«

Elli Reindl schwieg.

»Elli, du verlässt bitte nicht die Gegend. Wenn du das vorhast, melde dich bei mir. Wenn dir irgendetwas einfällt, wenn du Hilfe brauchst, melde dich auch. Und besänftige bitte Kathi. Ich hab sie vom Fall abgezogen, wenn sie aber so weitermacht mit ihren Beleidigungen, muss ich eine Dienstaufsichtsbeschwerde einreichen. Sie kann nicht alles ungefiltert rausschreien.«

»Danke«, sagte Elli Reindl und nahm Irmis Hand. Irmi war das eher unangenehm. Sie war längst viel zu privat geworden.

Als sie im Auto saßen, fragte Andrea: »Hätten wir sie nicht festnehmen müssen?«

»Ermessenssache«, brummelte Irmi. »Wenn wir im Büro sind, will ich alles über diesen tollen Tommy wissen. Alles!«

Zurück im Büro, verschwand Andrea hinter ihrem Computer, und Irmi fuhr nach Weilheim zu einer Dienst-

besprechung mit einigen Kollegen aus den umliegenden
Landkreisen. Auch die Allgäuer waren dabei. Ihr war
heute so ätzend zumute, sie hatte wahrlich Besseres zu tun,
als sich mit Kollegen auszutauschen. Aber ihre Anwesenheit wurde angeordnet. Und das auch noch am Samstag!
In den Gesprächen ging es am Ende um den europäi-
schen Rettungsfonds, Stammtischparolen wurden ausgetauscht, und eine große Mir-san-mir-Fraktion hatte gepoltert, dass man es leid sei, von Bayern aus Berlin und das
Saarland mitzufinanzieren. Und die mediterranen Faul-
pelze in Europa wolle man schon gar nicht unterstützen.
Irmi hätte gerne gesagt, dass man mal überlegen solle, wer
vom Export in Europa am meisten profitiere. Und sie hätte
am liebsten darüber gesprochen, dass vor fünfzig Jahren
das bäuerlich arme Bayern Unterstützung von Nordrhein-
Westfalen bekommen hatte. Aber polternde Polemik
lähmte sie − heute ganz besonders. Sie hatte einen Mord
aufzuklären.

Irmi verbrachte ihren Sonntagvormittag damit, Betten
neu zu beziehen. Die Katzenhaare flogen, dass es nur so
eine Freude war. Auch die überladene Spüle hatte es mal
verdient, dass sie Luft bekam, und Irmi war froh, dass sie
den Saustall etwas ausgemistet hatte, als Lissi mittags mit
Ellen, einer gemeinsamen Bekannten aus Ohlstadt, überraschend bei ihr einfiel.
»Griaß di. Ich hab Prosecco dabei.« Prosecco war Lissis Allheilmittel, den sie immer ein wenig zu süß trank.
Außerdem hatte sie einen wunderbaren Blechkuchen mit
Zwiebeln, Kräutern, Speck und Käse dabei. Lissi nannte

das ihre Bauernpizza. »Du hast doch bestimmt nichts Gscheits gegessen!«, sagte sie tadelnd. In Lissis Augen aß Irmi nie was Gscheits, denn gscheit war selbst gekochtes Essen mit ausschließlich frischen Zutaten. Dosensuppen waren in ihren Augen eine Todsünde.

Die gute Lissi, die gute Ellen. Sie aßen und ratschten über dies und das. Ellen, die zwei Jobs als Kellnerin in Ogau und in Murnau hatte, erzählte gerade von der neuen Auszubildenden. »Die hat überall Piercings und neuerdings so Schnecken in den Ohren wie die Afrikanerinnen. Und wenn die im Dirndl serviert, dann schauen überall Fabelgestalten raus. Ein schuppiger Schwanz wächst ihr das Bein hinunter, und auf den Arm ist eine fiese Krallenpranke tätowiert.« Ellen schüttelte sich. »Ich möcht gar nicht wissen, wo das Ding an ihrem Körper seinen Anfang nimmt. Und mit welchem Teil.«

Irmi lachte schallend. »Wir sind halt eine aussterbende Spezies. Die der Untätowierten. Oder bist du tätowiert, Lissi?«

»Spinnst? Und wenn ich dann achtzig bin, wäscht mir jemand meinen faltigen Skorpion am Rücken oder irgendwas anderes, was in den Bauchfalten versteckt ist. Igitt!«

»Georgs Sohn hat sich auch tätowieren lassen. Einen Porsche, aber bloß ganz klein«, meinte Ellen.

Georg war Ellens neuer Freund. Er stammte aus dem Ruhrpott und hatte seinen sechzehnjährigen Sohn mit in die Beziehung gebracht. Ziemlich faul, aber ansonsten ein netter Junge ohne Alkoholexzesse und Drogenprobleme. Und das war heute ja beachtlich, fand Irmi. Nach den letzten Weihnachtsferien war er allerdings völlig verändert von seiner Ruhrpottmutter zurückgekommen und hatte gerufen: »In Bayern kann man nicht leben, sondern höchstens Urlaub machen. In Bayern leben doch nur Dumpfbacken.« Die Infiltration der Mutter hatte gewirkt. Der Junge war zur Mutter gezogen, weg von den Dumpfbacken. Ellens Freund hatte sehr darunter gelitten, die Beziehung auch – und Ellen macht sich bis heute Vorwürfe, dass sie als Ersatzmutter versagt hat. Aber wenn die echten Mütter Kinder instrumentalisierten, und sei es nur, um dem Ex eins auszuwischen, versagte eben jede Ersatzmutter. Genau das hatte Irmi auch zu Ellen gesagt. *Er* entkam den Manipulationen seiner Gattin ja auch nicht. Sie hielt ihn wegen der Töchter. Aber diese wurden älter und älter. Irgendwann würde das Argument nicht mehr ziehen – und was war dann?

»Habt ihr wieder Kontakt?«, fragte Lissi.

»Er ruft seinen Vater ab und zu an. Mich nicht, ich bin ja auch nur eine bayerische Dumpfbacke.«

»Vergiss es. Schwieriges Alter. Und sei froh, ihr habt nämlich ohne den Buben mehr von euch«, meinte Lissi ganz pragmatisch.

Die beiden redeten weiter, Irmi hörte mit einem Ohr zu. Genau dieses Dumpfbackenklischee regierte doch die Wahrnehmung eines Großteils der Republik. Schöne Landschaft, doofe Bauern. Ob solche Ansichten aus dem Neid geboren waren? Wie auch immer: Irmi bedauerte es, dass die Bayern dieses Image selbst mit aller Vehemenz und Penetranz aufrechterhielten. Wenn sie ab und zu mal Fernsehkrimis sah, was gaben ihre TV-Kollegen denn für ein Bild ab? Und was waren die Ermittler in den ausufernden Krimiregalen für Deppen? Man zimmerte die Klischees fest und fester. Aber auch in Bayern hatten Polizisten eine Ausbildung, und hätte sie tatsächlich solche Kollegen gehabt, wie sie in Bücher und Drehbücher hineingeschrieben wurden, dann hätte sich Irmi längst eine Kugel durch den Kopf geschossen.

Als die beiden Freundinnen proseccoselig abzogen, war es Nachmittag geworden. Bernhard war wie immer bei irgendeinem Stammtisch. Später half sie ihm im Stall, kraulte ihre Kater, fühlte sich aber immer noch nicht gut. Kleine Ablenkungen blieben eben immer das, was sie waren: nichts als kurze Unterbrechungen, um einmal durchzuatmen.

7

November 1936, Martini
Der Abschied war doch sehr traurig. Wir werden das letzte
Mal draußen gewesen sein, sagten uns die Knechte. Weil
Hütekinder einfach aus der Mode seien, meinte der Jakob, und
die Johanna wusste vom Herrn Studenten, dass wir obsolet
sind. Natürlich weiß auch Johanna nicht, was das bedeutet.
Wir durften für den Rückweg die Eisenbahn nehmen von
Kempten bis Reutte. Aber nur, weil die Herrin das bezahlt
hatte. Für den Hinweg aussi hätte der Herr Vater nie Geld
berappt. Nie! Die Eisenbahn war ein Ungetüm, mir war sehr
bange. »Isch das hetzig«, sagte Johanna immer wieder. Sie hat
sich wieder richtig gut erholt, ein rechtes Stehaufmännlein oder
besser Stehaufweiblein ist sie. Jakob hat gemeint, er wolle am
liebsten Zugführer werden. Ach Jakob, du kannst nicht mal
richtig lesen, und wenn du schreibst, ist das ein schlimmes
Gesudel! Du wirst deine drei Geißn und eine Kuh haben in
Hinterhornbach wie dein Vater, und weil deine Geschwister
alle tot sind – die Zwillinge verhungert, der große Bruder von
der Lawine verschüttet –, deshalb bekommst du den halben
Hof. Das ist viel, mein lieber, guter Jakob.
In Reutte begann es zu schneien. Mir war das Herz so
schwer, und uns allen war so merkwürdig zumute. Bis Stanz-
ach nahm uns eine Kutsche mit. Am liebsten wäre ich gar nicht
angekommen. Wir liefen bergan. Die Beine waren so schwer.
Ich drückte und herzte Jakob, der als Erster abbiegen musste.

Dann die Johanna, die mir ins Ohr flüsterte: »*Wenn du's doch wegmachen willst, ich helf dir.*« *Ich ließ die Zeit verstreichen. Es dunkelte schon sehr, und als ich in die Stube trat, war es stockdunkel.*

Der Herr Vater saß vor der Kerze, die Mutter stopfte in schlechtem Lichte. Der Herr Vater sah nur kurz hoch, meinte, ich sähe gut aus, und wollte meinen Lohn haben. Ich händigte ihm das Geld aus, und mein Herz schlug bis zum Halse. Sah er gar nicht, wie viel mehr ich trug unter meinen Bandagen? Ich zeigte mein neues Gewand und die neuen Stiefel. »*Gut*«, *sagte der Herr Vater, nahm seinen Hut und ging.*

Die Mutter stand auf. Malad sah sie aus. »*Wäch bisch*«, *sagte sie und umarmte mich. Da stutzte sie und schrak zurück wie vor dem leibhaftigen Teufel.* »*Föhl, des Unglück! Und der Vatter wird es sich zammareima. Wie lang willst das verbergen?*« *Ich plärrte, auf einmal plärrte ich, als ob jemand alle Schleusen geöffnet hätte, ich konnte gar nimmer aufhören. Die Mutter fragte irgendwann.* »*Wer?*« *Ich musste ihr gestehen, dass es der Herr gewesen war. Sie bekreuzigte sich und sagte, dass ich beichten gehen müsse. Sofort.*

Mir war das ein schwerer Gang. Ich strich um die Kirche herum, bis mich der Herr Pfarrer entdeckte. Wir Kinder hatten immer Angst vor ihm gehabt, und mir war auch heute so bange. »*Bist zurück, gut, Johanna. Hast Kontakt zu den Evangelischen gehabt?*«, *fragte er. Ich sagte nichts, meine Kehle war so zugeschnürt. Ich folgte ihm, als würde er mich an einem Kälberstrick ziehen, bis in den Beichtstuhl.*

Ich weiß nicht, was mich da ritt, aber ich beichtete, dass ich mehrmals draußen aus der Speisekammer Essen genommen hätte. Vom Pfarrer bekam ich viele Vaterunser und Rosen-

kränze aufgetragen. Ich zitterte am ganzen Leib, als ich heimging. Meine Knie versagten ihren Dienst. Als die Mutter fragte, ob ich gebeichtet hätte, nickte ich nur. Lügen ist eine Todsünde, der Himmelvater wird mich strafen.

Irmi hatte grottenschlecht geschlafen. Sie traf erst um halb neun im Büro ein, was selten vorkam. Es war so, als drücke sie sich vor einer anstehenden Schularbeit.

Andrea sah frisch aus, das war das Geschenk der Jugend, das man erst zu schätzen wusste, wenn man es nicht mehr hatte. Wie so vieles erst durch Abwesenheit an Wert gewann. Sailer sah gesund aus wie immer. Bei ihm war es die Mentalität, die ihn gesund hielt. Sich wenig Sorgen machen, klare Strukturen im Leben haben – das half der Psyche.

»Der Herr Bartholomä hat angerufen. Bei eana is a Rentier gwuidert worden. Es liegt aber scho länger, moant er.« Sailer klang verblüfft. Das Wort Rentier zog er in die Länge wie einen Käsefaden aus dem Fondue.

»Nein!«, rief Irmi. In diesem Nein lag die Verzweiflung all dieser letzten Tage. Vor wenigen Tagen hatte Franz Kugler ihnen von einem toten Rotwild erzählt. Heute war es ein Rentier. Der Wilderer war also immer noch aktiv. Die Mordwaffe hatten sie zwar, aber Irmi war sich sicher, dass das Rentier mit demselben Kaliber erlegt worden war, abgefeuert natürlich aus einer anderen Waffe. Worin hatte sie sich da mit Elli verrannt? Insgeheim gab sie Kathi recht: Sie war doch nicht ganz klar im Kopf. Sollte sie sich den Karwendelschrat noch mal genauer vornehmen? Irgendeiner wilderte, und zwar im Revier der von Brauns. Und so einem war Regina offenbar in die Quere gekommen.

»Gibt es eine Verbindung zwischen diesem boarischen Zweithiasl und dem tollen Tommy?«, fragte Irmi nach einer Weile.

Sailer schaute etwas sparsam, Andrea sah man denken.

»Und wenn es die gäbe, könnte der Karwendler ja wissen, dass der Tommy nie absperrt, und sich ein Gewehr ausgeborgt haben«, sagte Andrea und blickte Irmi fast entschuldigend an.

Wenn Andrea nur etwas mehr Selbstbewusstsein hätte, wenn sie nicht wie ein Krebs immer zwei Schritte vorwärts und einen zurück machen würde, hätte das Mädchen so viel Potenzial. Irmi hoffte, dass Andrea wachsen und ihre bedächtige Bescheidenheit einmal zu ihrer schärfsten Waffe machen würde.

»Sailer, rufen Sie auf dem Waldgut an, und sagen Sie denen, dass sie nichts anrühren sollen, wir kommen gleich vorbei. Schicken Sie den Hasen los. Andrea und ich machen nur einen kurzen Abstecher nach Mittenwald.«

»Soll ich das auch sagen, das mit Mittenwald?«

»Nein, Sailer, das war eine Information für Sie«, sagte Irmi mit bebender Stimme und dachte: O Herr, lass Hirn regnen!

Sie kamen zügig voran, keine landschaftsverliebten Touristen waren auf den Straßen unterwegs, immer noch keine Landwirte im Mäheinsatz und keine österreichischen Holzlaster, die fuhren, als wären sie Lamborghinis, und keine Vierzigtonner mit Anhänger. Andrea, die die Behausung vom Hiasl Zwo zum ersten Mal sah, war sichtlich beeindruckt.

»Wie im Heimatfilm!«

»Nur schlimmer. Und gleich biegt der Trenker Luis ums Eck und wedelt mit einem Edelweiß. Und ein Adler fliegt vorbei, und eine Feder sinkt hernieder, und die Maid lächelt und weiß, dass dies ein Zeichen ist.«

Irmi hätte leicht noch weiter an ihrem Plot stricken können, aber Andreas Blick stoppte sie.

»Na, du hast a Phantasie!«, kam es von seitwärts. Der Wilderer trug akkurat das gleiche Outfit wie beim letzten Mal. Er müffelte nur etwas stärker.

Andrea hatte auf der Website des Skiklubs die Vita und ein Foto von Tommy entdeckt und ausgedruckt. Thomas Wallner, geboren in Reutte, acht Jahre Nationalkader, mehrere Plätze unter den ersten zehn. Nie am Stockerl. Irmi registrierte, dass der tolle Tommy auch Wallner hieß, wie der Frauenarzt, vergaß das aber für den Moment. Nun zählte erst mal der Waldschrat. Irmi hielt ihm das Foto unter die Nase. »Kennst den?«

Er nahm das Bild und betrachtete es. Lange.

»Ja? Nein? Vielleicht? Enthaltung? Ich nehm prinzipiell nicht an Umfragen teil.«

Der Mann starrte sie entgeistert an.

»Aber Augen hast doch? Gute, nehm ich an. Braucht man ja zum Schießen. Kennst den?«

Er nickte.

»Zefix! Ja, du hast gute Augen? Oder ja, ich kenn den? Du redest doch sonst so gern.«

»Ja, des is der Wallner Tommy aus Bichlbach.«

»Das ist mir auch bekannt. Woher kennst du den?«

»Mei.«

»Kein ›mei‹! Ich hab es satt, immer die Antwort ›ja mei‹

zu kriegen. Ich will ganze Sätze. Los!«

»Der Tommy hot a paar Freindl aus dem Tannheimer Tal. Und die wuidern auf a ganz unguade Art.«

»Weiter!«

»I hob eam und zwo andere erwischt, wie sie zwoa Gamsen ned richtig troffen ham. I hob de Gamsen später g'funden. De Projektile warn no in der Lunge, und da leidet so an Viech ganz erbärmlich. Lungenschüss führen dazu, dass letztlich die Lunge kollabiert, dass ein Ödem entsteht und das Tier am End jämmerlich ersticken muass. Koa scheener Tod. So was tu i ned! I hob a Ehr im Leib!«

Irmi sah den Waldschrat fest an. »Du willst mir also sagen, dass dieser Tommy wildert? Zusammen mit Kumpels aus dem Tannheimer Tal?«

»Ja.«

»Und die Regina von Braun wusste das?«

»Möglich. Des woaß i ned. Aber vielleicht hot sie eam ja aa interviewt. So wie mi?«

Diese Annahme war nicht abwegig. Irmi erinnerte sich an eine Geschichte im Jagdbuch von Regina, die im Tannheimer Tal gespielt hatte und in der es um eine Gams gegangen war, die von den Skilehrern Rudolf getauft worden war. Rudolf, der alte Haudegen, lebte seit Jahren am Füssener Jöchle, wo ihn auch bisher keiner hatte erlegen können. Irmi kannte das Tal und auch das Füssener Jöchle, wo die behänden Gämsen tatsächlich gut zu erkennen waren. Auf einer Wanderung hatte sie die famose Aussicht bewundert und den ganzen Charme dieses kontrastreichen Tales. Das Tannheimer Tal war ein Wohlfühltal, eins fürs Auge, keine enge Klamm. Aber dahinter zeigte es die

Zähne, kühne Felszacken nämlich. Die Tannheimer Berge bestanden aus Wettersteinkalk, verwittert zu bizarren Formen. Das Massiv der Roten Flüh war das beste Beispiel und Fotomotiv: Stürzende Wände im Süden, nach Norden erstreckte sich der Felsturm des Gimpel, nach Westen waren kühne Vorsprünge zu sehen, nur nach Osten gab sich der Berg fast zahm. Genau dort spielte eine der Wilderergeschichten von Regina …

»Womit hat er geschossen?«

»Wer?«

»Der Tommy!«

»Also, I woaß ja ned, ob der selber schießt. Also, i moan …«

»Geschenkt! Komm mir jetzt nicht mit irgendeiner Solidarität der Gesetzlosen!«

»Mei, was so oaner eben hot! Abg'sägte Biathlonwaffen. Manipulierte Biathlong'wehr. Normale Biathlonwaffen. I war nie dabei.« Er sah Irmi entwaffnend an, dann Andrea und versuchte ein schiefes Lächeln.

»Du bisch aber ned so boanig wie dei Kollegin.«

Andrea war das peinlich, Irmi schickte ihm einen warnenden Blick.

»I moan ja bloß.« Er war überraschend kleinlaut. »Wollts heit a Schnapsl?«

»Danke. Mir ist schon schlecht«, ranzte Irmi ihn an. »Wer sind denn die Typen aus dem Tannheimer Tal?«

»Kenn i ned.«

»Wer!«

»Ich woaß nur, dass oaner aa in der Mannschaft bei die Nusser war. A gewisser Toni. Mehr woaß i ned. Ehrlich!«

Irmi sah ihn scharf an.

»Bei meiner Ehr«, schob er hinterher.

Irmi schnaubte. »Du verhältst dich jetzt mal mucksmäuschenstill. Keine Anrufe bei Tommy oder im Tannheimer Tal, ist das klar?«

»I hob doch koa Handy!«

Das glaubte Irmi ihm sogar.

»Und wenn ich wieder mal eine Frage hab, dann singst du wie ein Zeiserl! Sonst bist du nämlich ganz schnell im Bau in Garmisch drunten.«

Er nickte. Irmi hob die Hand zum Gruß und ging, Andrea stolperte hinterher.

»Das war kein Heimatfilm«, meinte Irmi. »Das war Bauerntheater. Und ein sehr schlechtes dazu.«

»Hätten wir den nicht …«

»Vorladen sollen? Einsperren? Gefahr im Verzug? Irgendwas sagt mir, dass der ein Einzelschrat ist. Der zieht nicht zusammen mit anderen marodierenden Wildererhorden durch die Berge.«

Irmi wusste, dass sie sich auf sehr dünnem Eis bewegte. Der Karwendelschrat konnte, wenn er etwas damit zu tun hatte, auf Nimmerwiedersehen verschwinden. Der kannte jeden Steig hier persönlich, den würden sie niemals mehr ausspüren. Er würde irgendwo zwischen Scharnitz und dem Achensee untertauchen. Er kannte vermutlich alle Hüttenwirte, all diese Lamsenjoch- und Pleisenspitzoriginale kannte er sicher, die kauften doch alle bei ihm ein. Er kannte Höhlen und Kare. Wenn der weg sein wollte, war der weg!

»Wir fahren jetzt ins Waldgut«, sagte Irmi, ohne recht

zu wissen, was das bringen sollte. Und nach einem gewilderten Rentier stand ihr auch nicht gerade der Sinn. Sie hatte ein Bild vom Karwendelschrat dabei und das von Wallner. Die würde sie Veit Bartholomä vorlegen, vielleicht kannte der einen der Herren.

Als sie vorfuhren, kam ihnen Bartholomä schon entgegen. Er sah grimmig aus.»Ihre Leute sind schon da. Das arme Tier. Dieses verdammte Wildererpack!«

Irmi und Andrea folgten ihm am Elchgehege vorbei auf einen Waldpfad. Sie folgten einem hohen Zaun bis zu einem Überstieg aus Holzbohlen. Veit Bartholomä war für sein Alter sehr behände, ja, geschmeidig. Sie überquerten eine Wiese mit tiefen Trittmarken, am Waldrand lag noch dreckiger Altschnee. Und dort war der Kadaver. Der Körper eines Rentiers. Ein kopfloser Körper. Den Schädel hatte jemand einfach abgetrennt. Irmi war seit ihrem letzten Fall wahrscheinlich sensibilisierter und weit empfindlicher, was Vergehen gegen Tiere anging. Sie hatte zu viel gesehen. Sie alle hatten viel zu viel gesehen.

Der Hase kam von irgendwoher. Hatte die übliche Leidensbittermiene aufgesetzt und konnte ihr wenig Hoffnung machen, dass er hier irgendetwas Brauchbares an Spuren auftun würde. Er hatte allerdings eine Wagenspur entdeckt, allerdings kein sonderlich gutes Profil. Und der schnelle Hase konnte auch sagen, dass es kein Auto vom Waldgut gewesen war. Er hatte auch Fußspuren gesichert, aber es war eine Sisyphusarbeit, die ganzen Spuren zu sortieren und zuzuordnen. Schließlich liefen hier jede Menge Leute herum: Veit, Robbie, Helga, Forstarbeiter, Gäste, der Tierarzt …

Das Projektil steckte noch, und der Hase war »überglücklich«, nun einen kopflosen Kadaver mitnehmen zu dürfen. Der im Übrigen auch nicht mehr ganz taufrisch war. Der Hase mutmaßte, dass das Rentier ungefähr zur gleichen Zeit wie Regina sein Leben ausgehaucht hatte.

Irmi konnte hier nichts tun, das machte sie noch wütender. Sie steckte fest, wie das Projektil in dem Tier.

»Kommen Sie mit zu Theobald, genannt Theo?«, fragte Bartholomä in die Stille hinein.

»Wer ist Theobald?«

»Theobald ist eigentlich eine Theobaldine.«

Veit Bartholomä erzählte von der zahmen Eule, die Regina besessen hatte. Theobald, der Regina und Veit jahrelang mit einer falschen Identität veräppelt hatte. Beide dachten wegen seiner Größe und des männertypischen Greiffußes immer, es wäre ein Männchen. Bis Theobald drei Eier gelegt hatte – und das können Männer wirklich nicht.

»Regina hat Theo öfter mal mit in Schulen und Kindergärten genommen. Sie sagte immer, dass es doch die Kinder seien, auf die es später ankomme und die die Verantwortung für unsere Erde übernehmen müssten. Was nutzt mir alle Theorie, jedes ausgestopfte Präparat, wenn ich so ein Tier live erleben kann?«

Irmi nickte.

»Regina hat sicher im Kleinen Großes geleistet. Als dieser Harry-Potter-Wahnsinn ausgebrochen ist, wollten junge Fans auch gern eine Schneeeule. Regina konnte den Kindern erklären, dass Eulen Wildtiere sind, die sich in einer Voliere nie wohlfühlen würden. In Deutschland braucht es gottlob eine Halteerlaubnis für Eulen. Sie sind besonders geschützte Tierarten nach dem Washingtoner Artenschutzabkommen. Regina gehörte zu den wenigen Menschen, die Eulen halten dürfen. Und nun ist Theo kreuzunglücklich. Frisst schlecht. Regina war seine Bezugsperson.«

Nur Lohengrin schien sein Fähnchen nach dem Wind zu hängen. Er sprang Irmi an und schmachtete aus seinen Dackelaugen.

»Opportunist«, zischte Veit Bartholomä.

Sie waren auf der Rückseite des Haupthauses angekommen. Dort gab es einen Anbau mit einer riesigen begehbaren Voliere. Die Eule saß auf einer Stange und sah auf Robbie hinunter. Der reichte ihr Hackfleisch. Sie zögerte. Zögerte lange und nahm dann doch etwas. Irmi, Andrea und Veit Bartholomä wagten kaum zu atmen. Noch nie hatte Irmi eine Eule von so Nahem gesehen. Dieser große runde Kopf mit dem Hakenschnabel, diese riesigen Augen. Irmi wusste, dass Eulen unbewegliche Augen hatten, dafür aber den Kopf bis zu zweihundertsiebzig Grad drehen konnten. Und dass sie sehr gut hörten. Hier an der Voliere war auch ein Schild angebracht:

Wusstest du, dass andere Vogelarten kleine, runde Ohröffnungen, Eulen aber schlitzförmige Ohröffnungen haben, die fast so lang wie die Kopfhöhe sind? Der Gesichtsschleier der Eule ist keine Modeerscheinung, sondern lenkt den Schall in Richtung ihrer Ohren. Bei der Schleiereule wurden 95 000 Nervenzellen im Ohr festgestellt. Als Vergleich: Bei der Krähe sind es nur 27 000. Eulen hören sehr gut.

Die Eule sah sie nun genau an, und Robbie drehte sich um. »Frisst, die Theo frisst!«

»Großartig, Junge, gut gemacht.« Es war spürbar, dass Veit Bartholomä mit den Tränen rang, aber ein Mann seiner Generation weinte nun mal nicht.

»Ganzer Teller!« Robbie strahlte und zeigte Irmi den leeren Teller.

»Wunderbar, Robbie, du bist ein Genie.«

»Genie, Genie, Genie.« Robbie lachte.

»Dann komm doch mal da raus, Robbie! Du hast bestimmt noch nichts gegessen. Helga hat einen schönen Schokokuchen gemacht. Den magst du doch so!«

»Au ja, Schoko, Schoko«, meinte Robbie lachend, doch plötzlich verdüsterte sich sein Gesicht. »Gina hat auch so gern Schoko.« Er begann zu weinen.

»Im Himmel gibt's Schoko. Ganz viel. Robbie, jetzt saus mal zu Helga und sag ihr, dass sie zwei Teller mehr auflegen soll.«

Robbie sauste wirklich. Bartholomä drehte sich zu den beiden Polizistinnen um. »Sie essen doch ein Stück mit, oder? Wissen Sie, wir müssen uns dauernd bemühen, Robbie abzulenken. Beschäftigung, Aufträge, ach … Es ist so ein Drama.«

»Gerne«, sagte Irmi. »Die Kollegin und ich mögen auch sehr gerne Schoko.«

»Leider«, sagte Andrea.

Sie umrundeten das Haus wieder, umrundeten das Dornröschenschloss.

»Ist Ihnen nicht aufgefallen, dass ein Rentier fehlt?«, fragte Irmi.

»Nein, die Tiere stehen im Wald, wir zählen die nicht täglich. Natürlich kontrollieren wir ihren Zustand, aber ich renne nicht täglich mit dem Rechenschieber rum. Wir hatten auch anderes zu tun, wie Sie sich eventuell vorstellen können, Frau Kommissar.« Veit Bartholomä klang bissig.

Irmi nickte nur und folgte dem Mann, dessen Nerven offensichtlich blank lagen. In der Küche des Gutshauses standen Keramiktassen mit Hirschdeko auf dem Tisch. Helga Bartholomä sah wieder müde aus, und doch umgab sie eine Aura, die Irmi schwer fassen konnte. Sie strahlte Kraft aus, sie war trotz ihres Alters noch eine schöne Frau voller Würde.

Veit Bartholomä legte ihr kurz seine Hand auf den Arm. Er liebte seine Frau, das war in jeder seiner kleinen Gesten spürbar. Nach all den Jahren solche Zärtlichkeit. Vielleicht existierte sie ja doch – die lebenslange Liebe und Achtung wie zwischen Bartl und Helga.

Der Kuchen war tatsächlich exzellent, man plauderte mit Robbie über Theo. Irmi tat es weh, dass sie das Idyll durchbrechen musste, aber irgendwann legte sie Veit Bartholomä doch die Fotos vor.

»Kennen Sie einen der beiden Männer?«

Bartholomä deutete auf den Karwendel-Hiasl. »Den da. Er war öfter mal auf einer Waldbesitzer-Veranstaltung. Und bevor Sie fragen: Ich weiß, dass er wildert. Jeder weiß das. Er hat mir einmal sein Ehrenwort gegeben, dass er bei uns nicht wildert.«

Ja, mit seinem Ehrenwort, da ging der Hiasl ja inflationär um, dachte Irmi.

»Und Sie haben ihn nie angezeigt?«

»Mit Verlaub, Frau Mangold! Das ist nicht meine Arbeit, Wilderer anzuzeigen. Ich hab ihn nie gesehen, er hat mir nie Fleisch angeboten. Er prahlt, was weiß ich denn, was davon überhaupt stimmt.«

»Regina plante ein Jagdbuch. Mit Geschichten über Jagdvergehen. Das wissen Sie?«

Veit Bartholomä zögerte kurz. »Wissen ist zu viel gesagt. Ich weiß, dass von Brennerstein deswegen bei ihr war. Ich habe sie schreien gehört. Ich habe Regina dazu gefragt, und da hat sie mir verraten, dass sie ein Buch plant.«

»Wir haben ihr gesagt, dass so was riskant ist«, mischte sich Helga ein. »Es ist nicht immer gut, im Leben anderer Menschen zu wühlen. Nicht jeder mag das, wenn er an die Öffentlichkeit gezerrt wird.«

»Sie haben sicher recht«, meinte Irmi. »Von Brennerstein wird darin scharf angegriffen, dem Karwendler hat sie auch ein Kapitel gewidmet. Hätte der das Buch Ihrer Meinung nach verhindern wollen?«

»Der? Der fühlte sich doch eher geschmeichelt. Suchen Sie lieber mal bei Brennerstein. Den sollten Sie am Wickel haben!«, rief Veit Bartholomä.

»Auch an ihm sind wir dran, Herr Bartholomä. Wenn wir der Theorie folgen, dass Regina einem Wilderer in die Quere gekommen ist, dann ist Brennerstein allerdings ein schlechter Kandidat. Oder wildert der auch?«

»Kann man nie wissen! Vielleicht will er falsche Fährten legen. Er ist gewitzt. Kühl. Rational.«

Ja, warum nicht? Hinter den Fassaden der Menschen schlummerten Abgründe. Warum sollte Herr von Brennerstein nicht auch wildern? Ein gelangweilter Schnösel, der revoltiert. Vielleicht hatte er das schon als Kind getan. Bubi aus reichem Haus wird Kiffer, Punk – oder eben Wilderer. Vielleicht hatte er bis heute einen perversen Spaß daran, in den Wäldern seiner Arbeitgeber illegal Tiere zu erlegen. Die Staatsforsten beraten und sie gleichzeitig unterwandern. Vielleicht wollte er auch Regina treffen. Durch ihre Tierliebe war sie verwundbar gewesen. Das alles war so undurchsichtig.

»Den anderen kennen Sie nicht?«, hakte Irmi nach.

»Nein«, sagte Bartholomä.

Helga, die auch einen Blick auf die Fotos geworfen hatte, schüttelte ebenfalls den Kopf. »Ich kenne keinen der beiden. Aber ich war auch meist im Büro oder in der Küche. Wobei meine Passion eher den Zahlen gehört als dem Kochen.«

»Regina hatte aber am Ende einen Steuerberater angestellt, oder?«, fragte Irmi.

»Ja, aber das wird ja auch alles viel komplizierter. Früher ging es darum, ein Gut zu verwalten. Eingänge, Ausgänge. Gewinn, Verlust. Heute hat Regina mehrere Betriebe. Den Forst. Das Erlebniszentrum. Dozentenverträge. Durch das deutsche Steuersystem sollen sich nun andere quälen.« Sie lächelte.

»Hat Regina mit ihren Büchern eigentlich Geld verdient?«

»Bestimmt, aber keine Unsummen«, meinte Helga. »Das Talent zum Schreiben hat sie von ihrer Mutter. Margarethe hatte eine große Begabung, das richtige geschriebene Wort zu finden, es trefflich zu verwenden, oder, Bartl?«

Bartl sah skeptisch aus. »Margarethe war ein ganz anderer Mensch. Worte sind auch Waffen. Und Regina hat so manche Waffe geführt«, sagte Veit Bartholomä.

Noch bevor Irmi etwas dazu sagen konnte, hatte Robbie nach den Fotos gegriffen. Er deutete auf Tommy.

»Kenn ich, der hatte ganz viel Bumms im Auto.«

»Viele Bumms?«

»Ja, ganz viele. Hinten drin im langen Auto. Hat die Gina besucht. Bei Arthur. Viele Bumms.«

»Gewehre«, sagte Veit Bartholomä leise. »Er nennt Gewehre Bumms.«

Fuhr To-Tommy etwa mit den Waffen seiner Teams durch die Lande? Er hatte einen Kombi, das war das lange Auto. Und er hatte Regina besucht? Warum vergaßen sie Robbie immer? Weil er behindert war. Robbie war ein kleines Phantom. Er konnte sich unsichtbar machen, und weil ihn kaum einer ernst nahm, war er wahrscheinlich am meisten im Gut unterwegs und am heimlichsten.

Andrea lächelte ihn an. »Robbie, hast du den öfter gesehen?«

»Weiß nicht.«

»Einmal aber schon? Das wäre super, wenn du mir das sagen könntest«, sagte Andrea.

»Bei Arthur. Viele Bumms.«

»Wann war das, Robbie?«, fragte Andrea.

»Dunkel. Arthur war da.«

Robbie hatte Tommy in der Mordnacht gesehen, da war sich Irmi ziemlich sicher. Verdammt!

»Robbie, hatte der Mann denn so ein Bumm in der Hand?« Andrea lächelte wieder.

Robbie schüttelte den Kopf.

»Und was hast du gemacht?«

»Robbie war weg. Der Mann zu laut. Schreit. Regina auch. Mag Robbie nicht. Robbie ist ein Genie.« Er war aufgesprungen und nach draußen gelaufen.

»Er hat diesen Mann in der Mordnacht gesehen. O mein Gott!« Helga war ganz blass geworden.

»Das glaube ich auch. Wir holen uns diesen Tommy, Frau Bartholomä, Herr Bartholomä, danke für den Kuchen. Wir melden uns!«

Irmi war aufgesprungen, Andrea folgte ihr, nicht ohne noch schnell den Rest des Kuchens zu essen. Irmi war sich dessen bewusst, dass Robbie als Zeuge natürlich von einem Anwalt als Erster attackiert werden würde, aber momentan brauchte sie einen Haftbefehl. Gegen den tollen Tommy. Biathlonass, Wilderer, Bummbesitzer ...

»Andrea, das war großartig, wie du das gemacht hast. Großartig!«

Andrea lächelte bescheiden. »Ich habe eine behinderte Cousine. Mein Onkel ist ausgezogen, meine Tante macht das jetzt allein. Meine Cousine hat Glück. Sie kann wie Robbie in einer Werkstätte arbeiten. In diesem Land musst du auch als Behinderter produktiv sein, es geht immer um Geld.«

Irmi starrte sie ungläubig an: Andrea hatte kein einziges Mal »also« oder »ähm« gesagt. »Ich wollte entweder mit behinderten Kindern arbeiten oder zur Polizei gehen«, schob Andrea nach. »Ich weiß gar nicht, ob es gut war, zur Polizei zu gehen.«

»Bestimmt. Tausendprozentig!« Und das meinte Irmi

195

wirklich ernst. Und hoffte, dass das System Andrea nicht verschleißen würde, denn in ihrer Zunft überwogen korrupte, menschenverachtende Profilneurotiker. Sie hätte viel sagen können und lächelte Andrea doch nur voller Wärme an.

Die Staatsanwaltschaft war kooperativ, der Haftbefehl gegen Thomas Wallner lag bereits am Abend vor, nur leider war der tolle Tommy offenbar abgehauen. Er war weder in seiner Wohnung noch auf der Anlage. Eine Nachbarin hatte ihn wegfahren sehen, mit »Sporttascherl« im Gepäck. Gut, das führte er ja wohl fast immer mit sich. Die Fahndung war raus, auch in Österreich, und Irmi war nahe dran, sich in den Allerwertesten zu beißen. Das war wieder kein Ruhmesblatt gewesen. Sie hätte ihn sofort festnehmen müssen. Sie war eine schlechte Polizistin. Zu weich, zu lasch, zu emotional, zu alt?

Irmi saß in der Küche. Bernhard war bei der Feuerwehr, Lissi war mit den Landfrauen unterwegs. Es war grabesstill, und als der Kühlschrank zu summen begann, kam er ihr vor wie ein Düsenjet. Irmi nahm sich ein Bier mit in den Stall und hörte den Kühen beim Fressen zu.

Eine ganze Weile – bis ihr Handy läutete. *Er* war dran und spürte sofort ihre gedrückte Stimmung.

»Du klingst ein bisschen …«

»Ich klinge ein bisschen alt, du hörst die Stimme einer Frau, die allmählich in Rente gehen sollte.«

Er lachte. »Das hättest du wohl gern. In diesem Lande werden wir arbeiten, bis wir tot über unseren Maschinen und Schreibtischen zusammenfallen und weder Kranken-

noch Rentenkasse belasten. Meine liebe Liebste, du bist meilenweit und Jahrzehnte von deiner Rente entfernt!«

Sie musste lächeln, eine Kuh muhte.

»Wo bist du denn?«

»Im Stall.«

»Ist ein Tier krank?«, fragte er besorgt.

Für solche Sätze liebte sie ihn. Das war jenes Vermögen, Zwischentöne zu erspüren und achtsam zu sein. Ihre Antwort war weniger sensibel.

»Das einzig kranke Viech hier bin ich!«

»Glaub ich nicht.«

»Doch.«

Es war sekundenlang still, bis Irmi eben doch zu erzählen begann, vor allem darüber, dass sie einen Verdächtigen hätte festnehmen müssen, der nun auf der Flucht war. »Ich handle die letzten Tage viel zu emotional, ich bräuchte mehr klares Kalkül.«

»Du hast kein Alleinrecht auf Ärger im Job«, sagte er sanft. »Und wärst du fehlerfrei, fände ich dich uninteressant. Außerdem würde mir das Angst machen, weil ich selbst so fehlerbehaftet bin.«

»Glaub ich nicht.«

»Was? Dass du kein Alleinrecht hast? Dass ich Fehler habe? Glaub mir, ich bin auch kein weiser alter Eulerich!«

Irmi lachte, ein bisschen verschnieft, weil sich ein paar Tränchen ihren Weg gebahnt hatten. »Einen Eulerich, der später zur Eule wurde, hab ich auch getroffen.« Und sie erzählte von Theo.

»Siehst du, die Natur ist wunderlich. Irmi, du erlebst so viel, dein Leben ist reich. Und du bist reich, weil du über

Einfühlungsvermögen verfügst. Klares Kalkül, das ist doch was für Buchhalter! Die brauchen ja auch keine Emotionen.«

Irmi schniefte immer noch. »Ach, weißt du? Ich wäre gerne etwas buchhalterischer. Sag mal, woher kommt eigentlich die Redewendung ›Eulen nach Athen tragen‹? So was weiß der Eulerich doch sicher.«

»Die attischen Silbermünzen zierte das Bildnis einer Eule. Drum nannte man die Münzen im Volksmund auch Glaukes, also Eulen. Nun war Athen eine extrem reiche Stadt, und es wäre Irrsinn gewesen, noch mehr Geld, also Eulen, nach Athen zu tragen.«

»Sonst noch was Lehrreiches von deiner Seite, was meinen Abend im Kuhstall etwas kultureller machen würde?« Irmi konnte wieder lachen.

»Die Eule war der Symbolvogel der Minerva, sie gilt generell als Tier der Weisheit und Philosophie. Außerdem sieht das Tier ja auch selbst so nachdenklich aus: mit gedrungenem Körper, dem großen Kopf mit den Ohrbüscheln, dem kurzhakigen Schnabel und den auffallend großen Augen, die nach vorn gerichtet sind.«

»So siehst du nicht aus«, meinte Irmi. »Auch nicht kurzhakig, also, ich meine …«

»Ich lass das mal besser unkommentiert. Was ich dir aber eigentlich sagen wollte: Ich bin auf dem Weg nach Schwaz im Inntal und anschließend nach Rovereto am Gardasee. Würdest du mit mir zu Abend essen? Ich hab ein Stopover-Hotel am Achensee in Pertisau. Magst du da hinkommen?«

Sie vereinbarten ein Treffen, und Irmi freute sich, auch

wenn sie jedes Mal wieder mit *ihm* warmwerden musste. Er kannte das. Sie hatte immer einen Fall. Sie hatte nie Urlaub oder gerade dann natürlich nicht. Es war so schön, sich auszumalen, wie es wäre mit *ihm*. Sie hatte das auch schon mehrfach erlebt. Die Vorfreude war groß gewesen, und je näher der Tag dann gerückt war, desto mulmiger war ihr geworden. Sie waren jedes Mal gefahren, und der erste Tag war Irmi immer schwergefallen. Von null auf hundert – das fiel ihr nicht leicht. Sie war Single mit gelegentlichem Männerkontakt. Sie lebte in einer Schwester-Bruder-WG. Sie schlief höchstens mit den Katern in einem Bett und fand es gewöhnungsbedürftig, einen Mann so nah an sich heranzulassen. Wahrscheinlich war sie längst eine schwer vermittelbare Alte geworden!

Und doch kam sie heiterer aus dem Stall. Aus dem Nichts schlichen die Kater heran und folgten ihr bis ins Bett.

8

Dezember 1936

Ich schreibe in der Eisenbahn, deshalb ist meine Schrift so
wackelig. Am Nikolaustag war es nicht mehr zu verbergen.
Der Herr Vater wusste es. Weil sie es ihm schon gesagt hatten,
drunten im Tal. Getuschelt hatten sie, sich umgedreht, als ich
kam, schnell schlossen sie die Haustüren. Als der Herr Vater es
wusste, schlug er mich ins Gesicht, doch als er mir in den Bauch
treten wollte, fuhr der Jakob dazwischen. Ich weiß bis heute
nicht, von woher der Jakob gekommen war, aber ich weiß, dass
das der Moment war, in dem der Jakob kein Bub mehr war.
Zum zweiten Mal hatte er ein Leben gerettet.
Die Mutter weinte leise in ihre Stopfarbeit hinein, der
Vater war wie festgefroren. Als wäre er zu einer Eissäule
erstarrt wie die Säulen an den Felsen, wo im Sommer noch
Wasser herausgesprudelt war. Die ganze Welt stand still, und
in Jakobs Augen lag ein Glitzern, das ich noch nie gesehen
hatte. Er blickte in eine neue Welt, und auch ich blickte durch
eine Tür in ein gleißendes Licht. Dass ich schon wieder zu
plärren begann, war dumm. Der Herr Vater hatte sich gefasst
und brüllte: »*Verschwind aus meinem Haus, du Plährkachl,*
du!« *Dem Jakob drohte er mit der Faust, der Herr Vater hatte*
riesige Pratzn, und der Jakob sprang so leichtfüßig hinaus. Der
Herr Vater nahm seinen Hut und sagte in meine Richtung:
»*Wenn ich wiederkomm, bist fort, du Schwabenhur.*«
Es gab wenig zu packen, ich hatte neue Schuh und eine feine

Lodenjacke, ich trug das Beutelchen von der Herrin am Herzen. Bevor ich ging, gab ich der Mutter ein wenig Geld, damit sie zum Bader ginge und sich die Zähne anschauen ließe. Sie blickte mich die ganze Zeit an, als sähe sie mich zum ersten Mal.

Ich war Abschiede immer gewöhnt gewesen, dieses Mal würde ich nicht wiederkommen, aber ich fühlte auf einmal gar nichts mehr. Keine Wut, keine Trauer. Die Tränen hatte ich alle schon vergossen. Hinter der Holzleg wartete der Jakob. »Komm«, sagte er nur. Er hatte mich am Arm gepackt und hatte so viel Kraft. Dabei war er doch wenig größer als ich und auch nur fünfzehn Jahre alt. Wir eilten talwärts, und in Stanzach hielt der Jakob eine Kutsche an. Sie fuhr nach Reutte. Ob das passe? Natürlich, ich wusste nicht, wohin ich wollte. »Fahr«, sagte der Jakob. Aber ich wollte doch den Jakob nicht verlassen, den einzigen Freund, den ich hatte. »I find di scho«, sagte der Jakob, und so kam ich nach Reutte.

Ach, was waren die Häuser groß! Und was für schöne Bemalungen es gab! Wie viel Geld mussten diese Menschen wohl haben, dass sie auf ihre Häuser Bilder malen ließen. Ich stand schließlich vor dem Schulhaus, aus dem auch viele Mädchen kamen, die so adrett gekleidet waren und eifrig plaudernd davoneilten. Eine sah mich lange an, und dann warf sie mir ein paar Münzen vor die Füße. Was wollte ich hier? Ich, die Anna aus Hinterhornbach, die arme Anna, die Anna, die ein Kind unter dem Herzen trug.

Es war ungewöhnlich warm, und ich lief ziellos über den Markt. Ein Fenster stellte Fotos aus von Menschen, die sehr schön aussahen. Speere warfen sie, und sie rannten, die Olympischen Spiele in Berlin waren das. Sie hatten überall

201

Fahnen und Flaggen und Fähnchen in langen Reihen. Es war ein Kreuz darauf, natürlich erinnerte ich mich, was der Herr und der Herr Student über Hitler gesagt hatten. Der Herr ... Plötzlich wurde mir ganz kalt, mein Magen krampfte sich zusammen. Ach, wie groß war die Welt, wie wenig wusste ich von ihr.

Vor dem Gasthof Schwarzer Adler hielt ich inne, es roch so gut, und zögernd trat ich ein. Ich war noch nie in einem Gasthof gewesen, ich setzte mich ganz hinten auf eine Bank. Ein Serviermädel in meinem Alter kam und fragte sehr freundlich, was ich wolle. Ich konnte gar nichts sagen! Sie lächelte nur und stellte wenig später einen Becher Milch und eine dicke Kartoffelsuppe mit Speck darin vor mir ab. Wie köstlich diese war!

Das Serviermädchen spähte zur Küche und setzte sich dann zu mir. Blickte auf meinen Bauch. »Wo willst du hin?«, fragte sie. Ich konnte nur in meinen Teller sehen. »In Reutte kannst du nichts werden, du musst nach Innsbruck. Da ist alles groß, da findet ein Mädchen wie du eine Anstellung.« Ich hob den Kopf, sah in ihre Augen, die ganz grün waren. »Solche wie du aus dem Lechtal müssen weg, weit weg, glaub mir. Kannst du dir ein Billett kaufen?«, fragte sie. Ich nickte wieder und kam mir so dumm vor. »Gut«, sagte sie. »Das Essen habe ich dir spendiert, der Vater, der auch der Koch ist, hat nichts davon gesehen. Geh, der Zug fährt in einer halben Stunde.« Und ich ging, ich konnte nur ein »Danke« stammeln und davonstolpern.

Ich kaufte ein Billett, zitterte dabei, fand ein leeres Abteil und sah hinaus. Da waren die Burgruinen, die das Tal abriegelten, mir war, als würden sie auf den Zug hinunter-

*stürzen. Allmählich begann ich die Fahrt zu genießen, was
gab es doch alles zu sehen, und wie lustig war es, wenn der
Kondukteur, dem seine Mütze viel zu groß war, die Kelle hob.
Ich sah Bichlbach mit seiner großen Kirche und Ehrwald und
dann sogar Garmisch-Partenkirchen. Ich musste umsteigen in
einen anderen Zug, der nach Mittenwald fuhr. Ich hatte
immer solche Angst, irgendetwas falsch zu machen. Die
Menschen um mich herum wirkten alle so sicher. Ich war ein
einfältiges Bergkind, ein Schwabenkind. Schwabenkind,
Schwabenkind, die Gleise ratterten Worte herunter.*

*Eng waren hier die Berge, besonders in Scharnitz, und
dann wollte ich es gar nicht glauben, dass sich der Zug hinun-
terstürzen würde ins Tal. Es gab Wendungen und Tunnels,
mir sausten die Ohren, und auf einmal waren die Berge hoch
oben und die Eisenbahn weit unten. Ein Mann mit einem
Wägelchen fragte mich, ob das junge Fräulein eine Limonade
wolle. Ich glaube, ich habe ihm zu viel bezahlt, aber diese
Limonade war so köstlich und süß. Bald fuhren wir in Innsbruck ein.*

Die Suche nach dem tollen Tommy lief auf Hochtouren.
Irmi hatte auf Druck von oben Kathi anrufen lassen. Weder Chef noch Staatsanwalt waren der Meinung, dass noch
ein Konflikt bestünde. Der Verdächtige war ein Sporttrai-
ner von Kathis Tochter, aber darin läge ja wohl kaum ein
Gewissenskonflikt, war die einhellige Meinung. Kathi war
gekommen, hatte kühl gegrüßt und sich dann in die Akten
und Protokolle vertieft, die in ihrer Abwesenheit entstanden waren.

Am Nachmittag hatten sie ihn. Er war bei einem Freund

in Grän untergekrochen, wahrscheinlich einer von der Wildererconnection. Der gute Freund hatte ihn verpfiffen, so war das mit den lieben alten Weggefährten. Wenn es um den eigenen Allerwertesten ging, griffen sie heimlich zum Handy und informierten die Polizei. Der Freund hatte vorgegeben, im Keller Bier zu holen, und stattdessen die Gendarmerie angerufen. Nun warteten Irmi und Kathi auf ihn.

Kathi verhielt sich zurückhaltend-korrekt, agierte fast wie eine Marionette. Das Zerwürfnis lag in der Luft, keine von den beiden Kommissarinnen sprach das Thema an. Irmi fühlte sich unwohl, zerrissen, das Unausgesprochene nagte an ihr.

Kaum dass Tommy die Polizeiinspektion betreten hatte, ging er auch gleich auf Konfrontationskurs. »Darf man nicht mal einen Freund besuchen?«

»Komisch nur, dass dieser Freund die Polizei angerufen hat. Warum eigentlich? Er hat den Kollegen in Tirol gegenüber ausgesagt, dass Sie ihm sehr komisch vorgekommen seien. Dass Sie gesagt hätten, Sie hätten einen Fetzenärger am Arsch. Und ja, Sie haben tatsächlich einen Fetzenärger, und der wird gleich mehr!« Irmi sah keine Veranlassung zum Schmusekurs. Sie war wütend auf diesen tollen Trainertypen und wütend auf sich selbst.

Kathi sah Irmi fragend an, diese nickte.

»Ich lass mal weg, was ich davon halte, dass so einer wie du Kinder trainieren darf, die deren Eltern dir anvertrauen. Du Arsch!« Irmi griff nicht ein. Kathi hatte ja recht. »Du hast meiner Kollegin gegenüber gesagt, du kennst Regina von Braun nicht.«

Tommy schwieg.

»Sonst reißt du doch auch immer das Maul auf. Also?«

»Warum soll ich die kennen?«

»Weil du wilderst! Weil du in ihrem Wald gewildert hast!«

»Das könnt ihr nicht beweisen. Gibt es heute denn überhaupt noch Wilderer?«, fragte er frech.

»Ja, Sie oberschlauer Schussprofi!« Irmi war nun wirklich sauer. Sie warf ihm das Foto des kopflosen Rentiers auf den Tisch. »Die gibt es. Feige Schlächter sind das! Solche wie Sie!«

»So was mach ich nicht!«

»Was denn dann? Erzählen Sie mir nun auch was vom Wildererethos? Ich hab da ganz andere Geschichten gehört von Ihnen und den netten Jungs aus dem Tannheimer Tal.«

»Geschichten, genau! Nichts als Geschichten. Märchen. Seit wann glaubt die Polizei den Märchenerzählern?«

Er war ganz schön unverschämt, eigentlich sollte ihm der kleine nordische Arsch auf Grundeis gehen, dachte Irmi. »Die Polizei glaubt weder ans Christkind noch an den Nikolaus. An den Osterhasi schon gar nicht. Aber die Polizei hat einen Zeugen, und der hat den Herrn Thomas Wallner auf dem Waldgut gesehen. Und was er auch gesehen hat, waren sehr viele Gewehre im Auto des Herrn Trainers.«

Tommy schwieg.

»Und im Moment wertet ein Team aus Spezialisten Reifenspuren aus. Und wenn diese zu den Reifen deines verorgelten Kombis passen, dann haben wir dich so was von am Arsch!«, rief Kathi.

»Du hast vielleicht eine Ausdrucksweise«, kam es von Tommy, aber das klang nun gar nicht mehr so kühn.

»Scheiß auf meine Ausdrucksweise!«

Irmi musste in sich hineingrinsen, versuchte aber, Tommy streng anzusehen. »Wir wollen jetzt nicht über den Verfall unserer schönen gemeinsamen Sprache sprechen. Wir wollen endlich wissen, was Sie bei Regina von Braun gemacht haben. Auf geht's!«

»Nix. Ich war da nicht!«

»Da sagt unser Zeuge aber was anderes.«

»Dann hat er sich eben verschaut.«

»Verschaut«, äffte Kathi ihn nach.

»Und wieso sind Sie dann abgehauen?«, fragte Irmi.

»Als Sie da waren, als Sie gesagt haben, dass aus einer meiner Waffen geschossen wurde, hab ich Schiss bekommen. Und wie Sie dann auch noch von dieser Regina gesprochen haben, die tot ist …«

»Ja, was?«

»Na, da hab ich gedacht, Sie reimen sich was zusammen.«

»Ja, so sind wir. Richtige kleine Poeten. Ständig reimen wir uns was zusammen!« Irmis Ton ließ keinen Zweifel daran, dass sie die Nase langsam voll hatte.

»Ich sag jetzt gar nichts mehr. Ein Kumpel von mir ist Anwalt, der sagt, man muss sich nicht alles gefallen lassen von der Staatsmacht«, sagte Tommy.

»Einer deiner Wildererspezln ist auch noch Anwalt? Den tät ich nicht anrufen!«, sagte Kathi eisig. »Außerdem hat der in Deutschland keine Zulassung.«

Irmi atmete tief durch. »Herr Wallner, selbstverständ-

lich warten wir auf Ihren Anwalt. Haben Sie einen, oder sollten wir einen Pflichtverteidiger kommen lassen?«
»Ich hab einen angerufen, der müsste längst hier sein. Einen Piefke. Sie haben mich genötigt, was zu sagen. Ohne ihn.«
»Aber, Herr Wallner. Genötigt! Wir zwei schwachen Frauen.« Irmi lächelte süffisant.

Wenig später traf der junge Anwalt ein, beriet sich mit seinem Mandanten und schien selbst etwas verzweifelt, weil er beim tollen Tommy nicht recht durchdrang. Der Trainer hatte wohl noch nicht so ganz begriffen, dass er unter Mordanklage stand. Mord!

Nun, so eine Haftnacht machte viele Tatverdächtige nachdenklich, das kannte Irmi schon. Daher vertagten sie alle weiteren Gespräche auf morgen. Außerdem würden morgen die Abgleiche aller Schuhe und Reifenspuren vorliegen, die Hasis Team genommen hatte. Mittlerweile hatten sie Tommys Wohnung durchkämmt und dabei natürlich jede Menge Munition sichergestellt, aber das war in seinem Metier nicht ungewöhnlich. Sie hatten all seine Stiefel geholt, und es war zu hoffen, dass etwas dabei herauskam. Endlich!

Dann würde sich das Soferl einen anderen Trainer suchen müssen. Kathi hatte sich kühl verabschiedet, und bevor Irmi noch etwas sagen konnte, war sie weg. Es arbeitete immer noch in ihr. Es nagte. Irmi hasste Unausgesprochenes.

Andrea kam herein. »Ich weiß jetzt gar nicht, ähm, ob das noch von Bedeutung ist, aber ich hätt jetzt dieses altdeutsche Tagebuch in neuer Schrift.«

Irmi reagierte etwas unwirsch. »Momentan hab ich wirklich anderes im Kopf.« Weil aber Andrea so unglücklich aussah, so betreten, setzte sie hinzu: »Hast du es denn gelesen? Was steht denn drin?«

»Es sind die Erinnerungen eines Mädchens. Ähm, hast du schon mal was von den Schwabenkindern gehört?«

»Was für Kinder?«

»Kinder aus dem Alpenraum. Die wurden wie Sklaven gehandelt auf richtigen Kindermärkten!«

Irmi wiegte den Kopf hin und her. »Ich glaube, ich hab darüber mal was gelesen. Die Kinder sind nach Ravensburg auf einen Markt gegangen, war das nicht so?«

Einmal war sie in Galtür gewesen, mit *ihm*, und da hatte es am Zeinisjoch eine Kapelle gegeben. Im Volksmund das »Rearkappali«, die Kapelle der Tränen, weil sich dort die Kinder von ihren Eltern verabschiedet hatten. Ein bitteres Kapitel der Geschichte Tirols, Vorarlbergs und der Ostschweiz.

»Also, das Tagebuch ist von einem Mädchen, das ging wohl ohne Markt direkt auf ein Gut zum Arbeiten. Ich hab geheult, als ich es gelesen hab. Sie wurde vom Gutsherrn missbraucht, sie war schwanger, wurde verstoßen und ist in Innsbruck gelandet. Leider fehlen einige Blätter aus den Kriegsjahren. Also ich nehme mal an, dass die verloren gegangen sind. Es endet 1955.«

In diesem Moment läutete das Telefon. Es war der Pressesprecher. »Sekunde …« Irmi hielt die Muschel zu. »Andrea, lass das ruhig mal hier. Ich schau mir das später an. Der tolle Tommy hält uns gerade etwas auf Trab.«

»Hat er gestanden?«, wollte Andrea wissen.

»Nein, aber Kathi denkt, das ist eine Frage der Zeit.«

»Na ja, Kathi …«, sagte Andrea gedehnt.

»Ich denk das auch«, meinte Irmi entschlossen und wusste doch, dass sie gar nicht so überzeugt war.

Andrea legte einen rosafarbenen Pappordner auf ihren Schreibtisch. »Ich lass dir das mal da.«

Irmi nickte und wandte sich wieder ihrem Telefonat zu, das am Ende Folgendes zum Ergebnis hatte: Sie würden morgen eine Pressekonferenz geben und auch die Bevölkerung um Mithilfe bitten. Vielleicht hatte jemand etwas gesehen. In Bayerns Wäldern strotzte es doch nur so von Nordic Walkern, Radlern, Gassigehern, Reitern oder schlichten Menschen, die den Spitzfindigkeiten der Freizeitindustrie trotzten und einfach nur spazieren gingen. Schade, dass noch keine Schwammerlsaison war, Schwammerlsucher fanden ja so manches: Eine Leiche hatten die Fans von Steinpilz und Co. in Irmis Karriere nämlich schon zutage gefördert. Am Hausberg war das gewesen.

Irmi seufzte und öffnete den rosa Ordner. Begann eher unaufmerksam das erste Kapitel zu lesen und war mehr und mehr gefesselt. In seiner lakonischen Weise, in seiner Schlichtheit berührte sie das Geschriebene mehr als das, was Regina verfasst hatte.

Sie beschloss, daheim weiterzulesen, und verließ ihr Büro. Ihr fiel ein, dass sie noch nichts eingekauft hatte, und ihre Lust, sich nun an einer Supermarktkasse anzustellen, hielt sich in Grenzen. Supermarktkassen waren ja weit mehr als nur eine Station auf dem langen Weg zum Abendessen.

Dort erfuhr man etwas von der Vielfalt unserer Welt.

Die junge Frau hatte eingeschweißten Käse und Schinken von der weißen Billigmarke aufs Band gelegt, dazu eine Großpackung Kekse und Fakecola – vermutlich eine Hartzlerin, die ihre Kinder schlecht ernährte. Der Mann da drüben hatte ein paar Zweihundertgrammschalen mit Kartoffel- und Fleischsalat und dazu Toast in den Einkaufskorb gelegt – Single, klar, wahrscheinlich Handwerker. Der Mann mit der Kochhose und weißem T-Shirt hatte Unmengen Schweineschnitzel aus der Plastikpackung im Wagen, Schnitzel, die preisreduziert waren, weil sie kurz vor dem Ablaufdatum standen. Hoffentlich hatte sie in dem Restaurant noch nie gegessen, dachte Irmi.

Weil sie sich lieber gar nicht so genau ausmalen wollte, was die Leute wohl über sie und ihren Einkauf dachten, beschloss sie, aufs Shopping zu verzichten. Irgendwas würde sich zu Hause im Kühlschrank schon noch finden. Sie warf ihren Rucksack, in den sie den Ordner gerollt hatte, auf den Beifahrersitz. Gerade als sie starten wollte, klingelte ihr Handy. *Er* war dran.

»Ich wäre jetzt in Pertisau. Wenn du gleich losfährst, passt es genau zum Abendessen. Ich hab hier einen sehr schönen steirischen Sauvignon blanc auf der Karte gesehen.«

Irmi fühlte sich etwas überrollt. »Ich kann doch jetzt nicht so einfach, ich …«

»Warum nicht? Es ist halb sieben. Es hat keinen Schneesturm, zumindest hier nicht. Die Straßen sind eisfrei. Du kannst morgen früh von mir aus in nachtschwarzer Dunkelheit aufbrechen. Oder noch heute Abend.«

Ja, auch das kannte er. Ihre rasanten Aufbrüche, ohne

Frühstück, meist noch im Dunkeln. Einsame Flure, Hotels, die man nur durch die Tiefgarage oder den Skikeller verlassen konnte, weil sonst noch alles zugesperrt war. Abschiede zwischen Tür und Angel, wo sie dann immer dieses schale Gefühl hatte und auch Trauer verspürte – aber auch eine gewisse Erleichterung.

»Also gut, ich komm, aber ich muss wirklich sehr früh weg. Ich habe morgen eine wichtige Befragung. Morgen gesteht mein Mörder. Morgen ...«

»Morgen darfst du die Welt retten, Irmi. Morgen. Aber heute isst du mit mir zu Abend. Heute.«

Irmi lachte. »Ja, carpe diem. Ich hab eh Hunger.« Sie legte auf und fand sich sofort ziemlich unsensibel. Sie hätte doch wenigstens sagen müssen: »Ich freu mich« oder etwas Ähnliches. Außerdem: Wie sah sie eigentlich aus? Sie trug Jeans, ein Shirt, eine Weste. Gut, sie hatte ihr Notfallsakko im Auto, das würde zum Shirt sogar passen.

Jetzt oder nie – Irmi wusste: Wenn sie erst zu Hause wäre, würde sie bestimmt kneifen. So aber rief sie bei Bernhard an, der natürlich im Stall war. Und so erzählte sie dem Anrufbeantworter: »Hallo, Bruderherz, du musst heute nicht auf mich warten. Magst du bitte den Katern was zu essen geben? Servus!« Das war doch neutral formuliert, außerdem: Wann hätte Bernhard je auf sie gewartet?

Irmi fuhr nach Wallgau und bog in die Mautstraße ein. Keine Menschenseele war unterwegs, das Häuschen war auch nicht besetzt. In der Vorderriss kam ihr ein Jeep entgegen. Jäger? Wilderer? Ihr Denken war völlig unterwandert von diesem Thema. Am Sylvensteinspeicher stand ein holländischer Pkw, und jemand knipste in die

Dunkelheit. Na, das würden sicher tolle Bilder werden. Ein angeblitzter schwarzer See. Aber gut, die Nacht war relativ mondhell.

Plötzlich fühlte Irmi sich großartig. Es war gut, dem Leben Zäsuren abzuringen. Sie selber tat das viel zu selten. So ein sanfter Zwang von außen wirkte Wunder. Schon bald war sie am Achensee, der mehr an einen Fjord erinnerte. Pertisau lag am Gegenufer und war richtig schön kitschig mit seinem Lichtermeer. Irmi stoppte am Bahnhof der Achenseebahn. Sie machte die Innenbeleuchtung an, verdrehte den Rückspiegel. Trug etwas Puder auf und einen roséfarbenen Labello. Schüttelte die Haare zurecht und klemmte sie mit einer Spange am Hinterkopf fest, zupfte ein paar Strähnen über die Schläfe.

Als sie am Wiesenhof vorfuhr, war ihr flau im Magen. Sie parkte und stieg aus, tauschte Weste gegen Blazer, packte den Rucksack und ging auf den Eingang zu. Wo er stand.

Er lächelte. Es gab ein Küsschen auf jede Wange, er drückte sie kurz an sich, sehr kurz. Irmi spürte seine Wärme, seine Präsenz. Er war groß und kräftig, hatte gottlob ein bisschen Bauch und Hüftspeck, was er immer als »meinen Schwimmschwan« bezeichnete. Einen perfekten Mann hätte Irmi nicht ertragen können, solche Männer erinnerten sie viel zu stark an ihre eigenen Unzulänglichkeiten. Bei perfekten Männern musste man beim Sex den Bauch einziehen, nach getaner Tat sofort ein Handtuch um die Hüften winden. Bei ihm nicht, bei ihm fiel sie tief und sanft.

Er lächelte, und Irmi fand ihn wieder mal ungeheuer attraktiv. Er war einfach ein Mann, kein Wicht.

»Hunger?«, fragte er.

»Unbedingt!«

Es war hübsch hier. Ein Haus der gehobenen Kategorie, und doch fühlte man sich nicht von Eleganz erschlagen. Der Sauvignon kam, und Irmi lehnte sich nach dem ersten Schluck zurück. »Herrlich, danke für die Einladung.«

»Danke, dass du gekommen bist.«

So lief es jedes Mal, es begann immer ein wenig hölzern. Zwischen ihren Treffen lag immer so viel Leben, das sie ohne den jeweils anderen verbrachten. Sie umschifften jedes Gespräch über seine Frau, und auch seine Töchter nahmen wenig Raum ein. Denn er spürte mit seinen feinen Antennen, dass sie seine Kindergeschichten immer ein wenig schmerzten. Sie, die kinderlose Mittfünfzigerin, war zufrieden mit ihrem Leben, sie hatte sich gut darin eingerichtet, sie mochte ihren Job, auch wenn er sie forderte. Und über die Rente dachte sie noch lange nicht ernsthaft nach, warum auch? Sie war gesund und – gemessen an vielen anderen – bei relativ klarem Verstand. Aber Gespräche über gut geratene Kinder oder auch missratene schlossen sie aus. Sie redeten auch nicht allzu viel über Irmis Fälle – und das war genau das Geheimnis ihrer Beziehung. Sie klinkten sich beide ein wenig aus ihrer jeweiligen Realität aus.

Aus Irmis Rucksack lugte der Ordner heraus.

»Hast du dir Arbeit mitgebracht?«, fragte er.

»Nein, das nicht.« Irmi zögerte.

»Geheim? Hat es mit deinem Fall zu tun?«

»Irgendwie schon. Die Tote hatte das auf ihrem PC. Es ist ein eingescanntes handgeschriebenes Tagebuch. Es war in altdeutscher Schrift verfasst. Wir haben es in moderne Schrift übertragen lassen.« Irmi stockte. »Ich bin noch nicht besonders weit gekommen. Nur den ersten Eintrag habe ich gelesen.«

»Aber der hat dich berührt, oder?« Er schenkte ihr Wein nach.

»Ja, sehr. Erinnerst du dich an Galtür? Die Wanderung zum Zeinisjoch?«

Er lachte. »Natürlich. Du hattest ein blau kariertes Hemd an, und wir mussten die Sohle deines Bergschuhs am Abend kleben, weil die Frau Kommissarin sich weigerte, neue Schuhe zu kaufen. Weil der alte doch so gut passt. Hast du den immer noch?«

»Ich hab neue Schuhe!«

»Aber die alten aufgehoben?«

»Klar!«

»Die gehören ja auch ins Museum.«

»Zeinisjoch war das Stichwort!«

»Natürlich erinnere ich mich. Wir waren an dieser Kapelle, wo die armen Würmchen auf eine lange, ungewisse Reise gingen.«

Die Vorspeise kam, eine köstlich cremige Knoblauchsuppe – na, da würde der tolle Tommy vielleicht schon deshalb gestehen, weil er ihren Geruch nicht mehr ertragen würde. Das war eine gute Taktik, warum hatte sie die nicht schon öfter angewendet?

Irmi lächelte ihn an. Allmählich war sie wieder angekommen. »Ja, diese Schwabenkinder. Die Kapelle hieß im Volksmund ›Rearkappali‹, und um so ein Schwabenkind geht es in dem Tagebuch.«

»Du willst sagen, du hast das Tagebuch eines Schwabenkindes gefunden? Das wäre ein hochinteressantes und wertvolles Zeitdokument.« Er betrachtete sie aufmerksam, ja gespannt.

Irmi sah ihn überrascht an. Er war ganz aufgeregt. Gut, er war promovierter Historiker, wenn er auch längst für eine Computerfirma weltweit tätig war und viel mit touristischen Projekten betraut war, was ihn eben immer auch mal in den Alpenraum führte. Eine typische geisteswissenschaftliche Akademikerkarriere hatte er gemacht: vom Historiker zum Taxifahrer und über ein Gammeljahr in Australien hin zum realistischen Broterwerb. Aber Geschichte war sein Steckenpferd, drum war er ja auch so ein wandelndes Lexikon.

»Aber solche Tagebücher wird es doch mehrere geben«, sagte Irmi.

»Sei dir da nicht zu sicher. Das Bildungsniveau dieser Kinder war katastrophal. Ab 1836 gab es in Württemberg die allgemeine Schulpflicht, die aber nur für die eigenen Kinder galt. Die konnten nicht mehr arbeiten, also brauchte man ausländische Kinder, für die diese Schulpflicht eben nicht galt. Das war perfide: Die eigenen Kinder lernten was, die Schwabenkinder schufteten sich halb zu Tode. Die politisch immer wieder geforderte Ausdehnung der Schulpflicht auf die ausländischen Kinder wurde bis 1921 von einer oberschwäbischen Bauernlobby verhindert.« Er nickte wie zur Beteuerung und schenkte Wein nach. »Stell dir vor, diese Gebirgskinder waren ganze Sommer lang weg, und im Winter wurde auch nicht viel gelernt, oft schafften sie es gar nicht bis in die Schule wegen des Schnees. Der Unterricht war immer eng mit der Religion verbunden, sodass es vorkam, dass Schüler trotz guter Leistungen wegen ungenügender Kenntnis der Religion nicht in die nächste Klasse aufsteigen durften. Der Katechismus war das Wichtigste, in eine Mittelschule aufzusteigen war schier unmöglich. Während des Ersten Weltkriegs war der Lehrermangel gewaltig, die Klassen hoffnungslos überfüllt, keine Spur von geordnetem Unterricht. Und nach der Machtübernahme begann eine Säuberungswelle im Schuldienst. Man wollte Lehrer, die überzeugte Nationalsozialisten waren. Die Leidtragenden waren immer die Kinder, die nie frei von Dogmen lernen durften.«

»Aber es gab doch auch in den bäuerlichen Gegenden Schulen«, warf Irmi ein.

»Ja, sicher. In Österreich führte Maria Theresia zwar schon 1774 eine Unterrichtspflicht ein, aber die ließ sich leicht umgehen. Auch diese Schulpflicht für ausländische Kinder ab 1921 wurde häufig nicht eingehalten. Oder es kamen ältere Kinder, die die Pflichtschulzeit schon hinter sich hatten.«

»Meine Geschichte beginnt 1936.«

»Was? Und da ging die Schreiberin immer noch nach Schwaben?« Er starrte sie an.

»Ich hab, wie gesagt, noch nicht alles gelesen, aber sie war wohl schon sechzehn.«

»Also wenn das dein Fall zulässt, würde ich das sehr gerne lesen. Das ist eine echte Entdeckung!«

Irmi überlegte kurz. Warum nicht? Warum sollte ein Historiker in ihrem Bekanntenkreis das nicht zu lesen bekommen? Quasi als Fachmann? Als sie in sein aufmerksam gespanntes Gesicht blickte, in diese forschende Neugier, verstand sie zum ersten Mal etwas von dem, was Regina von Braun angetrieben hatte. Die hatte das auch gehabt, diese Leidenschaft für das Stöbern in menschlichen Geschichten. Es gab solche Menschen, und das war gut, denn sie konnten Zeitzeugnisse bewahren. Auf einmal verstand Irmi auch, warum diese Regina quasi zwei Bücher gleichzeitig hatte schreiben wollen. Das hatte Irmi anfangs irritiert, aber nun konnte sie es nachempfinden: Reginas Neugierde war so stark. Sie selbst deckte ja auch auf, arbeitet sich hinein in ein Gespinst aus Lügen und Halbwahrheiten. Aber sie tat es, weil sie den Opfern Ruhe verschaffen wollte. Weil es eben ihr Beruf war. Regina tat es auch um der Geschichte selbst wegen.

Irmis Gedanken wurden durch das Hauptgericht unterbrochen, ein Steak vom Ochsen mit Speckbohnen. Sie plauderten eine ganze Weile darüber, wie groß der Unterschied in der Qualität von Fleisch war, bis Irmi schließlich sagte: »Du darfst das gerne lesen. Vielleicht entdeckst du etwas. Auf mich wirkt diese ganze Schwabengeherei sowieso ungeheuerlich. Wie kam es überhaupt dazu?«

»Weißt du denn, woher das Mädchen stammte?«

»Vom Lechtal.«

»Oh! Dann ist das sogar noch ein Sonderfall. Die Situation war nicht in allen Alpentälern gleich schlecht. Entlang der Handelsstraße, der Salzstraße, gab es einige Verdienstmöglichkeiten. Aber 1824 öffnete die Arlbergstraße, später kam die Eisenbahn, und viele Gebiete gerieten ins Abseits. Im Außerfern herrschte besondere Armut: Nennen wir das mal hausgemachten Wahnsinn gepaart mit der Kargheit des Bodens, verschlimmert durch Missernten. Hausgemacht daran ist, dass die gängige Erbteilung die Höfe komplett zersplitterte. Die Bauern waren größtenteils Landarbeiter auf gepachtetem Boden, auch in guten Jahren reichte der karge Ertrag höchstens ein Vierteljahr. 1780 kam zwar die Kartoffel im Außerfern an, aber das verbesserte die Ernährungslage auch nicht besonders. Und dann brach im heutigen Indonesien 1815 ein Vulkan aus …« Er unterbrach sich. »Jetzt hab ich vergessen, wie der hieß.«

»Du weißt mal was nicht?« Eigentlich sollte das zärtlich klingen, aber so was misslang Irmi immer.

»Ich muss das nachher unbedingt googeln«, sagte er und fuhr fort: »Jedenfalls kostete das nicht nur rund zehntausend Menschen in Indonesien das Leben, sondern der Vulkan schleuderte auch unendlich viel vulkanisches Material in die Luft. Der Himmel verfinsterte sich weltweit und führte in Europa zum grausigen ›Jahr ohne Sommer‹, es folgten die noch grausigeren Hungersnöte 1816 und 1817. Ich weiß, dass man sogar Kartoffelwächter anstellte, um die Felder zu bewachen.«

»Und da war man froh, wenn man die Kinder loshatte?« Irmi aß ein Stück Steak, das wirklich perfekt ›medium‹ war. Sie saßen hier und aßen Fleisch, ohne weiter darüber nachzudenken. Bestellten einfach. Wie anders war es vor noch gar nicht so langer Zeit gewesen. Auch in ihrer Heimat.

»Sicher. Jedes Maul, und war es auch noch so klein, wollte gestopft werden. Zu Hause wären die Kinder verhungert, also schickte man sie auf diese Wanderung. Mit dem Lohn der Kinder konnte man wieder ein paar Schulden und Steuern begleichen, bezahlt wurden die Kinder für einen Sommer. Es gab meist nur ein paar Gulden und neue Kleidung. Aber was glaubst du, wie unendlich viel das für die armen Bauern war!«

»Und gab es diese Sklavenmärkte wirklich?«

»Ja, tatsächlich. Die Kinder wurden wie auf Viehmärkten gehandelt. In Wangen, Ravensburg, Bad Waldsee, Tettnang und Friedrichshafen in Württemberg, aber auch in Überlingen und in Kempten. Ravensburg war aber der größte Markt, wo man Kinder für die Feldarbeit, zum Heumachen, zum Viehhüten oder auch Mädchen für die Küche kaufen konnte. Das fand damals niemand seltsam.«

»Das Mädchen im Tagebuch schien aber eine feste Stelle zu haben.«

»Ja, das gab es auch. Vor allem Ende des 19. und Anfang des 20. Jahrhunderts hatten die Kinder jedes Jahr dieselben Arbeitgeber, die späten Schwabenkinder durften vielleicht sogar mit der Eisenbahn fahren und wurden mit Kutschen abgeholt. In Oberschwaben waren durch ein ganz anderes Erbrecht große Betriebe, ja riesige Güter entstanden, und es gab einen erhöhten Bedarf an billigen Arbeitskräften. Nicht zu vergessen der Käse!«

Irmis Blick fiel aufs Dessertbüfett, wo eine appetitliche Käseplatte stand. Den Käse würde sie bestimmt nicht vergessen. Sie lachte. »Der da drüben?«

Wie schade, dass er nicht Lehrer oder Dozent geworden war. Er konnte so mitreißend erzählen. Mit ihm als Lehrer wäre Geschichte sicher kein so dröges Fach geworden.

»Nein, ich spreche vom Allgäu, wo ab etwa 1827 Schweizer Käse produziert wurde. Du kennst das heute mit den Allgäuer Einzelhöfen? Was so hübsch aussieht, ist der Vereinödungsprozess, im Zuge dessen man die geschlossenen Dörfer und die Dreifelderwirtschaft aufgab. Man versprach sich von einem Hof, der mitten im Grünen lag, Zeitersparnis beim Austreiben der Kühe. Aber man brauchte eben mehr Hütekinder und Melker. Die Kinder aus Tirol, Vorarlberg und Graubünden waren jung, verschreckt, ungebildet. Die muckten nicht auf. Und sie waren katholisch. Es gab nämlich durchaus Saisonarbeiter aus dem schwäbischen Unterland, aber die wären teurer gewesen, und außerdem waren das böse Andersgläubige, das waren die Evangelischen!«

»Aber wir reden von den Dreißigerjahren des 20. Jahrhunderts und nicht vom 18. oder 19. Jahrhundert. Waren da die Protestanten noch solch ein Schreckgespenst?«

»Irmi, du lebst in einer Region, da sind sie das bis heute! Du lebst in einer Region, wo bis heute schöngeredet und totgeschwiegen wird. Damals war keine Rede von den Kindern, die auf der Wanderung starben im frühen Wintereinbruch. Keine Rede von den Schlägen und der Entmündigung, keine Rede von den sexuellen Übergriffen, und da sind wir uns doch einig: In dieser großartigen Tradition steht die katholische Kirche bis heute.«

Irmi dachte an Ettal und schwieg.

»Anfang des 20. Jahrhunderts wollte das bischöfliche Ordinariat in Brixen einmal Rückmeldung haben von seinen Seelsorgern und wissen, wie es denn um das Wohl der Kinder stehe. Aber es ging denen nicht um deren

Wohl im Sinne von körperlichen oder seelischen Beschwerden. Nein, es ging nur darum, inwieweit sie in ihrem Katholizismus gefährdet waren. Vor der Abreise und bei der Ankunft musste jedes Kind zuerst zur Beichte. Stell dir mal vor, es hätte ungebührlich Kontakt zu Protestanten oder Sozialisten oder beidem gehabt. Die Kinder sind mit dem Spruch groß geworden: Bete, nimm ein Weihwasser, und geh ins Bett. Das war das Rezept gegen Magenknurren.«

Irmi nippte wieder am Wein, dann am Wasser. »Und keiner hat je hingesehen?«

»Die Kirche sicher nicht. Die reichen Lechtaler Handelsleute lieber auch nicht. Sie spendeten lieber großzügig an die Kirchen. Um ein paar arme Bauernkinder ging es im Lauf der Welt doch nicht.

»Puh!«, machte Irmi, mehr fiel ihr dazu momentan nicht ein. Sie hatte diese Schilderung des Mädchens vor Augen, wie es fast in der Schneewächte umgekommen wäre.

»Nun, ich will nicht ungerecht sein, es gab in der Tat ein paar niedrige, oft junge Geistliche, die die Tragik dieser Kinderwanderung verstanden haben. 1890 wurde ein Hütekinderverein gegründet, der diese Kinder betreute. Aber 1890 war der Höhepunkt dieser Wanderung ja längst überschritten. In der US-amerikanischen Presse gab es 1908 eine Kampagne, die den Kindermarkt in Friedrichshafen einem Sklavenmarkt gleichsetzte – insofern etwas pikant, als man ja die in dieser Hinsicht nicht gerade ruhmreiche Geschichte der USA kennt. Man diskutierte sogar in Berlin darüber, den Kindern vor Ort half das alles nichts.« Er nahm einen Schluck Wein und meinte dann: »Wenn du wirklich ein Tagebuch eines Schwabenkinds aus den Dreißigerjahren hast, ist das sensationell!«

»Ich habe nur die Scans.«

»Schade, das Original wäre mir lieber.«

»Und ich esse jetzt Käse und werde noch fetter«, sagte Irmi und fand sich schon wieder so unhöflich. Hatte sie ihn etwa abgewürgt?

»Du bist nicht fett. Madame, darf ich Sie zum Büfett geleiten?«

»Ich bitte darum.«

Es war halb elf, als sie aufstanden. Sie hatten noch mit dem Besitzer geplaudert und mit seiner Frau, die Irmi sehr gut gefiel. Eine zupackende Frau, ein bisschen krachert vielleicht, aber wohltuend für so ein Vier-Sterne-Haus. Und wieder mal hatte Irmi den Eindruck, dass Frauen mit etwas mehr Substanz im Umgang einfach weniger zickig waren. Irmi fühlte sich auch nicht als seine ›Geliebte‹, niemand schien sich über ihre Anwesenheit zu wundern. *Er* war hier so eine Art ›Freund des Hauses‹ und als solcher noch in den Weinkeller eingeladen, wo der Chef ein paar Raritäten kredenzte.

Sein Zimmer war groß. Irmi trat ans Fenster. Noch immer erhellte der Mond die Berge und den See. Er war hinter sie getreten und tat erst mal nichts. Irgendwann schob er ganz vorsichtig eine Haarsträhne zur Seite und küsste sie auf den Hals. Ihr war klar, was nun kommen würde, und für einen Moment wäre es Irmi lieber gewesen, einfach nur zu knutschen, zusammen auf der Couch zu sitzen und fernzusehen. Sie war einfach nicht mehr ganz richtig im Kopf. Sie traf sich mit ihrem Lover – und wollte bloß knutschen. Sie kannte genug Frauen, die etwas drum gegeben hätten, eine Nacht mit ihm zu verbringen. Die sich aufgestylt hätten, eingedieselt und rote transparente Unterwäsche getragen hätten. Sie hingegen trug einen Sport-BH und eine Unterhose, die nicht mal dazu passte.

Aber als sie auf sein Bett sanken und sie begann, mit dem Finger auf seiner Brust Linien zu malen, war es gut so. Sie spielte in seinem weißen Brusthaar, das er nicht mochte. Er begann ihre Brustwarzen zu umkreisen, immer noch wie zufällig, gar nicht zielgerichtet. Irmi legte ein Bein über seine Hüfte, auch das war gut so ...

Sie hatten nie wilde Turnübungen veranstaltet, mit Gummispielzeug oder Fesseln nachgeholfen. So etwas brauchten sie nicht, denn die Natur hatte es durchaus gut mit ihm gemeint, ziemlich gut sogar ... Seine Finger spielten Etüden auf ihrer Brust, bis sich ein starkes Gefühl in ihr ausbreitete, alles überflutete, bis sie zurücksank und lächelte.

Hinterher lagen sie still da. Was dachte der Mond da draußen? Wieso hatte er so weiche Haut am Oberschenkel und so schöne Muskeln? Durfte man vor Glück weinen? Was könnte man nur tun, um den Zauber des Augenblicks länger zu konservieren? Wie spät war es? Ob Bernhard die Kater gefüttert hatte? Sie kam zurück – in die Realität ihres Lebens.

»Irgendwie ist mir ganz flau.« Irmi hatte sich aufgerichtet.

»Verständlich, nach so einem langweiligen Geschichtsvortrag.« Er lachte.

»Es war weniger der Vortrag.« Irmi lächelte ihn an. »Aber ich bin so was nicht mehr gewohnt.«

»So was?«

»Depp!« Sie warf ein Kissen nach ihm.

Er hatte Mineralwasser eingeschenkt und von irgend-woher ein paar Erdnüsse gezaubert. »Bringt verbrauchte Energie zurück.«

Um kurz vor zwei meldete sich aus einer Ecke von Irmis Gehirn die Pflicht. Ihre Ratio sagte ihr, dass sie bald fahren müsse, um noch einige wenige Stunden Schlaf zu bekommen. Weil sie morgen präsent sein musste.

Offenbar waren ihr ihre Gedanken anzusehen, denn er sagte: »Du willst noch fahren, oder?«

»Ach verdammt! Ich würde …«

»Du würdest lieber jetzt, wo du noch wach bist, losfahren und ein paar Stündchen im eigenen Bett schlafen. Ich weiß.«

Irmi konnte nicht einschätzen, ob ihm das wehtat, ob er sich über die Jahre in genau diese Abläufe gefügt hatte. Ob er sauer war?

Er begleitete sie bis zum Auto. Küsste sie auf die Stirn. »Ich ruf dich von Rovereto aus an. Vielleicht treffen wir uns ja noch mal auf meinem Rückweg?«

»Ja, das wäre schön«, sagte Irmi.

Dann fuhr sie in die Nacht hinaus. Schon in Maurach fühlte sie sich hundeelend. Warum war sie nicht geblieben? Weil sie wusste, dass der Genuss von Zweisamkeit sie schwach und labil machte.

Sie erinnerte sich an *Schloß Gripsholm* von Tucholsky, das er ihr im Englischen Garten in München vorgelesen hatte. Damals hatte er sie gewarnt. Hatte gesagt, dass er als Partner eine Katastrophe sei. Dass sie Glück habe, nur seine Sonnenseite zu kennen. Sonnenseite, Schokoladenansicht, Urlaubsmann?

Irmi war darauf eingestiegen, hatte behauptet, sie könne nicht kochen, werde nie wieder den Fehler einer Heirat begehen, wolle keine Kinder, sei unordentlich und fordere von einem Mann, dass er sie so nehme, wie sie sei: grenzenlos unabhängig! Es stimmte, sie hatte genug Geld, brauchte keinen Versorger und keinen strahlenden Olymp, an dessen Seite sie mitstrahlen konnte. Sie musste keinen Mann antreiben, Karriere zu machen, weil sie selber beruflich erfolgreich war. Und doch spürte sie, wie gut es ihr tat, Zeit mit *ihm* zu verbringen. Sich fallen zu lassen, alles andere für einen kurzen Moment zu vergessen, bevor sie die Realität wieder einholte.

Als Irmi um vier Uhr morgens endlich zu Hause im Bett lag – nicht ohne vorher zwei tief gekränkte Kater gefüttert zu haben, die Bernhard natürlich vergessen hatte, er hatte ja nicht mal den Anrufbeantworter abgehört –, dachte sie, dass alles eigentlich ganz gut so war, wie es war.

9

Januar 1937

Es ist so viel geschehen. Ich will damit beginnen, wie ich in Innsbruck aus der Eisenbahn gestiegen bin. Mir war Reutte schon sehr groß erschienen, aber hier waren die Häuser viel größer, und ein ganzes Gewirr aus Gassen lag vor mir. Ich fürchtete mich. Der Wind wisperte um die Hausecken, die Menschen liefen so schnell umher.

Ziellos ging ich durch die Stadt. Längst war es dunkel geworden. Mir war sehr blümerant, und ich war so müde. Ich hatte lange in der Hofkirche gesessen. Dort befand sich das Grab von Maximilian, und ein Mann erklärte mir, es sei umstanden von den ›Schwarzen Mandern‹. Es waren auch schwarze Weiber darunter, große Figuren, die mir Angst machten. Ich bin auf einer der Bänke eingenickt und habe – ich weiß nicht, wie lang – geschlafen. Bis mich ein Mesner vertrieb und ich davonstolperte. Die Nacht verbrachte ich in einem Schuppen in einem Hinterhof. Dort gab es ein paar alte Säcke, die ein wenig wärmten. Mein Herz klopfte so laut, dass ich dachte, die Menschen droben hinter den hell erleuchteten Fenstern würden es hören, mein verräterisches Herz.

In einer Bäckerei kaufte ich mir am Morgen ein Wecklein. Immer noch war es ein so beängstigendes Gefühl, jemandem Geld zu geben und dafür eine Ware zu erhalten. Ich dachte, alle würden mich anstarren, doch niemand achtete auf mich. Ich lief wieder ziellos durch diese große Stadt, bis ich an einem

*runden Bau ankam. Der Mann an der Kassa lud mich ein,
mir das Gemälde dort drinnen anzusehen. Obwohl er eigentlich gar nicht geöffnet hatte. Er war sehr freundlich zu mir
und erklärte mir, dass Zeno Diemer aus Oberammergau
stamme und dass er 1894 sechs Monate für dieses Riesen-
gemälde von tausend Quadratmetern gebraucht hätte. So
etwas habe ich noch nie gesehen. Rundum tobte eine Schlacht,
überall lagen tote Menschen. Ich war beeindruckt und angewidert zugleich. Da stand, dass der Maler die Schlacht am
Bergisel vom 13. August 1809 darstellt hatte, in der Andreas
Hofer die Tiroler zum Sieg über die Truppen Napoleons und
Bayerns führte. Mir wurde klar, dass ich so gar nichts von der
Welt da draußen wusste. Ich dankte dem Mann noch recht
schön und lief davon.*

*Es wurde Abend, und am Ende kam ich immer wieder zur
selben Stelle, zum Goldenen Dachl. Wie schön es war! Es
funkelte in purem Gold. Und mir war so kalt. Auf einmal
wusste ich: Hier unter dem Gold würde ich sterben und mit
mir das Kindelein. So war es besser. Ich Schwabenkind hatte
in dieser Welt nichts verloren. Ich hätte mein Lechtal nie
verlassen dürfen. Was wollte eine Hur wie ich in Innsbruck?
Ein paar Menschen mit hochgeschlagenen Krägen eilten
vorbei, sie hatten keine Augen für ein Bündel wie mich, das
da hockte.*

*Da war wieder dieses Gefühl, das schöne. Die Müdigkeit,
die Wärme, die sich über mich ergoss. Und wieder zerrte es an
meinen Schultern, ich hörte Stimmen und dann nichts mehr.*

*Ich erwachte in einem großen Bett. Neben mir saß ein Weib,
noch nie habe ich solche Schönheit erblickt. Ihre Haare waren
so golden wie das Goldene Dachl. Und diese Frau trug Hosen,*

man stelle sich das vor. Bald erfuhr ich, dass sie Angelika von Gaden hieß und Dichterin und Malerin zugleich war. Sie sagte, dass sie eine Hausmagd brauche, aber ich war doch so fett wie ein böhmischer Knödel. Ich sagte ihr, dass ich Geld besäße.
»Ich weiß, mein liebes Kind, dieses Geld habe ich dir in Goldmünzen umtauschen lassen, es wird Krieg geben, ich glaube nicht an deine Reichsmark. Sie sind sicher verwahrt im Tresor. Bekomme du dein Kind, dann sehen wir weiter.«
Sie nötigte mich, sie Angelika zu nennen. Jeder nannte sie so. Dabei war sie doch eine ›von‹. In ihren Salon kamen andere Dichter und Maler und Menschen aus der Politik. Wir feierten Weihnachten, es gab einen Lichterbaum und so viel zu essen. Noch nie hatte ich so viel zu essen gesehen. Elvira, die Köchin, und ihr Mann, der Sepp, lachten mich aus. Ich bekam Geschenke, man stelle sich vor: Fremde Menschen schenkten mir Kleidung für das Kindelein.

Nach viereinhalb Stunden wachte Irmi auf und machte sich erst mal einen Kaffee. Da kam Bernhard hereingeschlurft. »Spät dran heut«, murmelte er. »Dein schwarzer Kater hat mir übrigens auf die Hausschuhe gekotzt. Und auf den Fleckerlteppich.«

»Katzen sitzen gerne weich, wenn ihnen unwohl ist.« Irmi lachte. »Sie kotzen nie auf Fliesen oder Parkett.«

Bernhard tippte sich ans Hirn und ging, und Irmi wusste, dass sie den Mageninhalt des Katers würde wegwischen müssen. Bernhard war ein Bär, aber bei Erbrochenem, Spinnen und Schlangen wurde er zum Häschen in der Grube. Sie war wieder daheim mit allem, was dazugehörte. Um neun kam von *ihm* eine SMS.

»Er wird gestehen. Wer könnte dir widerstehen? Du hast den Ausdruck vergessen.«

Sie simste zurück:»Besser, du befragst ihn. Du bist doch der Unwiderstehliche. Lies das Tagebuch ruhig, ich kann mir noch einen Ausdruck besorgen. Liebe dich.«

»Lda«, kam retour.

Das Leben war schön.

Für zehn Uhr war die Befragung anberaumt. Irmi war zwanzig Minuten vorher da und ignorierte Kathis Blicke, denn normalerweise saß Irmi um diese Zeit schon seit zwei Stunden im Büro.

»Na, dann schauen wir mal, was der tolle Tommy heute sozusagen hat«, schmetterte Irmi.

»Bist du in einen Gute-Laune-Topf gefallen? Oder solltest du einfach öfter lange schlafen?«, bemerkte Kathi.

Allmählich kam die alte Kathi wieder durch, und die war Irmi weitaus lieber als die schweigend Kühle.

»So ähnlich. Was gibt's Neues?«

»Der Hase hat eine der Reifenspuren eindeutig dem Kombi von Tommy zugeordnet. Er war dort, das ist schon mal sicher!«

»Gut, das hilft uns auf jeden Fall weiter.«

Inzwischen war der Anwalt eingetroffen. Tommy, der aus der U-Haft gebracht wurde, sah nicht ganz taufrisch aus, und das trotz seiner unverschämten Wintersportlerbräune.

»Mein Mandant möchte eine Aussage machen!«, erklärte der junge Anwalt. Es mochte eine Frage ihres Alters sein, aber so einen konnte Irmi nicht richtig ernst nehmen, genauso wenig wie die Bankangestellten, die so aussahen, als hätten sie vorgestern noch in den Windeln gelegen. In handwerklichen Berufen war das anders: Jungen Automechanikern traute Irmi durchaus etwas zu.

»Schön«, sagte Irmi und wartete.

Tommy wandte sich an Kathi. »Also, was ich sagen wollte, ich hab die Mädchen immer gut gecoacht, da fehlte sich fei nix.«

»Schön«, meinte Kathi.

Sie waren wieder im Spiel. Irmi lächelte Kathi zu.

Der Anwalt stöhnte. »Thomas, würdest du bitte!«

»Also, das war so.« Er wand sich. Er zögerte. »Ich wollte mit ihr reden.«

»Mit Regina von Braun?«

»Ja.«

»Ach was? Worüber denn?«

»Über das Buch.«

»Über welches Buch?«

»Das mit diesen Jagdgeschichten.«

»Wie ist sie eigentlich auf dich gekommen, Tommy?«, fragte Kathi.

»Sie hat mal einen von meinen Spezln getroffen. Den besoffen gemacht. Kann doch keiner ahnen, dass so ein dünnes Frauenzimmer so viel Schnaps verträgt. Der hat ihr dann vom Gamswildern erzählt.«

»Also doch!«

»Aber ich war wirklich bloß ein paarmal dabei. So zum Spaß.«

»So zum Spaß. So so. Zum Spaß knallt ihr Tiere an, schneidet ihnen die Köpfe runter. Verkauft spaßeshalber

230

die Trophäe. Lasst Tiere mit Lungenschüssen verenden. Was für ein Spaß!«, rief Irmi wütend.

Tommy zuckte zusammen. »Das mit der Gams war Pech. Wir wollten einen Fangschuss setzen, aber dann kam so einer …«

»So einer? Der Hias kam!« So weit stimmte alles überein, und als der Name Hias fiel, fiel wohl auch bei Tommy endlich der Groschen. Man sah ihm an, dass er die prekäre Situation begriff und dass er aus dieser Nummer nicht mehr rauskommen würde.

Irmi sah den Anwalt an, der etwas grünlich im Gesicht war. »Also, lieber Herr Anwalt, würden Sie Herrn Wallner bitten, noch mal von vorn anzufangen? Er ist abgehauen, hat sich versteckt, aber warum? Und diesmal bitte einfach mal die Wahrheit.« Einfach mal, dachte Irmi. Die Wahrheit. Sie war so oft grausam, so oft schwer erträglich und so oft schwer verdaulich. Weil sie wie ein Stein im Magen lag, taten Menschen alles, um an ihr vorbeizukommen. Alles war besser als die Wahrheit, und sie richteten doch so viel mehr Schaden an – an sich selbst, an all den Opfern der Lügen und Halbwahrheiten. Am Ende wäre der Magenklops das kleinere Übel gewesen, aber das begriff kaum eine dieser armseligen Kreaturen namens Mensch. Tommy atmete tief durch. »Ich war bei dieser Regina. Ich hab sie gebeten, meinen Namen rauszulassen. Ich krieg doch sonst nie mehr einen Job als Trainer. Und ich kann ja nix anderes. Ich hab damals, als ich ins Nationalteam kam, meine Lehre als Schreiner abgebrochen.«

»Und du hattest das Auto voller Waffen?«, hakte Kathi nach.

»Ja.« Er zögerte. »Wenn wir spät vom Training in Seefeld kommen oder von einem Wettkampf und am nächsten Tag gleich weitermüssen, also dann …«

»Dann bist du zu faul, die Waffen aus dem Auto zu holen, ordentlich im Schrank zu versperren und am nächsten
Tag wieder einzuladen?« Kathi klang ungläubig.

Na ja, einer, der den Schrank offen stehen lässt, dem
sind Waffen im Auto auch egal, dachte Irmi.

»Ich hab das Auto aber immer zugesperrt«, verteidigte
sich Tommy. »Und als ich zur Regina gegangen bin, da hab
ich es auch abgesperrt.«

»Und wo haben Sie Regina getroffen?«

»Bei diesem dämlichen Elch. Ich hatte sie mehrfach angerufen, aber sie hat mich abserviert. Dann hab ich den
Abend abgewartet und gesehen, wie sie zu dem Gehege
ging.«

»Und weiter?«

»Ich bin hinterher. Sie hat mich ausgelacht. Sie hat gesagt, dass sie das Buch natürlich veröffentlichen werde und
dass solche wie wir eben nur mit mehr Öffentlichkeit an
den Pranger gestellt werden können. Diese dumme Kuh.
Diese arrogante Schnepfe.«

»Und dann hast du elegant eines deiner Gewehre gezogen, hast sie abgeknallt und bist gegangen. Puff! Problem
erledigt?«, meinte Kathi ungläubig.

»Nein! Ich erschieß doch niemand.«

»Nur Viecher? Keine Menschen?«, fragte Irmi leise.

»Ich hab nicht geschossen! Ich bin gegangen.«

»Einfach so gegangen? Du bist ja ein Märchenerzäh-
ler!«, rief Kathi.

232

»Wir haben gestritten, klar. Ich hab ihr gesagt, dass wir sie dann verklagen. Und dann bin ich gegangen.«

Irmi fixierte den tollen Tommy. »Das Problem an diesem Märchen ist nur, dass aus einer Ihrer Waffen geschossen wurde. Und das ist ein seltsamer Zufall, finden Sie nicht? Sie gehen, und noch am selben Abend ist die Frau tot.«

»Und was heißt eigentlich wir? Wer wollte die Regina verklagen?«, setzte Kathi nach. »Sprichst du im Pluralis Majestatis von dir? Wir, Tommy Wallner zu Biathlons Gnaden, oder?«

Tommy schwieg. Sein Anwalt sah ihn durchdringend an. »Los, Thomas, weiter.«

»Also, da waren ja mehrere Leute betroffen. Wir haben uns da mal zammg'redet.«

»Zammg'redet?«

»Na ja, eben mal beratschlagt, ob wir zusammen gegen das Buch vorgehen. Der Hias hat gesagt, ihm sei das egal. Klar, der findet das toll, wenn er in einem Buch vorkommt. Aber ...«

»Aber was?«, fragte Kathi drohend.

»Der Marc von Brennerstein war ziemlich sauer.«

»Du kennst den?«

»Mei, kennen, der hat mit mir Kontakt aufgenommen und ...« Tommy straffte die schmalen Schultern. »Er hat mich gebeten, mit der Regina zu reden.«

»Reden?«

»Ihr etwas Angst einzujagen, drum bin ich ja in der Nacht da aufgetaucht. Hab gesagt, dass ihre blöden Viecher das zu büßen hätten, wenn sie das Buch veröffent-

233

licht. So was halt. Aber ich hab sie nicht erschossen. Das müsst ihr mir glauben! Ich hatte auch kein Gewehr dabei. Ich hatte mein Auto abgeschlossen. Aber als ich zurück kam, war es offen.«

»Das wird ja immer toller! Du hast es abgesperrt, und plötzlich war es offen? Ja, dann wirst du wohl vergessen haben, es abzusperren, oder?«, sagte Kathi spöttisch.

»Nein, ich hab das Knacken ja gehört, als ich den Türöffner betätigt habe. Es war zugesperrt, und dann war's offen.«

Irmi warf Kathi einen Blick zu. Sie dachten dasselbe. Wahrscheinlich wollte er sich damit ein Schlupfloch schaffen. Jemand hatte eine Waffe rausgenommen und wieder reingelegt. Tommy war ja ein Meister im Fabulieren.

Irmi ließ das erst einmal unkommentiert und sagte: »Und wie viel Geld hat Ihnen die Drohaktion eingebracht?«

Er zögerte wieder. »Tausend Euro«, meinte er dann. »Ich verdien doch fast nix als Trainer.«

»Tausend Euro.« Kathi pfiff durch die Zähne. »Nicht übel, oder?«

»Und mein Mandant sollte noch mal tausend Euro erhalten, wenn er es schafft, das Buch zu verhindern«, sagte der Anwalt. »Er gibt zu, dort gewesen zu sein, hat aber nicht geschossen.«

»Schöne Geschichte. Und hinterher hast du ein Rentier getötet, um es wie Wilderei aussehen zu lassen!«, knurrte Kathi.

»Ich war das alles nicht! Ehrlich!«

Irmi nickte Kathi zu, und sie gingen kurz hinaus.

»Glaubst du ihm das alles?«

»Nein! Am dämlichsten ist doch seine Aussage, er hätte das Auto abgeschlossen. Wäre es unabgeschlossen gewesen, hätt man ja noch annehmen können, Brennerstein wär ihm gefolgt und hätt geschossen, oder? Er war es!«

»Robbie hat gemeint, er hätte kein Gewehr in der Hand gehabt«, sagte Irmi zögerlich.

»Du weißt doch gar nicht, wie lange Robbie da war. Und Robbie ist nicht grad ein Traumzeuge. Tommy hätte doch gehen und wiederkommen können. Aus dem Hinterhalt quasi. So wie Wilderer das eben tun. Was machen wir jetzt?«

»Von Brennerstein vorladen, der alles leugnen wird?«

»Anstiftung zu Mord, das wird der nie zugeben. An den feinen Herrn kommen wir nicht ran, fürchte ich, oder.«

Auch Irmi wäre es weit lieber gewesen, wenn Tommy gesagt hätte, sein Auto habe offen gestanden. Dann hätte der smarte und alerte Herr Gutsbesitzer doch leicht hinterherschleichen können, die Waffe nehmen und sie dann zurücklegen. Plötzlich kam ihr ein Gedanke.

»Komm mit!«, sagte Irmi und lief ins Verhörzimmer zurück. »Herr Wallner, sagen Sie mal, haben Sie eigentlich den Schuss gehört?«

Tommy schwieg. »Ich wollte zurück zu meinem Auto, da hat es geknallt«, sagte er schließlich. »Ich bin in die Richtung des Schusses gelaufen. Da war sie aber schon tot.«

Der Anwalt schnappte nach Luft.

»Und das erzählen Sie mir jetzt?« Irmi war nun doch etwas verblüfft, dass ihre Falle so gut funktioniert hatte.

»Dann muss sich jemand Zugang zum Auto meines Mandanten verschafft haben«, erklärte der Anwalt.

»Ach, kommen Sie!«, rotzte Kathi raus und wandte sich an Tommy. »Hat jemand Zugang zu deinen Autoschlüsseln? Wo ist der Ersatzschlüssel? Und ich frag das nur rein theoretisch, weil ich den ganzen Schmarrn eh nicht glaube. Los, Tommy, gesteh endlich. Sag uns, dass von Brennerstein dich unter Druck gesetzt hat, dich bedroht, was auch immer. Das wirkt sich mildernd aus. Aber red halt endlich.«

Tommy sagte zittrig: »Ich hab nur einen Autoschlüssel, und den hab ich immer im Hosensack. Ich hab nicht geschossen.«

Irmi hatte sich erneut erhoben. »Herr Anwalt, bitte bringen Sie Ihren Mandanten zur Vernunft. Wie meine Kollegin schon gesagt hat, wenn Herr von Brennerstein ihn bedrängt hat, bedroht, erpresst, was auch immer, dann ist das Anstiftung zum Mord.«

Doch die beiden Männer schwiegen. Irmi zuckte mit den Schultern und ging mit Kathi im Schlepptau aus dem Raum.

»Kapiert der wirklich nicht, dass ihm das Wasser weit über den Kragen steht?«, fragte Kathi draußen auf dem Flur.

»Ich lass den Hasen das Auto noch mal untersuchen, ob da Spuren eines Einbruchs sind«, meinte Irmi. »Und was wir in jedem Fall machen können, ist, von Brennerstein vorzuladen.«

»Das bringt doch nichts.«

»Wer weiß! Kriegst du das hin, dass er morgen hier aufläuft? Natürlich mit ebenso adligem Rechtsbeistand?«

»Sicher.« Kathi knurrte und stampfte in dem unnachahmlich trampeligen Schritt davon.

Es ging auf Mittag zu, und Irmi beschloss, der kleinen Salatbar mit der grandiosen Auswahl gleich hinterm Marienplatz einen Besuch abzustatten. Sie war umso erstaunter, als sie Elli dort antraf.

»Ich war beim Physiotherapeuten«, erklärte Elli. »Wir haben zwar in Tirol auch welche, aber ich hab hier einen, der wirklich was kann. Nach zwei Bandscheibenvorfällen wird man da wählerisch.«

»Ach, Elli, du musst dich doch nicht rechtfertigen …«

»Nein? Ich dachte. Ich dachte, ich müsse mein Leben und jeden meiner Schritte rechtfertigen. Bin ich nicht mehr verdächtig? Bin ich keine Mörderin mehr?«

Ein paar Leute sahen herüber.

Irmi litt. »Elli, essen wir zusammen?«

»Von mir aus.«

Schweigend luden sie Salat auf, ließen ihn wiegen, setzten sich. Tranken Mineralwasser.

»Was hat Kathi erzählt?«, fragte Irmi schließlich.

»Dass ihr den Trainer vom Soferl festgenommen habt. Oder hätte sie mir das gar nicht erzählen dürfen?« Elli klang immer so zynisch.

»Doch. Elli, es tut mir leid. Aber was hätte ich denn tun sollen? Ich hab schon öfter gedacht, ich lass mich irgendwohin versetzen, wo ich komplett außenstehend bin. Wo ich meinen Blick auch von außen auf das Geschehen lenken kann. Wo ich niemanden kenne, wo mich niemand kennt. Es ist nicht schön, dass ich bei Ermittlungen über liebe Menschen stolpere.« Sie war ja sogar mal über den eigenen Bruder gestolpert.

Elli sah sie aufmerksam an. »Aber ohne Berge, Kühe und dein Moor gehst du ein wie eine Primel ohne Wasser.«

»Die Wahl zwischen Pest und Cholera? Pest: immer als menschliche Pest im Leben von Freunden herumstochern zu müssen. Cholera: ein Umzug nach München oder Augsburg.«

»München? Augsburg? Na, du denkst dir aber auch die schlimmsten Szenarien aus!« Sie lachte. »Schickis oder Schwaben.«

»Ich hätte auch Stuttgart sagen können oder Frankfurt.«

»Da nehmen die bestimmt keine Bayern. Außerdem kriegst du Depressionen wegen des Dialekts, und Äppelwoi verträgst du auch nicht.«

Irmi musste lachen. Nein, es war schon gut, hier zu sein, wo im Gegensatz zur landläufigen Meinung im Rest der Republik nicht alle Dirndl trugen und schuhplattelnd und Bierkrüge stemmend den Tag verbrachten.

»Ich war es wirklich nicht, Irmi«, sagte Elli plötzlich eindringlich. »Ich habe die letzten Tage viel nachgedacht, auch warum ich so stark reagiert habe. Es fielen schwarze Vorhänge, es umschlossen mich Ketten, ich war gefangen. Dabei hätte ich nur einen Schritt zur Seite machen müssen.« Sie schwieg eine kleine Weile. »Weißt du, diese Regina schien mir gefangen zu sein, in irgendwas. Es war ihr so wichtig, ihre Geschichte zu rekonstruieren. Anders, als so klassische Ahnenforscher das tun würden. Verstehst du, was ich meine? Sie war besessen. Sie war irgendwie panisch. Ach, ich kann das nicht erklären.«

»Doch, ich verstehe dich. Aber genau das könnte eben auch der Schlüssel sein. Sie war wie besessen davon, in diesem Buch üble Jagdpraktiken aufzudecken. Und das wollte Soferls Trainer verhindern, weil er eine unrühmliche Rolle in dem Buch spielt. Sie schien ihr ganzes Leben unter Strom zu verbringen. Nichts an ihr war durchschnittlich, nichts zurückgenommen. Sie hat Schwerter der Gerechtigkeit geschwungen.« Worte sind Waffen, hatte Veit Bartholomä gesagt.

»Aber der Tommy! Ich kann mir das nicht vorstellen, dass der einen Menschen erschießt. Eine Frau zudem! Irmi, das glaub ich einfach nicht!«

»Ja, aber es spricht alles gegen Herrn Wallner.«

Elli ruckte hoch. »Gegen wen?«

Irmi blickte Elli Reindl irritiert an. »Wieso gegen wen? Der Trainer heißt mit vollem Namen Thomas Wallner.«

Elli Reindls Gesicht durchzuckte etwas. »Ich wusste nicht, dass To-Tommy Wallner mit Nachnamen heißt. Ich kenn ihn nur unter To-Tommy.«

»Auch tolle Tommys haben Nachnamen, Elli.«

»Ja, aber Wallner Thomas. Wallner.«

»Was ist am Namen Wallner so besonders?«

»Wallner hieß doch auch der Frauenarzt«, sagte Elli sehr leise.

Richtig, Thomas Wallner hatte denselben Nachnamen. Das war ihr doch neulich schon aufgefallen, aber dann in den turbulenten Ereignissen untergegangen. War das ein

Zufall? Andererseits war Wallner ein ziemlich häufiger Name in der Gegend.

Irmi sah in Ellis Gesicht und legte ihr eine Hand auf den Arm. »Es ist Zeit, wieder einen Schritt zur Seite zu machen.«

Elli lächelte und erhob sich. »Ich muss los, das Soferl abholen. Omas sind vor allem Taxiunternehmer.«

Irmi nickte und sah ihr nach. Dann machte sie sich auf den Weg in ihr Büro.

Mittlerweile war es halb drei, und Kathi hatte die Information, dass von Brennerstein morgen kommen werde. Aber auch nur, weil die Staatsanwaltschaft ihn irgendwie überzeugt hatte. »Alles Typen aus dieser verdammten Jägerconnection. Wenn du nicht in Ettal warst oder Hogau oder gar Salem, dann musst du in den besseren Kreisen zumindest jagen!«

Ansonsten war Tommy weiter bei seinem sturen »Ich war es nicht« geblieben, und so blieb er auch in U-Haft.

Auf der Pressekonferenz hielten sie sich bedeckt und erzählten nur, dass sie einen Mann in Untersuchungshaft hätten. Der Pressesprecher umschiffte alle Nachfragen geschickt, und es gelang ihm, die Journalisten zu briefen, dass ihre Mithilfe gefragt sei. Irmi kam mit dem Satz davon, dass sie sich kurz vor der Aufklärung befänden.

Nach der Pressekonferenz verabschiedete sich Kathi und fuhr heim. Warum hatte sie ihr nicht erzählt, dass sie mit ihrer Mutter gesprochen hatte? Warum versuchte sie die Missstimmung, die zwar leiser geworden war, aber doch noch über ihnen schwebte, nicht ganz zum Schweigen zu bringen?

Irmi saß allein im Büro und starrte auf ihren PC. Sie hätte auch gut nach Hause gehen können, aber irgendetwas hielt sie zurück. Sie googelte eine Weile herum, stöberte in der Familie Wallner – und siehe da: Es gab zwei Brüder Wallner, den Frauenarzt Josef Wallner und seinen Bruder Karl, der Professor für Chirurgie war, hoch dekoriert mit Ruhm und Ehre an der Uni Innsbruck. Der Frauenarzt war inzwischen verstorben, der Bruder aber war noch in der Ärztekammer aktiv, obwohl er längst im Ruhestand sein musste. Im Archiv der *Tiroler Tageszeitung* war er immer wieder erwähnt. Mal neben dem Landeshauptmann, einmal auch als Ausrichter eines Jagdausflugs nach Südafrika. Diese verdammten Jäger ließen Irmi nicht los.

In Reutte sollte nun eine Straße nach Dr. Karl Wallner benannt und sogar eine Büste enthüllt werden. Laut Zeitung war das ganze Spektakel für nächsten Monat anberaumt, die Trachtenkapelle übte schon, und ein Stadtrat wurde zitiert:»Des g'freit uns narrisch, dass so ein großer Sohn der Stadt bei uns nun entsprechend gewürdigt wird.« Na, die Tiroler gingen mit ihren ehrenwerten Bürgern wirklich anders um als die Garmischer. Während man dort bloß einen verlotterten Weg und ein Taferl bekam, gab es in Reutte eine ganze Büste!

Irmi griff zum Telefon, und wenig später hatte sie in Erfahrung gebracht, dass Tommy Wallner der Sohn des Herrn Professor war, der in zweiter Ehe ein junges, schönes Model geehelicht hatte. Er war in erster Ehe kinderlos geblieben, dann im zweiten Anlauf ein spät berufener Vater geworden. Thomas Patrick Leonhard Wallner, der

Kronprinz, war wohl weniger im Sinne des Herrn Professor gediehen. Keine Matura geschafft, die Lehre abgebrochen, und auch im Biathlon-Nationalkader ordentlich, aber nie herausragend in seinen Platzierungen gewesen. Offenbar gab es keinen Kontakt mehr zwischen Vater und Sohn. Die Exgattin lebte auf Mallorca als Boutiquenbesitzerin. Wahrscheinlich mit dem Geld des Chirurgieprofessors.

Irmi überlegte. Reutte ehrte also den großen Sohn der Stadt, und wenig später würde ein Buch in den Buchhandlungen stehen, wo es unter anderem um den Sohn des großen Professors ging. Wäre das so schlimm, dass man deswegen mordete? Zumal das Buch die Klarnamen doch aussparte. Und wer würde deshalb morden? Der Herr Professor? Tommy war das Ansehen seines Vaters wahrscheinlich schnurzegal. Und missratene Kinder hatten doch viele! Wenn die alle morden würden!

Sie erinnerte sich an Ellis Worte: »Diese Regina schien mir gefangen zu sein.« Aber doch weniger in ihrem Jagdbuch als in ihrer eigenen Geschichte. Reginas Recherchen über ihre Familie, ihre Anklagen gegen einen weiteren Spross der Familie Wallner – wenn daraus wirklich ein Buch würde, könnte das bedeutend mehr Staub aufwirbeln. Man stelle sich vor: Der Herr Professor bekommt seine Straße und eine Büste gleich dazu, und im Buch ist zu lesen, dass sein Bruder sich nicht nur frauenverachtend verhalten, sondern sich auch wegen unterlassener Hilfeleistung strafbar gemacht hat. Es hatte sogar eine Frau sterben müssen. Das würde für Aufsehen sorgen, auch heute noch.

Irmi suchte die Akte heraus, die Andrea zusammengestellt hatte. Dabei stieß sie auf die Korrespondenz mit der Lektorin, mit der sie ja bereits gesprochen hatte, und wählte die Nummer, aber Anita Schmidt war nicht mehr da.

Dann druckte sie sich das Tagebuch noch einmal aus. Nachdem *er* es ja für historisch und sozial so interessant erachtet hatte, würde sie zu Hause weiter darin lesen.

10

Februar 1937

Das Leben hier war immer noch so verwirrend für mich. Ich fragte mich, wie es wohl der Mutter ging. Ob sie wohl zum Bader gegangen war? Was wohl Jakob gerade machte? Es ging ja bald schon aufs Frühjahr, und ins Schwabenland würde auch Jakob nicht mehr gehen. Ich traute mich nicht, meine Retterin zu fragen, ob ich eine Depesche schicken könne. Und doch erschienen sie mir so oft im Traume. Die Mutter. Der Jakob. Und Johanna. Und der Herr. Oft erwachte ich schreiend. Angelika saß dann bei mir, gab mir Likör zu trinken und strich über meine Stirn. Manchmal wiegte sie mich wie ein kleines Kind. So etwas hatte noch nie jemand getan.

Ich saß oft dabei, wenn in Angelikas Salon all diese Menschen sich trafen und über das sprachen, was ich schon im Schwabenland gehört hatte. Dass der Herr Hitler Deutschösterreich zurück zum großen deutschen Mutterlande holen wolle. Angelika sprach immer davon, dass ein Buch mit dem Titel ›Mein Kampf‹ verbrannt gehöre. Ich hörte mit Staunen und auch mit Furcht davon, dass die Deutschen am Tode des Bundeskanzlers Engelbert Dollfuß beteiligt waren.

Wir fuhren mit einem Zug ganz steil hinauf in die Seegrube und das Hafelekar. Und wir trafen einen Herrn namens Franz Baumann, der diese Bahnstationen gebaut hatte. Sie

*sahen merkwürdig aus. Als er mich fragte, was ich von Kunst
dächte, konnte ich nur stammeln, dass ich Zeno Diemers Bild
gesehen hätte. »Monumentaler Schwulst, liebes Kind«, meinte
Angelika lachend. »Franz reißt die Architektur aus der
Folklore.« Ich war verwirrt, auch beschämt und gleichzeitig
berauscht vom Licht und von der Luft.
Unten im Tal gingen wir ins Café Central. Welch eine
Pracht, diese Kronleuchter, die Kaffeehausober! Ich trank die
erste Wiener Melange, und Angelika lachte mich aus, weil
mir das Café besser gefiel als die Bauten ihres Freundes
Baumann.*

Um sieben Uhr am nächsten Morgen saß Irmi wieder
im Büro und sortierte Andreas Akte. Der Schlafmangel
machte sich langsam bemerkbar. Andrea hatte wirklich
alles und jedes ausgedruckt, bestimmt würde das bald einmal einer merken und als Rationalisierungsvorschlag diese
exzessive Papierverschwendung unterbinden.

Irmi suchte sich wieder die Telefonnummer heraus, bei
der sie es gestern schon vergeblich probiert hatte. Dabei
stieß sie auf die Mailadresse der Lektorin Anita Schmidt,
a.schmidt@corecta-verlag.at. Beim Herumwühlen rutsch-
ten ein paar ausgedruckte E-Mails vom Schreibtisch, und
als Irmi sie wieder aufhob, blieb ihr Auge an der Adressa-
tenzeile hängen. Diese Mail war an a.schmied@corecta-
verlag.at gegangen. Normalerweise kamen E-Mails zurück, wenn die Adresse nicht stimmte. Das hatte Irmi
wegen ihrer eigenen Schussligkeit schon öfter erleben dürfen. Aber wie dem Ausdruck ganz klar zu entnehmen war,
waren da einige E-Mails hin und her gegangen:

Liebe Frau von Braun,
wir haben uns nun doch für den Titel ›Männerwelt(en)‹
entschieden. Ich hoffe, er gefällt Ihnen so gut wie uns.
Mit herzlichen Grüßen
Anette Schmied

Liebe Frau Schmied,
doch ja, ich glaube, das trifft den Inhalt ziemlich gut.
Mit freundlichen Grüßen
RvB

Liebe Frau von Braun,
Sie kommen ja nach Ostern ins Verlagshaus. Wir besprechen
dann das weitere Vorgehen. Der Vertrieb und die PR-Ab-
teilung werden auch da sein. Wir freuen uns.
Herzlich
Anette Schmied

Liebe Frau Schmied,
wunderbar. Ich hoffe, bei meinem Besuch auch schon den
ersten Teil des Manuskripts fertig zu haben. Ich hatte eine
Idee bezüglich des Tagebuchs.
Mit freundlichen Grüßen
RvB

Irmis Herz klopfte. Sie fuhr ihren Computer hoch und
suchte nach der Homepage des Corecta Verlags. Unter
dem Stichpunkt ›Das Team‹ gab es eine Vorstellung der
Mitarbeiter: Anita Schmidt, Lektorin für Natur/Garten/
Wald/Jagd, Anette Schmied, Lektorin Belletristik. Regina

von Braun hatte mit zwei Damen konferiert! Und es war um ein zweites Buch gegangen!

Irmi saß wie auf Kohlen, bis Anita Schmidt kurz nach acht ans Telefon ging.

»Frau Schmidt, ist es richtig, dass Frau von Braun ein zweites Buch in Ihrem Verlag publizieren wollte?«

»Ähm, na ja ...«

»Ja, was nun? Ja oder nein?«

»Im Prinzip ja, aber ...«

»Wir sind hier nicht bei Radio Eriwan. Was ist denn so schwierig an dieser Frage?«

Frau Schmidt schnaufte wie ein Walross. »Darf ich Sie dazu mit der Verlagsleitung, mit Herrn Dr. Eberhardter, verbinden?«

»Bitte!« Tu felix Austria. Jeder, der eine Uni von innen gesehen hatte, schien da ein Doktor zu sein. Oder waren das die Italiener, die sofort Dottore oder Dottoressa wurden?

Es dauerte ziemlich lange, bis sich ein Herr Eberhardter meldete. Ohne Doktor wohlgemerkt. Bis dahin war Irmis Ohr von einem Schnaderhüpferl mit Jagdhornbläsern traktiert worden.

Der Herr Eberhardter sprach ein dezentes Tirolerisch, das durchblicken ließ, dass der Zillertaler mittlerweile zivilisiert war. Der Mann war ausgesucht freundlich, er sprach ruhig und bedächtig, dass man den Eindruck hatte, er wiege jedes Wort sorgsam ab. Natürlich war er sehr betroffen von Reginas Tod. Dann kam Irmi auf das Buchprojekt zu sprechen.

Wieder zögerte er kurz und sagt dann mit seiner angenehmen Stimme: »Sehen Sie, wir saßen wegen des Jagdbuchs zusammen und nahmen im Penz auf der Dachterrasse unsern Lunch ein. Wir waren beim Thema Wildern, natürlich. Da hat Regina von Braun gemeint, dass Frauen nie wildern würden. Wir unterhielten uns über die üblichen Mann-Frau-Klischees, und Regina von Braun begann mir ein bisschen aus ihrer Familiengeschichte zu erzählen. Der Fokus lag darauf, dass sich Frauen zwar vordergründig emanzipiert hätten, in Wahrheit aber immer noch Opfer einer Männerwelt seien. Sie ist, äh, war eine sehr charismatische Frau, und sie erzählte mir das alles in so plastischen Bildern, dass in mir die Idee reifte, daraus könnte ein Buch werden.«

»Aber es wäre dann in einer anderen Sparte erschienen, oder?«

»Richtig, wir haben eine belletristische Abteilung, ein Imprint namens Helena, wo wir vor allem Frauenliteratur verlegen. Krimis, historische Frauenromane. Sehen Sie, ich sollte das vielleicht nicht sagen, aber ich bin diese Krimis, die mit allzu vielen Klischees spielen, allmählich leid und glaube, dass gut gemachte Familiengeschichten künftig gute Chancen haben werden.«

»Und Regina von Brauns Geschichte hatte das Potenzial?«

»Unbedingt!«

»Ist es nicht ungewöhnlich, dass jemand parallel zwei Bücher schreibt?«

»Ach, es gibt viele Autoren, die parallel an mehreren Projekten arbeiten. Regina von Braun war es ein echtes Anliegen, sich auszudrücken. Sie hatte keine Scheu davor, sich zu exponieren. Auch mal zu provozieren.«

»Ja, bis in den Tod!«, sagte Irmi zynisch.

»Sie wollen nun aber nicht sagen, ihr Tod hätte etwas mit ihrem schriftstellerischen Schaffen zu tun?«

»Ich will gar nichts sagen. Ich muss nur das Mordopfer bis in den letzten Winkel ausleuchten.« In den dunklen Ecken versteckt sich gerne der Unrat eines Lebens, dachte Irmi und sagte: »Ihr Verlag scheint aber auch gerne zu provozieren? Gleich zwei Bücher einer Autorin mit wirklich brisanten Stoffen.«

»Sehen Sie, wir alle sind Opfer einer Welt, in der weniger gelesen wird. In der anders gelesen wird. In der die dezente Andeutung längst nicht mehr reicht. Auch wir müssen ...«

»... die Verkaufszahlen im Auge haben?«, unterbrach Irmi ihn.

»Wenn Sie so wollen, ja. Das ist nur legitim.«

Legitim, ja, das war es. Eventuell hatte es Regina das Leben gekostet. Aber dafür konnte sie den zivilisierten Zillertaler nicht verantwortlich machen. Regina wäre mit Sicherheit zu einem anderen Verlag gegangen.

»Lassen wir die Jagdgeschichten mal außen vor, Herr Eberharter. Wir haben Zugang zu Regina von Brauns Aufzeichnungen, in denen ein bekannter Frauenarzt namens Josef Wallner eine unschöne Rolle spielt. Sie leben und arbeiten in Innsbruck. Da kennen Sie doch mit Sicherheit Professor Dr. Karl Wallner, den Bruder des Gynäkologen. Sie werden wissen, dass er mit großem Pomp sogar eine Straße im schönen Reutte bekommen soll. Und dann werfen Sie so ein Buch auf den Markt? Ist das deshalb alles so geheim? Ihre Lektorin war ganz von der Rolle.«

»Also, geheim ist hier gar nichts! Anita Schmidt ist natürlich auch schockiert über den Tod der Autorin.« Er stockte kurz. »Mord – so etwas haben wir ja nicht so oft. Sie will nur nichts falsch machen und hat Sie deshalb zu mir durchgestellt. Das Projekt ist in einem frühen Stadium. Wir wollten erst nach Ostern den Vertrag festklopfen und die gesamte Konzeption genauer besprechen.«

»Es ging auch um ein Tagebuch«, warf Irmi ihm einen Ball zu. »Von wem stammt es?«

»Bedaure, so genau bin ich in dem Projekt nicht drin. Das hat Anette Schmied betreut, die ist aber momentan im Urlaub.«

»Und die Familie Wallner? Haben Sie nicht mit einer Reaktion gerechnet? Sie haben doch eine so gute Rechtsabteilung?« Irmi konnte auch provokant sein.

»Wir sind ein seriöser Verlag, keine Kamikazeflieger. Wir hätten da schon einen Weg gefunden.«

Er war smart, der Herr Verleger. Und wenn der Verlag wirklich in Geldnöten steckte, war der Skandal sicher mit einkalkuliert. Auch das war legitim und Usus. Skandale waren eine großartige und kostenfreie Werbung.

»Was passiert denn nun mit den beiden Büchern?«, fragte Irmi möglichst neutral.

»Das Einverständnis der Familie vorausgesetzt, wird das Jagdbuch erscheinen. Das ist ja quasi fertig.«

Die Familie? Sie bestand rein rechtlich nur noch aus Robbie, Regina hatte die Vormundschaft für ihn gehabt. Aber eigentlich war es nicht Irmis Problem, wie es mit den Projekten weitergehen würde. Ihr Problem war, dass sie einen Mörder finden musste. Oder besser gesagt, dem Hauptverdächtigen den Mord nachweisen.

»Und das andere Buch?«

»Das ist leider mit der Autorin gestorben. Wir haben ja noch kein fertiges Manuskript, nur ein Konzept. Das ist wirklich schade, ich hätte dem Buch gute Chancen eingeräumt, auf eine Bestsellerliste zu kommen. Wir hätten auch rein werblich einiges dafür getan.« Er seufzte.

Wer mochte von Reginas zweitem Buchprojekt gewusst haben? Marc von Brennerstein bestimmt, der aalglatte Schnüffler, der hatte ja lange genug ins Reginas Leben umhergespukt und sogar Tommy Wallner aufgehetzt! Und dann hätte Tommy ein noch besseres Mordmotiv, nämlich nicht die Jagdgeschichten, sondern die Story über seinen Onkel, Gott hab ihn selig, den honorigen Bürger. Und was das zweite Buchprojekt betraf, hatte der Mord sein Ziel ja auch erreicht. *Männerwelt(en)* würde nicht erscheinen. Über Irmis Rücken lief ein Schauer. Dr. Wallner würde weiter ruhen. In Frieden? In gewisser Weise hätte Irmi sich dieses Buch gewünscht, weil sie nun mal diesen Gerechtigkeitstick hatte. Andererseits war der Mann eben tot, und sicher war das Nichterscheinen des Buches für Elli Reindls Seelenruhe gut. Diese Teile der Vergangenheit würden auch zukünftig vergraben bleiben.

Der Herr Verleger versicherte Irmi, jederzeit zur Verfügung zu stehen. Er gab ihr sogar seine Handynummer. Sie legte auf und saß nachdenklich in ihrem Büro, bis Kathi hereinpolterte.

»Meditierst du?«

»Nein. Setz dich kurz, bitte.« Irmi brachte Kathi auf den

aktuellen Stand der Dinge. Es war nicht zu übersehen, dass Kathi das alles sehr theoretisch vorkam. Sie setzte auf etwas weit Konkreteres. Die Kollegen in Tölz hatten nämlich ein bisschen herumgefragt, und siehe da: Der schöne Herr von Brennerstein, der mit seinem Schweißhund angeblich zu Hause Waffen geputzt hatte, war eben doch noch weggefahren. Der Nachbar unten am Weg hatte nämlich Laufenten, und da Brennerstein vor einiger Zeit eines der Tiere überfahren hatte, schoss der Nachbar jedes Mal zur Straße hinunter, wenn er von Brennerstein kommen hörte, um ihn zu belehren, dass auf der Straße dreißig Stundenkilometer vorgeschrieben seien. Warum der Entenhalter abends noch um seine Viecher fürchtete, war Irmi etwas unklar, denn um diese Uhrzeit hätten die possierlichen Tierchen ja längst im Stall sein müssen. Füchse waren im Zweifelsfall die gefährlicheren Feinde als von Brennersteins Reifen!

»Der hat uns angelogen, der Schnösel! Bin gespannt, wie er sich da rausredet«, meinte Kathi.

»Ich auch.«

Von Brennerstein kam fünfzehn Minuten zu spät, fühlte sich aber offenbar nicht bemüßigt, sich zu entschuldigen. Er sah, das musste man zugeben, wieder sehr gut aus. Der Mann trug Joop-Jeans, Hemd und Pullover von Paco Rabanne, und die Schuhe sahen so aus, als habe ein Schuster sie handgefertigt. Aufs adelige Füßchen zugeschnitten. Der Herr Anwalt kam im Anzug, auch dieser aus erlesenem Zwirn. Beide trugen Herrendüfte, die sie dezent umschmeichelten. Irmi sah dem Anwalt auf die Hände. Gepflegt, fast frei von Falten. Ehering mit Einkaräter, eine

Breitling, die sicher nicht vom Polenmarkt stammte. Irmi kam sich in ihren No-Name-Jeans und Fleecejacke extrem underdressed vor. Schmutzränder unter den Fingernägeln hatte sie auch.

»Guten Morgen, die Damen«, sagte von Brennerstein, und Kathi sah aus, als hätte sie den Typen am liebsten sofort erwürgt.

»Herr von Brennerstein, es wundert mich, dass Sie in Ihrem Alter schon an Demenz leiden«, sagte Kathi stattdessen.

Er zog die Augenbrauen hoch.

»Ist Ihnen wirklich entfallen, dass Sie an besagtem Abend doch noch weggefahren sind?«

Er zögerte nur ganz kurz. »Richtig, jetzt fällt es mir wieder ein. Ich bin noch kurz zu Ferdinand gefahren.« Er nickte seinem Anwalt zu.

Na, das war ja ein starkes Stück! Sein Anwalt war sein Alibi.

»Was Sie ja sicher bestätigen können?«, sagte Irmi süffisant und wandte sich an den Anwalt.

»Marc ist gegen acht bei mir eingetroffen. Ich kann Ihnen leider nicht genau sagen, wann er gegangen ist. Wir planen ein Charity-Ereignis mit Albert, und da hatten wir einiges vorzubereiten.«

»Albert?«

»Albert von Monaco«, erklärte von Brennerstein.

»Aha. Und das ist Ihnen bei unserem ersten Besuch entfallen? Da saßen Sie noch mit Ihrem Schweißhund zu Hause, säuberten Waffen und schmauchten ein Pfeifchen?«

»Ich rauche nicht Pfeife. Nur Havannas. Und mein Hund hat einen Zwinger. Ein Hund gehört nicht ins Herrenhaus.« Er lächelte gewinnend. »Wissen Sie, meine Damen, wir haben so viele Termine und Anlässe zu organisieren, da kann ich mich nicht an jeden erinnern. Da vergisst man schon mal den einen oder anderen.«

Klar, Anlässe, der bei Albert war ja nur einer von vielen. An den bei William und Kate hätte er sich vielleicht eher erinnert, der Arroganzling, dachte Irmi.

»Erinnern Sie sich denn, dass Sie Thomas Wallner zu Regina von Braun geschickt haben, um die ein wenig zu erschrecken?«, fragte Kathi.

»Moment!«, rief der Anwalt. »Wer sagt das?«

»Herr Wallner.«

»Wir verwehren uns …«, setzte der Anwalt an.

Doch von Brennerstein hob die Hand. »Lass doch, Ferdl, ich rede gerne mit den Damen.« Er suchte Irmis Blick. »Als ich von Reginas Buchprojekt erfahren hatte und sie so gar keine Einsicht zeigte, dass sie sich damit schwer in die Nesseln setzen würde und mit Prozessen rechnen müsse, da habe ich einige andere Betroffene aufgesucht. Zum Beispiel den Karwendel-Hias, aber er ist leider nicht intelligent genug, um zu verstehen, was auf dem Spiel stand. Er war sogar geschmeichelt, der arme Tropf. Thomas Wallner hingegen war durchaus klar, was dieses Buch für seine Karriere als Trainer bedeutete. Schließlich wollte er zurück ins Kader.«

»Sie haben ihm zweitausend Euro geboten, wenn er das Erscheinen des Buchs verhindert.«

Von Brennerstein lehnte sich zurück und schlug seine

Beine übereinander. »Hat das dieser Thomas Wallner gesagt? Unsinn.«

Da stand Aussage gegen Aussage, so einfach war das.

»Glauben Sie mir, es macht mich sehr betroffen, wenn Herr Wallner mich da womöglich missverstanden hat. Da erschießt er die Frau, die ich einst geliebt habe!«

»Bisschen viel Theatralik, Herr von Brennerstein, oder?«

»Wissen Sie, wie es in mir aussieht?«, konterte er.

Das hier war eine Posse. Sie und Kathi sahen kein Land. Sie hatten nichts, aber auch rein gar nichts, was sie ihm nachweisen konnten.

»Und was war mit dem zweiten Buch von Regina?«, fragte Irmi.

»Wie meinen?«

»Na, diese Familiengeschichte. Aus Reginas Aufzeichnungen geht hervor, dass sie mit Ihnen über ihre Familie gesprochen hat.« Das war erstunken und erlogen, aber würde das Vögelchen hoffentlich zum Singen bringen. Kathi bewahrte gottlob die Contenance.

»Ja, gut, sie hat mit der Behinderung ihres Bruders und dem frühen Tod ihrer Mutter gehadert. Beides hätte ihrer Meinung nach verhindert werden können.«

»Waren Sie da anderer Meinung?«

»Wie will ich eine ferne Vergangenheit bewerten? Über Menschen urteilen? Ich war nicht dabei.«

»Aber die Vergangenheit reicht in die Gegenwart, schließlich richtet sich Reginas Hauptanklage gegen einen Gynäkologen, dessen Bruder ausgerechnet der Vater von Thomas Wallner ist.«

Dem Anwalt war anzusehen, dass ihm die Situation entglitt. Bisher hatten sie alles so gut eingeübt.

»Haben Sie mit Thomas Wallner über das zweite Buchprojekt gesprochen?«, fuhr Irmi fort.

Von Brennerstein überlegte ein bisschen zu lange.

Wieder pokerte Irmi hoch. »Sie haben nicht mit Thomas Wallner, sondern mit seinem Vater darüber gesprochen, nicht wahr?«

»Ja, ja, Sie haben recht. Karl Wallner ist ein Jagdfreund, sein Anwesen grenzt an unsere Ländereien an. Ich habe mit mir gerungen, bei Gott.«

»Warum?«

»Ich wusste lange nicht, dass Tommy der Sohn von Karl ist. Karl hält sich, was seinen Sohn betrifft, sehr bedeckt. So viel Kontakt haben wir auch gar nicht, als dass ich Einblick in seine persönlichen Verhältnisse hätte. Er ist ein feiner Waidmann, dafür schätzt man sich. Der Junge hat ihn wohl ziemlich enttäuscht. Aber als ich die Zusammenhänge begriff, sah ich es als meine Pflicht an, Karl Bescheid zu geben.«

»Das Pflichtgefühl mal wieder! Und wie hat er reagiert?«, wollte Irmi wissen.

»Er war natürlich schockiert.«

»Vor allem weil Reutte ihm nun ein Sträßchen widmet!«

»Nun, ich habe mit mir gerungen, wie gesagt. Aber dann fand ich es durchaus legitim, dass ein Mann von Ehre erfährt, dass sein Bruder verunglimpft wird. Da wird eine Straße nach ihm benannt, und später erscheint ein Buch mit diesem verunglimpfenden Inhalt über seinen Bruder.

Da machen sich doch alle unmöglich. Ich sah es als meine Pflicht an, auch ich bin ein Ehrenmann.«

Dass von Brennerstein vergleichsweise viel sprach, war sicher ein Zeichen von Unsicherheit, dachte Irmi.

»Nun gut, Sie bestätigen also das Alibi von Herrn von Brennerstein?«, fragte Irmi den Anwalt.

»Selbstredend, ich gebe das auch gerne schriftlich zu Protokoll. Ich hoffe, wir konnten Ihnen weiterhelfen?«

Am meisten würde es mir helfen, wenn ich dir mit dem nackten Arsch ins Gesicht spränge, dachte Irmi, lächelte aber stattdessen und sagte: »Sicher.«

Kaum waren die beiden draußen, brach es aus Kathi hervor: »So eine Scheiße!«

»Allerdings.«

»Was machen wir denn jetzt?«, fragte Kathi.

Von Brennerstein hatte sie wieder ausgetrickst und manipuliert: Denn nun hatte er die Schuld erst recht auf Tommy abgewälzt oder auch auf dessen Vater, der sicher so ehrpusselig war, dass er keine Schmähschrift über seinen Bruder lesen wollte.

»Wir reden jetzt noch mal mit Tommy!«, beschloss Irmi.

Der sah inzwischen wirklich schlecht aus. Gefängnisaufenthalte waren für Bewegungsmenschen einfach nicht geeignet. Tommy gab nun auch zu, mit seinem Vater gesprochen zu haben. Der Vater hatte ihn nach dem Anruf des Herrn von Brennerstein tatsächlich aufgesucht, nach drei Jahren zum ersten Mal. Dabei hatte Vater Wallner vermutlich auch einen Einblick in die sagenhafte »Ordnung« bekommen, die sein Sohn bezüglich seiner Waffen einhielt.

»Was wollte dein Vater?«

»Hallo sagen …«, kam es gedehnt von Tommy.

»Tommy, es reicht! Einfach mal Hallo sagen! Nachdem er dich verstoßen hatte, weil du ein dämlicher Loser bist, der sein ganzes Leben lang nix auf die Reihe kriegt.« Kathis Stimme war schrill.

Er schluckte schwer am Klops des »dämlichen Losers«. Das Gefühl hatte ihn sicher durch sein Leben begleitet, sein Vater würde ihm das oft genug gesagt haben. Ihn spüren lassen, dass er eines Herrn Professor Wallner nicht würdig war. Solche Verletzungen sitzen tief, sind Brandmale, die lediglich ein wenig verblassen. Hatte Tommy seinem Vater beweisen wollen, dass er eben doch zu etwas nutze war? Hatte er deshalb Regina erschossen? »Über Marc von Brennerstein wusste Ihr Vater von Reginas Buch, nicht wahr?«, fragte Irmi nach.

»Ja. Er hat gesagt, dass er es nicht tolerieren werde, dass ich ihn schon wieder lächerlich mache. Und dass ich diese Regina stoppen soll.« Er schaute erschrocken hoch.

»Tommy«, sagte Irmi vorsichtig. »Wovon sprach er? Nur von dem Jagdbuch?«

Tommy war wirklich völlig durch den Wind. »Ja, sicher. Wovon denn sonst?«

»Wussten Sie, dass eine Straße nach Ihrem Vater benannt werden soll?«

»Selbst ein so dämlicher Loser wie ich liest Zeitung. Darum ist mein Alter ja auch gekommen. Weil er nicht noch mehr Schande ertragen kann, die sein dummer Sohn über ihn bringt.«

Tommy hatte tiefe seelische Verletzungen davongetragen, da war sich Irmi sicher. Obwohl er deutlich jünger war als sie, stammte ihr Vater aus jener Generation von Eltern, aus deren Sicht das Kind in jedem Fall unrecht hatte. Ohne es zu hinterfragen, hatten unfaire und quälerische Lehrer recht bekommen. Ohne es zu hinterfragen, hatte man sich beim Nachbarsbuben entschuldigen müssen, dem man eine Zaunlatte auf den Kopf geschlagen hatte. Dass der wiederum ständig das Meerschweinchen gequält hatte, das hatte der Vater nicht wissen wollen. Ohne es zu hinterfragen, war man beschimpft worden, weil man wieder nur einen Dreier geschrieben hatte. Dabei war der Schnitt der Klassenarbeit vielleicht so schlecht gewesen, dass die Drei die beste Note gewesen war. Irmi konnte sich an dieses ohnmächtige Gefühl bis heute erinnern. An die Verzweiflung, unfair behandelt worden zu sein.

Heute lief das ganz anders. Die Kinder, insbesondere die Einzelkinder von sehr spät Gebärenden, hatten immer recht. Sie durften sich danebenbenehmen, man verklagte stattdessen die Lehrer. Mit ausreichend Druck und Geld und Juristerei konnte man den Hinauswurf einer Erzieherin bewerkstelligen. Man trichterte dem Nachwuchs ein, wie grandios er sei. Schon mit der Muttermilch tropfte grenzenloses Selbstbewusstsein ins Ich. O ja, da rollte eine Welle neurotischer Egomanen auf die Welt zu!

Tommy tat ihr leid. Und das Gefühl, als Kind missachtet worden zu sein, erschien ihr ein weit besseres Motiv zu sein als die in Aussicht gestellten zweitausend Euro.

»Ja, und dann? Was geschah nach dem Besuch Ihres Vaters?«

»Das hab ich euch doch schon hundert Mal gesagt. Ich

war bei Regina, aber sie hat abgewiegelt. Hat gesagt, dass sie immer noch selber entscheiden werde, was sie schreiben will. Sie und der Verlag. Und sie hat gesagt, dass jeder Mensch ein Recht habe, zu wissen, wo er herkommt, um entscheiden zu können, wo er in Zukunft hingeht. Dass jede Familiengeschichte etwas mit der eigenen Identität zu tun habe. Und dass man sich stellen müsse. Dass das alle müssten.«

Irmi sah ihn genau an. Tommy Wallner wirkte verwirrt und konzentriert zugleich. »Kam Ihnen das seltsam vor?«

»Sie war komisch, wie gesagt. Aufgewühlt irgendwie. Ich hab gar nicht verstanden, was sie eigentlich gemeint hat. Dann hab ich noch mal gesagt, dass sie einen Fetzenärger von uns allen kriegt, und bin gegangen. Ich hab sie nicht erschossen.«

Und das glaubte Irmi ihm sogar. Dennoch verschwand Tommy wieder in seinem Zuhause auf Zeit, denn die Staatsanwaltschaft war dafür, ihn weiter mürbe zu kochen, bis er gestehen würde.

»Sein Vater hat ihm sicher jedes Selbstbewusstsein geraubt«, meinte Kathi. »Manchmal bin ich froh, dass ich meinen Vater nicht mehr groß erleben musste. So eine Scheißwelt!«

Irmi lächelte müde. »Was muss Tommys Vater manipulativ sein! Da weiß er von dem zweiten Buch und spricht doch nur von den Jagdgeschichten. Lenkt seinen Sohn geschickt. Lässt ihn an den Fäden wie eine Marionette tanzen!«

»Du willst also sagen: Mord durch Manipulation. Von Brennerstein wäre damit raus. Den fiesen Schnösel und seinen noch schnösligeren Anwalt kriegen wir nie dran, oder?«

»Ich weiß es nicht. Ich weiß gar nichts mehr.«

Es war Donnerstagnachmittag. Die Staatsanwaltschaft hoffte darauf, dass Wallner morgen gestehen würde. Falls nicht, würde ihn ein weiteres Wochenende endgültig brechen.

»Wir könnten Wallner senior in Innsbruck besuchen, das wäre ein netter Ausflug!«, sagte Kathi plötzlich.

»Kathi, wir sind da nicht zuständig. Wie müssen offizielle Wege einhalten.«

»Ich hab da ein paar Ideen! Lass mich machen. Wir treffen uns morgen um acht im Büro.«

»Kathi, das ...«

»Fahr heim. Schmeiß dich in die Badewanne. Trink ein Bier! Bis morgen.« Kathi rauschte hinaus.

Badewanne klang eigentlich gut. Leider wurde daraus nichts, weil das Wasser auf dem Hof kalt blieb. Himmel, wenn jetzt auch noch die Heizung kaputtging – gar nicht vorzustellen!

Ihr Handy ging, als sie schon im Bett lag. *Er* war dran und beschwerte sich, dass er nun in Rovereto ganz allein in einem seltsamen Designhotel liege, das Nerocubo heiße und quasi fast auf der Autobahn stehe. Dass er gleich das Tagebuch lesen werde, wobei er sich durchaus Besseres für die Nacht vorstellen könne. Sie alberten eine Weile hin und her, Irmi ließ jede Vorsicht fallen und erzählte von ihrem Verdächtigen. Dass er darauf bestand, nicht geschossen zu haben – obwohl er nachweislich vor Ort gewe-

261

sen war, die Waffe im Kofferraum gehabt hatte und felsenfest behauptete, sein Auto abgesperrt zu haben.

»Das glaubt ihm natürlich keiner!«, schloss Irmi. Er hörte die Zwischentöne sehr wohl. »Du glaubst ihm? Die anderen glauben ihm nicht, oder?«

»Ja«, sagte Irmi genervt. »Weil ich eine Idiotin bin.«

»Find ich nicht. Ich meine, wenn du etwas weiter ins Wesen der Autoknacker eindringen möchtest: Die haben längst Peilsender, mit denen sie den Schließvorgang eines Autos unterbrechen. Dann können sie den Wagen in aller Seelenruhe klauen. Jemand hätte deinen Verdächtigen beobachten und das Schließen verhindern können. Dann kann er geschossen und die Waffe zurückgelegt haben. Ich weiß ja nicht, in welchem zeitlichen Umfang du dich bewegst, aber so was geht relativ einfach.«

Irmi war wie elektrisiert. »Das haut mich jetzt etwas um.«

»So bin ich! Umhauend und immer zu Diensten!« Er lachte. »Bella, ich muss jetzt mit so einem Doppeldottore essen gehen. Ich lese später dein Buch. Buona notte, carissima.«

Als er aufgelegt hatte, war Irmi immer noch platt. Da hätte eine Person Tommys Auto geöffnet, die Waffe genommen, geschossen, die Waffe wieder hineingelegt und wäre verschwunden. Eigentlich unglaublich und doch … Wem traute sie das zu? Von Brennerstein, klar! Oder Wallner senior? Würde der seinem eigenen Sohn einen Mord anhängen? So manipulativ, wie dieser Mann war: ja!

Kathi war am nächsten Morgen pünktlich und hatte Neu-
igkeiten dabei. Ein Onkel von ihr lebte in Innsbruck und
war Militärhistoriker. Auch so ein honoriger Mann, und in
einem kleinen Land wie Österreich, in einem kleinen
Bundesland wie Tirol und erst recht in Innsbruck kannte
man sich. Kathis Onkel war recht schnörkellos und hatte
Karl Wallner als »a g'scheits Arschloch« bezeichnet, erzählte sie auf der Autofahrt nach Innsbruck. Das war für
einen bekannten Wissenschaftler nicht unbedingt ein an-
gemessener Sprachduktus, der Spruch war aber von Herzen gekommen. Wallner war wohl einer, der immer was zu
stänkern hatte. Auf höchstem Niveau natürlich.

»Der Onkel hat gesagt, der Wallner habe an vorderster
Front gestanden, als Rudi Wach seine Statue dann doch
aufstellen durfte.«

Weil Irmi einerseits gerade um die Kehre am Zirler Berg
kurbelte und zudem wohl etwas sparsam schaute, erklärte
Kathi: »Auf der Innbrücke steht seit Oktober 2007 eine
Christusstatue, die der lokale Künstler Rudi Wach schon
in den Achtzigerjahren für genau diesen Platz konzipiert
hatte. Aber Jesus hatte keinen Lendenschurz um, und das
fanden auch 2007 einige skandalös. Darunter auch Wallner, und der hat seinen Bekanntheitsgrad genutzt, und fast
wäre der INRI abgehängt worden. Der Onkel meinte, dass
sich Wallner immer hervortut, wenn es um die Erhaltung
der Tradition und der Werte ginge. Der hat es wohl sogar
geschafft, in den Bars in den Viaduktbögen eine Hallo-
weenfete zu verhindern, weil Halloween so böse amerika-
nisch sei und nichts mit dem ach so schönen Brauchtum in
Tirol zu tun habe.«

Das klang interessant. Ein Brauchtumsbewahrer mit Einfluss – so ein Mann würde alles tun, um das Ansehen seines Bruders zu schützen. Alles?

Kathi hatte zudem den österreichischen Kollegen Helmut Stöckl aktiviert. Vielleicht machte die Tiroler Uniform Eindruck auf den Herrn Professor. Das war natürlich alles irgendwie inoffiziell und informell und hatte auch damit zu tun, dass Helmi Stöckl einst mit Kathi liiert gewesen war. Kurz nur, aber Kathi war immer nur sehr kurz liiert. Ein Zufall war ihnen zupass gekommen, denn der große Professor Dr. Wallner hatte eine großzügige Donation an eine polizeinahe Stiftung gemacht, und so hatte Helmi zumindest in dieser Sache die hochoffizielle Aufgabe, einen Blumentopf und Whiskey zu übergeben. Zufällig waren dann halt zwei deutsche Kolleginnen dabei … Irmi hatte den ganzen Plan für völlig absurd erklärt, aber auf die Schnelle fiel ihr auch nichts Besseres ein. Man würde sehen.

Was sie sahen, war erst einmal eine Bergfahrt jenseits des Inns, hinauf Richtung Hungerburg, und so wie Helmi Kathi anstrahlte, schien er immer noch interessiert zu sein. Aber für Kathi war er sicher viel zu normal. Dabei sah er gut aus, war charmant, sicher kein hirnloser Depp. Er hatte außer Skifahren keine abstrusen Hobbys und trank wegen einer Alkoholallergie fast nichts. Er spielte keine Ballerspiele, baute keine Flugzeugmodelle oder Fantasykrieger. Er hatte sich einen alten Bauernhof renoviert und bewohnte eine Hälfte davon. Er war definitiv nicht schwul, für einen Enddreißiger eigentlich makellos. Dass er anscheinend selten Freundinnen hatte, lag wohl am Job und vielleicht daran, dass er immer noch auf Kathi stand. Armer Kerl, dachte Irmi.

Der Herr Professor residierte am Hang mit Blick über die Alpenstadt. Seine pompöse weiße Villa mit Erkern und viel Schmiedeeisen war das, was Immobilienmakler als ›The Art of Living‹ bezeichnet hätten. Irmi fand es auf den ersten Blick scheußlich. Die Zufahrt war gekiest, mit Sicherheit harkte hier jemand täglich. Die Tür wurde von einem Hausmädchen mit slawischem Zungenschlag geöffnet. In der Eingangshalle drohte man zu erblinden. Alles war weiß, so was von weiß! Marmor am Boden, helle Marmorsäulen, Lüster in transparentem Kristall, gleißendes Licht, ja, man konnte hier nur schneeblind werden. Sie wurden nach links in einen Salon geführt, der auch in Weiß gehalten war. Weiße Lederfauteuils, dazu Tische in Stahl. Das war sicher sündhaft teures Industrial Design und wirkte unglaublich kalt.

Der Herr Professor kam wie bei einem Bühnenauftritt aus der Bücherwand, dieser Effekt war schon beeindruckend. Eine Wand, die sich wie in Bond-Filmen einfach öffnete. Herr Professor Wallner war ein großer, schwerer Mann mit grauweißem Haar, das definitiv zu lang war für einen Mann seiner Altersklasse. Es hatte sich vorn zwar gelichtet, aber den Rest trug er nach hinten gekämmt wie eine Löwenmähne. Er war unverschämt braun für die Jahreszeit und grün gewandet. Es war offensichtlich, dass er sich bereits zum Jagen angezogen hatte, allein die Lodenpantoletten mit Hirschemblem würden wohl noch gegen einen passenderen Stiefel ausgetauscht werden.

Wallner war anzusehen, dass dieser Besuch zeitlich gar

nicht passte, er gab sich dennoch jovial, hieb Helmi mehrfach vertrauensbildend die Hand auf die Schulter. Die Anwesenheit von Irmi und Kathi hatte er mit einem »Grüß Sie Gott« wahrgenommen, ansonsten waren sie einfach Fußvolk. Der Herr Professor war Ovationen gewohnt, solche Pflichttermine erledigte er sicher häufiger. Wer wollte sich denn da alles Fußvolk merken? Er bot ihnen auch keinerlei Getränk an, klar, besonders opulent war ja der Blumentopf nicht und der Bowmore sicher kein Schmankerl vom Format des Herrn Professor.

Irmi ließ den Blick schweifen. Unter dem gedrehten Gehörn einer Antilope hing ein Bild einer Männergruppe mit Tafelberg im Hintergrund.

»Ach, der Herr von Brennerstein in Südafrika«, bemerkte Irmi.

»Wie belieben?«

»Sie waren mit Marc von Brennerstein in Südafrika?«

»Ein leidenschaftlicher Jagdkollege, der gute Marc. Kennen Sie ihn?« Irmi schien in seinem Interesse zu steigen.

»Ja, aber leider hatte ich nicht das Vergnügen, seine Partnerin Regina von Braun kennenzulernen. Die wurde nämlich ermordet, vielleicht weil sie mit ebenso großer Leidenschaft ihre Buchprojekte verfolgt hatte.« In dem Moment fand sich Irmi selber richtig gut. Diese Ungerührtheit, mit der sie das vortrug!

Der Herr Professor war natürlich kein Depp, aber er war auch einer von der Sorte, die Hindernisse elegant übersprangen oder mit entsprechenden Beziehungen wegräumen ließen. Er nahm Irmi einfach nicht ernst.

»Ach, daher weht der Wind, meine lieben Damen. Marc

hat mir von diesem lächerlichen Buch erzählt, in dem ich keine Rolle spiele. Schade eigentlich.« Er lachte polternd.

»Nun, ich meine auch nicht das Jägerbuch – nein, ich meine das Buch über Ihren Bruder. Das kommt so ganz und gar unpassend zum Sträßchen in Reutte, nicht wahr, Herr Professor Wallner?«

»Meine lieben Damen, sollten Sie mich befragen wollen, dann halten Sie doch bitte den Dienstweg ein, ja? Und Sie, Stöckl, das wird ein Nachspiel haben, dass Sie …« Er sprach nicht zu Ende, aber sein Blick sprach Bände.

Das war nicht anders zu erwarten gewesen. Wallner klingelte das Hausmädchen herbei, und sie wurden hinauskomplimentiert.

»Ich hoffe, du kriegst keinen Ärger«, sagte Irmi, als sie wieder im Kies standen.

Helmi lachte. »Naa, der Chef hat aa Humor. I kann doch nix dafür, was ihr so dumm daherreds. Des passt scho. Mir werden dann eh zammarbeiten müssen, oder.«

Ach, er konnte das »oder« auch so schön betonen! Er würde so gut zu Kathi passen, dachte Irmi.

»Ja, ich möchte in jedem Fall eine offizielle Befragung. Ich will wissen, ob er ein Alibi für die Mordnacht hat.« Irmi erzählte dann noch von den Peilsendern. Kathi schaute verblüfft, aber Helmi kannte so was. »Jo sicher. So was gibt's. Mir in Österreich kennen das schon lange. Ich mein, das Verbrechen wandert westwärts. Und mir hatten ja immer schon, ich mein historisch bedingt, den Balkan vor der Türe.«

Irmi lachte. »Und nun?«

»Wenn ihr grad da seids. Geh mer was essen?«

»Gute Idee!«

»Schick oder traditionell?«

Sie sahen sich alle drei an und sagten unisono: »Traditionell.«

»Geh mer!«, meinte Helmi, und sie fuhren ins Gasthaus Koreth und aßen Graukas, Schlutzer und Gröstl – herrlich ungesund und herrlich lecker!

Irmi setzte Kathi am Büro ab. Als sie gegen vier Uhr daheim war, bot sich ihr das gewohnte Bild. Bernhard war im Stall, und die Kater glänzten durch Abwesenheit. Irmi gönnte sich ausnahmsweise etwas, was ihr hinterher peinlich war: Sie legte sich hin und verschlief zwei Stunden.

Sozusagen als Buße deckte sie für Bernhard den Tisch mit einer Brotzeit, wobei der vernachlässigte Kühlschrank leider nicht mehr viel hergab. Irmi beschloss für Montag den ungeliebten Großeinkauf, plauderte mit dem Bruder über dies und das und winkte ihm nach, als er zum Wirt aufbrach. Zum Glück hatte Bernhard die Heizung wieder zum Laufen gebracht.

Heute empfand sie die abendliche Stille als sehr wohltuend. Konnte sie schon wieder ins Bett gehen? Klar, warum nicht? Sie nahm das Tagebuch mit und begann noch einmal ganz von vorn zu lesen.

11

Juni 1937

*Ein Wunder ist es, einfach ein Wunder. Vor drei Monaten
wurde mir das Kindelein geboren. Angelika hat geweint, alle
die Dichter und Maler brachten Geschenke, ich war so
beschämt. Aber das schönste Geschenk war, dass eines Tages im
April der Jakob plötzlich in der Küche stand. Vor lauter Freude
kippte ich alle Kartoffeln aus, die daraufhin über den Boden
sprangen und Jakob hinterher.*

*Angelika hatte ihn holen lassen, sie hatte ihm bei einem
Freunde eine Anstellung in einer Werkstatt verschafft, die
Flugzeuge instand setzt. Man stelle sich vor, es gibt Vögel aus
Stahl, die Menschen tragen, auch vor den Toren Innsbrucks ist
so ein Flugplatz. Jakob war so geschickt und anstellig, dass sie
ihn lehren wollen, so ein Teufelswerk zu fliegen. Jakob paukt
nun jeden Abend. Ich hätte dem Jakob so etwas gar nicht
zugetraut. Und jetzt wird er nicht bloß Zugführer, sondern
auch noch Flugzeugführer. Für mich ist das immer noch
Hexenwerk. Angelika lachte mich aus, als ich ihr erzählte, wie
ich seinerzeit gedacht habe, Jakob würde wie alle Lechtaler
immer im Lechtal bleiben mit seinen paar Stück Vieh. Weil das
für unsereins einfach vorgezeichnet ist.» Jeder Mensch hat
Flügel, er muss sie nur nutzen. Und der Jakob ist einer, der
Schwingen wie ein Adler besitzt. Der Jakob wird aber nicht
wie Ikarus verbrennen, dazu halten ihn seine Lechtaler
Wurzeln fest.« Das hat Angelika gesagt.*

Sie schreibt wieder an einem Buch, sie demonstriert gegen diesen Herrn Hitler. Sie ist so mutig. Der Jakob hat auch Kunde von daheim mitgebracht. Die Johanna hat einen Mann in Reutte gefunden. Einen Kaufmann mit einem gut gehenden Geschäft. Der war zwar zehn Jahre älter, aber rührend besorgt um die Johanna, und so hatte ich nun eine Adresse und konnte mit meinem Gschwisterikind in Kontakt treten. Die Mutter war beim Bader gewesen, sie hatte vom Doktor auch ein Pulver für ihr Herz erhalten. Der Jakob meinte, es ginge ihr gut, aber meine Frage, ob sie sich nach mir oder dem Kind erkundigt hatte, verneinte der Jakob.

Irmi war aufgewühlt, wie das junge Mädchen diesen steten Missbrauch beschrieben hatte. Was war das für eine Welt damals gewesen? Sie hatte so oft mit den niedersten Instinkten der Menschen zu tun, warum traf sie das Geschreibsel eines unbekannten Mädchens so ins Mark? Vielleicht, weil es ihr in geschriebener Form aus einem Tagebuch entgegentrat? Nicht umsonst war das Tagebuch der Anne Frank eines der berühmtesten Bücher der Welt geworden.

Irmi träumte von Lawinen und von Kindern in Lumpen und von einem riesigen Kamin. Am nächsten Morgen erwachte sie wie gerädert. Sie hielt die Augen geschlossen, um sich zu erinnern, was sie eigentlich geträumt hatte. Da war auch ein Bild von einem Elch gewesen, ein Ölbild. Da waren dunkle Wälder gewesen. Und auch jetzt, in diesen wenigen Minuten zwischen Schlaf und endgültigem Erwachen, vermengte sich alles zu einem undurchdringlichen Gespinst.

Bernhard, das Phantom, war schon wieder weg. Wenn sie nicht ganz sicher gewusst hätte, dass sie einen Bruder besaß, hätte sie manchmal an seiner Existenz gezweifelt. Sie kannte keinen Menschen außer ihm, der das so gut beherrschte: Gerade noch da, dann spurlos verschwunden. Kaffee gab es auch keinen. Irmi kochte sich einen, beschloss zum millionsten Mal, endlich einen schicken Vollautomaten zu kaufen, und wusste doch, dass sie das nicht tun würde. Der Keramikfilter auf der alten Kanne tat es auch! Zwei Tassen später war die Zwischenwelt verflogen, wie Nebel hatte sie sich verflüchtigt. Die Realität stand klar vor ihr: Am Montag würden sie die Befragung mit Tommy weiterführen, und insgeheim wünschte sie sich, er würde gestehen. Für sie alle.

Sollte sie das Tagebuch zu Ende lesen? Irgendetwas hielt sie zurück, irgendetwas trieb sie hinaus aus ihrer Küche. Wer warst du, Anna aus Hinterhornbach?, dachte Irmi und lenkte ihr Auto hinaus nach Garmisch und Grainau, vorbei an Lähn, hinunter nach Reutte. In Weißenbach hielt sie an. Betrat den Friedhof. Gleich das erste Grab links zierte ein weißer Jüngling mit Schleife. Das erste Grab rechts war unauffällig, und weiter hinten an der linken Mauer entdeckte sie ein Grab, das völlig überwuchert war. Lag hier irgendwo Kathis tot geborene Schwester? Hier hieß man Wechselberger, Falger oder Knittl – es war so wenig, was von einem Leben übrig blieb. Von einem ungeborenen fast nichts. Wie bei der Tierkörperverwertung hatte der Kindsvater es entsorgen wollen. Ellis Worte hallten nach.

Der Lech führte momentan viel Wasser, die Zeit der Schneeschmelze machte einen gefährlichen Fluss aus ihm. Im Sommer offenbarte er endlose Kiesbänke, einer Steinwüste glich, durchzogen von einem lächerlichen Rinnsal. In Stanzach dann: Hosp Schuhe, Sport Fredy, das alles hatte es zu Zeiten der Anna sicher nicht gegeben. In Vorderhornbach stoppte Irmi erneut und las die Inschrift an einem Haus:

Dies Haus ist mein und ist nicht mein
Es wird auch nicht des zwyten seyn
Und sollt es auch der dritte sehen
So wird es ihm wie mir ergehen
Der vierte muss auch ziehen aus
Nun sag mir wessen ist dies Haus?

Fortgetrieben hatte das Lechtal seine Kinder! In diesem kleinen Vers lagen so viele tragische Leben. Irmi fuhr weiter, die Straße stieg an. Was für ein sagenhaft schönes Tal, was für ein schmucker Ort mit einer großen Kirche! In welchem Haus hast du gelebt, Anna?

Irmi hielt am Gasthof Adler an. Die Sonne setzte dem Schnee zu, die meisten Flanken in Ortshöhe waren schneefrei. Sie stieg eine Weile bergan Richtung Joch. Setzte sich bei ein paar Almhütten in die Sonne. Drüben auf der andern Talseite entdeckte sie ein paar Tourengeher. Hier hießen die Häuschen nicht Almhütten, sondern Alpen.

Sie war nicht weit gegangen, nicht hoch hinausgekommen, aber oft reichten schon hundert Höhenmeter für einen neuen Blickwinkel.

Irmi ging talwärts, bestellte im Gasthof in der urigen

Stube einen Bauernwurstsalat und ein Bier. Während sie wartete, las sie auf einem Zettel die *Kleine Chronik von Hinterhornbach*. 1891 Erhebung zur eignen Pfarrei. 1912–1914 Bau der Straße von Vorderhornbach nach Hinterhornbach. 1913 erste Fahrräder im Dorf, Anna hatte sicher keins gehabt. 1924 erstes Auto von Graf Beroldinger. 1932 Beginn des Schulhausbaus, lange hatte Anna da also nicht die Schulbank gedrückt. Sie war zwölf gewesen, als die Schule gebaut wurde. 1949 Einführung des elektrischen Lichts. 1959 erstes Telefon beim Adlerwirt. 1959 – das stelle man sich vor! Zehn Jahre später war man zum Mond geflogen!

Irmi aß den überaus köstlichen und üppigen Wurstsalat und blickte nebenbei in die Blätter. Kaute und las weiter. Ihr Magen rebellierte auf einmal. Eine Erregung überflutet sie. Wie hatte sie so blind sein können? Der Dialekt war ihr aufgefallen. Dieser Dialekt, der irgendwie allgäuerisch klang, aber auch leicht tirolerisch, wie man es in Innsbruck sprach. Warum hatten da nicht gestern Abend schon die Alarmglocken geläutet? Aber was nutzte ihr dieses Wissen nun?

Sie ließ die Hälfte stehen und beteuerte noch, dass es nicht an der Qualität des Salats gelegen habe.

Dann fuhr sie durchs Lechtal und wieder durch Reutte. Alle schienen beim Shopping zu sein. Kurz vor Lähn überlegte sie noch, ob sie bei Kathi vorbeifahren sollte. Stattdessen rief sie an und hinterließ ihr eine Nachricht auf der Mailbox: »Kathi, rufst du mich bitte an? Ich bin da auf was Interessantes gestoßen.«

Sie zögerte kurz und wählte dann seine Nummer. Auch

er hatte die Mailbox an. Wahrscheinlich verbrachte er den Tag mit dem Doppeldottore. Geschäftsabschlüsse in Italien hatten häufig mit viel mangiare und parlare zu tun. Und wenn das eine Doppeldottoressa war? Du wirst jetzt auf deine alten Tage nicht auch noch eifersüchtig, sagt sie sich und lächelte in sich hinein, während sie auch ihm eine Botschaft hinterließ: »Hallo, ich hoffe, dein italienisches Programm ist bene. Ich hab das Tagebuch fast fertig gelesen. Und ich glaub, ich weiß, wer diese Anna aus Hinterhornbach war. Meld dich mal.«

Irmi bog zum Gut hin ab, die Straße schien jedes Mal schlechter zu werden. Der Winter hatte die Schlaglöcher geschaffen, die Regentage und die Schneeschmelze hatten sie noch tiefer ausgewaschen. Es war halb vier, und es roch ein klein wenig nach Frühling. Irmi parkte vor dem Seminarhaus und rief laut »Hallo«. Wahrscheinlich war Veit Bartholomä irgendwo bei den Tiergehegen. Robbie war auch nirgends zu sehen, aber der war ja immer in der Lage, wie aus dem Nichts aufzutauchen. Ein bisschen wie ihr Bruder Bernhard. Robbie mit dem Klapp, Robbie das Genie. Vielleicht beobachtete er sie sogar von irgendwo und hatte seine Freude an diesem Spiel.

Irmi lenkte ihre Schritte zum Haupthaus. Es gab keine Glocke, auch keinen Türklopfer. Sie drückte die Klinke hinunter und fand sich in der Halle wieder. Der riesige Elch in Öl starrte sie an, und sie wurde das Gefühl nicht los, dass er heute besonders grimmig aussah. Irmi rief wieder »Hallo«, bekam aber keine Antwort.

Sie ging in die Küche. Jemand hatte Kartoffeln geschält, auf dem Herd stand auch schon ein Topf mit Wasser.

Helga Bartholomä musste irgendwo in der Nähe sein. »Hallo, Frau Barthomomä!« Wieder keine Antwort. Irmi trat etwas unschlüssig von einem Fuß auf den anderen und beschloss, draußen weiterzusuchen. Die Küche hatte eine Art Lieferanteneingang, einen Dienstbotenzugang nach hinten, eine kleine Tür, die durch einen schmalen Raum mit einem Alibertschrank führte. Noch so ein Trum wie schon in der Speis der Seminarhausküche. Die von Brauns waren definitiv die Retter des Aliberts. Unwillkürlich blickte Irmi in den Spiegel des kleinen Schranks. Es war seltsam, aber Spiegel zwangen sie zum Hineinsehen. Spiegel waren Gaukler, denn auch sie konnten die Realität verzerren. Es gab freundliche, die eine schlankere Silhouette zauberten. Solche liebte Irmi. Es gab auch die gnadenlosen, bevorzugt in den Umkleidekabinen der Kaufhäuser und Geschäfte. Irmi fragte sich immer, warum diese Läden nicht stattdessen Schlankspiegel installierten. Den Umsatz hätte das garantiert angekurbelt.

Der Alibertspiegel war auch nicht gerade freundlich zu ihr. Ihr Mondgesicht kam hier besonders gut zur Geltung. Noch während sie sich über die Unbarmherzigkeit des Spiegels ärgerte, sah sie plötzlich, wie aus dem rechten Flügel des Schränkchens die Ecke eines Fotos herausspitzte. Es war ein Foto mit gezacktem Rand, und Irmi konnte nicht widerstehen und öffnete die Tür.

Das Bild segelte zu Boden, es war ein altes, vergilbtes Foto. Vor dem Gemälde des Elchs auf dem Eisbärfell standen drei Jugendliche. Sie sahen aus, als stünde ihnen eine Erschießung bevor, so erschreckt blickten sie. Den Elch kannte Irmi, die drei jungen Leute nicht, aber sie ahnte schon, wer das war: Anna, Jakob und Johanna aus Hinterhornbach. Das Bild hing in einem Salon, nicht hier in der Halle.

Im Alibert lag ein zerfleddertes Buch. Es musste Annas Tagebuch sein, und zwar das Original. Fast ehrfürchtig blätterte Irmi um. Im Original war die Schrift viel gestochener als auf den Scans – sie konnte die Einträge sogar auf Altdeutsch lesen. Es war offensichtlich, dass einige Seiten verloren gegangen waren, denn das Bändchen, das die Seiten zusammengehalten hatte, war gerissen. Das Tagebuch ging erst 1952 weiter.

April 1952

Helga macht mir so viel Freude. Helga steht für Glück und Gesundheit. Ich bete zu Gott, dass das Kind immer glücklich sein wird. Der Jakob war wieder da. Er ist bei den Franzosen ein gefragter Mann. Er fliegt sogar Offiziere. Mein kleiner Jakob spricht nun auch Französisch. Wir haben hier oft Franzosen der Besatzungsmacht zu Gast. Auch ein neues junges Mädchen. Sie ist schwanger von einem Franzosen und wurde von ihren Eltern enterbt und schwer geschlagen. Ihr zugeschwollenes Auge heilt nun langsam. Sie ist so alt, wie ich damals war.

»Nichts lernt diese Welt. Nichts! Der Mensch ist eine erbärmliche Kreatur. Die Geschichte wird sich so lange wiederholen, bis der Mensch bricht. Ich werde das nicht erleben, aber es ist mein inniglichster Wunsch.« So beginnt Angelikas neuer Roman, der ›Gewitter über der Nordkette‹ heißt.

Ich muss nun viel liegen. Angelikas Ärzte haben wenig

*Hoffnung, aber mich schmerzt es gar nicht so sehr. Ich hatte
doch alles Glück des Lebens. Wir haben diese irrsinnigen
Kriegsjahre überstanden, wir leben alle. Nur von den Eltern
habe ich keine Kunde, aber ihr Bild ist auch verblasst. Helga
lebt, sie ist so ein liebes und kluges Mädchen. Jakob lebt, und
wie! Johanna, die zwei Kinder hat, lebt. Ihr Mann, der
überdies ganz reizend ist und sich von Johanna auf dem Kopf
herumtanzen lässt, lebt. Wir drei letzten Schwabenkinder
haben überlebt. Alle Stürme haben wir ausgestanden. Erst die
Lawinen und den Hunger, dann die Schmach, nun den Krieg.
Angelika lebt. Einige ihrer Freunde sind im Krieg geblieben,
andere in die Staaten gegangen.*

Irmi traten Tränen in die Augen. Wieder schien etwas zu
fehlen. Aber ein Kapitel war noch übrig. Als Irmi den
Kopf hob, sah sie ein Gesicht im Spiegel. Ein weiteres
Gesicht.

»Herr Bartholomä!« Irmi fuhr herum. Sein Gesicht war
wie eine Maske. Der Maskenbildner hatte Zorn hineinge-
meißelt und Entschlossenheit.

»Sie sind zu neugierig. Sie fragen zu viel! Das habe
ich Ihnen schon einmal gesagt. Legen Sie das Buch zurück.«

»Annas Tagebuch? Das Buch von Ihrer Schwiegermut-
ter, die Sie nie kennengelernt haben?«

Er sagte nichts, und Irmi schossen so viele Gedanken
in den Kopf. Wie Pfeile kamen sie, Gesichter tauchten
auf. Regina, das tote Schneewittchen. Robbie. Der tolle
Tommy. Wallner in dieser Villa aus Eis. Die Terrasse des
Gasthofs in Hinterhornbach. Das Goldene Dachl. Arthur,

ein Elch aus Fleisch und Blut. Der Elch in Öl. Helga, Elli, ein kleines Grab in Weißenbach.

»Sprachlos, Frau Mangold? Ihr Frauen redet doch sonst eigentlich immer zu viel.«

Irmis Sprachhemmung hatte auch damit zu tun, dass Veit Bartholomä die ganze Zeit ein Gewehr auf sie gerichtet hielt. Wie oft hatte sie sich über die dummen Fernsehkommissare lustig gemacht, die allein in die Falle rennen. Doch wie viel dümmer war sie!

»Waffe! Autoschlüssel!«

»Herr Bartholomä, ich habe keine Waffe dabei. Was soll das denn? Was versprechen Sie sich davon, mich hier zu bedrohen? Reden Sie mit mir.«

»Reden! Ich rede nicht! Weiber reden. Männer handeln.«

Der Lauf der Waffe kam gefährlich nahe und begann in ihren Taschen zu wühlen. Er hob ihre Jacke an, er rüsselte an ihrem Körper entlang. Noch nie hatte sich Irmi so nackt und schutzlos gefühlt.

»Autoschlüssel! Werfen!«

Irmi warf Bartholomä den Schlüssel zu, der ihn mit der anderen Hand auffing.

»Herr Bartholomä, das bringt doch nichts, wenn Sie hier mit dem Gewehr herumfuchteln. Legen Sie das Gewehr weg! Was ist denn passiert?« Irmi Kopf war nahe dran zu explodieren. Hatte Bartholomä Regina erschossen? Die eigene Ziehtochter? Warum? Wo war Helga? Wo war Robbie? Sollte sie schreien? Nein, das war sicher kein guter Rat. Er zielte mit einem geladenen Gewehr auf sie, er würde schießen.

Bartholomä wedelte mit dem Lauf und forderte Irmi auf loszugehen. Sie stolperte vor ihm her, hinaus auf die Rückseite des Hauses, vorbei an der Voliere von Theo. Sie sah kurz in die rätselhaften Augen des Tieres, doch da stieß ihr Bartholomä schon den Lauf zwischen die Rippen. Sie taumelte in einen Stadl hinein und eine schier endlose Treppe hinunter. Es wurde dunkel und kalt. Eine Tür fiel hinter ihr zu.

Es dauerte eine Weile, bis Irmis Augen sich an die Dunkelheit gewöhnt hatten. Es war wirklich zappenduster. Sie spürte eine Panikattacke heranfluten und flüsterte:»Ruhig, ganz ruhig. Nachdenken. Atme. Atme ganz langsam.«

Die Selbstsuggestion half ein wenig. Sie fingerte ihr Handy heraus, doch es hatte natürlich kein Netz. Das Display erhellte nur kurz den Raum. Immerhin war es ein Outdoorhandy mit eingebauter Taschenlampe. Vorsichtig begann sie den Raum auszuleuchten und blickte in Augen. In starre Augen. In tote Augen. Ein Schrei entfuhr ihr. Reiß dich zusammen!, ermahnte sie sich. Du bist Polizistin, nicht Drogerieverkäuferin.

Sie leuchtete erneut. Auf einem Tisch befand sich der Schädel eines Rentiers und starrte sie an. Unter dem Tisch lagen noch zwei Köpfe. Der einer Gams und der eines Rehbocks. Beide gut erhalten, denn es war kalt hier unten.

Irmi zwang sich, weiter in den Raum hineinzuleuchten, die Lampe irrlichterte die Wände entlang. Es gab noch einen Tisch, auf dem martialische Messer lagen. Und eine Petroleumlampe. Mit zittrigen Fingern zündete sie die Lampe an. Augenblicklich war alles besser. Mit der Helligkeit kam ihr Denken wieder. Sie sah sich den Raum genauer an. Betonwände, eine Stahltür. Das musste ein Bunker sein, vermutlich befand sie sich einige Meter unter der Erde. Hören würde sie niemand, wenn sie sinnlos um ihr Leben brüllte. Ihr Versuch, durch den Raum zu gehen und das Handy hochzuhalten, war lächerlich. »Und was machen wir jetzt hier? Verrotten?«, sagte sie zum Rentierschädel. Es ging schon los. Sie wurde irrsinnig.

Wie lange würde sie hier unten überleben? Wie lange kam man ohne Wasser aus? Würde Bartholomä wiederkommen? Schaufelte er gerade ein Loch, ein kühles Grab? Jemand würde sie doch suchen? Aber wer und wo? Sie hatte Kathi eine Nachricht hinterlassen, die im Prinzip nichts aussagte. Ihre dumme Geheimniskrämerei nur um einer triumphierenden Pointe willen würde sie nun das Leben kosten. Warum sollte Kathi sie ausgerechnet auf dem Waldgut suchen? Aber *er* würde bestimmt zurückrufen. Genau, und nur ihre Mailbox erreichen. Sie telefonierten oft zwei, drei Wochen nicht, bis dahin würde das Frühjahr da sein und sie im Stadium der Verwesung. Eine neue Panikattacke kroch von den Knien in den Magen. Sie schrie nun doch. Schrie und schrie, bis sie schwer atmend zu weinen begann. Das Rentier sah sie verständnislos an.

Kathi hatte den ganzen Sonntag ihr Handy in der Küche liegen lassen. Als sie es am Montagmorgen anmachte, war da Irmis Nachricht. Sie rief zurück. Mailbox. Sie würde Irmi ohnehin gleich im Büro treffen, so what? Es war ein schöner Morgen, ein Niesmorgen, wie lange hatten diese Baumpollen denn noch vor, sie malträtieren?

Als sie kurz nach acht im Büro ankam, war Irmi nicht da. Als um zehn der Staatsanwalt auf der Matte stand und nach Fortschritten im Fall Thomas Wallner fragte, war er mehr als ungehalten, Irmi nicht vorzufinden. Kathi versuchte es erneut auf Irmis Handy. Wieder nur die Mobilbox. Sie faselte etwas von einem externen Termin und dass Frau Mangold sicher bald käme.

»Du hast Nerven, Mangold! Ausgerechnet heute zu verschlafen, oder!«, fluchte sie. Dann brüllte sie nach Andrea.

»Weißt du, wo Irmi steckt?«

»Nein, keine Ahnung.«

»Hat sie dir nix gesagt? So quasi von Bauern ... äh, so von Chefin zu aufstrebendem Nachwuchs?«

»Nein, aber warum bist du zu mir immer so ätzend?«, brach es plötzlich aus Andrea heraus.

Bevor Kathi etwas Fieses antworten konnte, stand Sailer im Raum. »Weil die Kathi koa Morgenmensch is! Weil s' gern zwider is. So, Madels, und oans sag i eich: Wenn die Frau Irmengard ned do ist, dann stimmt do was ned.« Er schaute so düster, wie einer schauen musste, der gerade eine dunkle Prophezeiung ausgesprochen hatte.

»Was soll da nicht stimmen?«, fragte Kathi. »Sie wird verschlafen haben.«

»Aber nia ned bis nach zehn. Des machen Bauerntrampel ned.« Er zwinkerte Andrea zu.

Als die beiden draußen waren, suchte Kathi nach Irmis Festnetznummer. Bernhard war tatsächlich erreichbar. Was er allerdings sagte, war merkwürdig. Er hatte Irmi am Samstag gegen zehn Uhr wegfahren sehen. Da hatte er gerade oben im Heu gelegen und durch eine Luke nach draußen gesehen. Er machte da gerne mal ein Nickerchen und hatte eine gewisse Freude daran, dass Irmi ihn dort nicht vermutete. Seitdem hatte er sie nicht mehr kommen hören, und ihr Auto war auch jetzt nicht da. Weil Kathi so komisch klang, ging er in Irmis Zimmer. Ihr Bett war unberührt, und nun verstand er auch den Unmut der maunzenden Kater. Die hatte seit Samstagfrüh keiner mehr gefüttert.

»Sie ist anscheinend seit Samstagvormittag weg«, sagte Bernhard gedehnt.

»Ja, und weißt du, wo sie ist?«

»Mir san doch kein Ehepaar, das sich Rechenschaft ablegen muss«, brummte Bernhard. »Ich dachte, sie ist halt direkt ins Büro.«

»Seit zwei Tagen ist sie weg! Und dann direkt ins Büro. Ja, und wo war sie über Nacht?«

»Kathi, du bist doch die Kriminalerin. Mei große Schwester is erwachsen.«

»Kann sie bei dem Typen sein?«

»Bei dem Preißnfutzi?« Bernhard hatte nie einen Hehl daraus gemacht, dass er Irmis Fernbeziehung nicht guthieß. Ein verheirateter Mann, ein Preiß dazu. Diese Stippvisiten, diese kurzen Treffen. Bernhard war nicht der Mensch, der das lange und wortreich kommentierte. Er wandte sich ab, er hatte den Mann höchstens zweimal getroffen. Man grüßte sich, er war ja auch gar nicht mal unsympathisch, aber ein Depp musste er dennoch sein. Sonst hätte er sich doch einmal zu seiner Schwester bekannt. Solche Typen waren doch feige Hunde. Tanzten auf zwei Hochzeiten.

»Ja. Dieser Mister Wonderful. Der Mister Geheim. Der Part Time Lover!«, schrie Kathi ins Telefon.

»Jetzt plärr doch nicht so. Es könnt sein, dass der in der Gegend ist. Irmi ist kürzlich erst in der Früh wieder aufgetaucht. Hat wenig geschlafen. War trotzdem so komisch aufgeräumt.«

Natürlich, der Morgen, als Irmi so penetrant fröhlich gewesen war. »Hast du eine Nummer von dem?«

»Naa.«

»Name?«

»Naa.«

»Du weißt nicht, wie der heißt! Bernhard, jetzt denk mal nach!«

»Jens. Wie der weiter heißt, keine Ahnung.« Bernhard überlegte kurz. »Ich weiß aber, wie seine Firma heißt. Der ist so ein Computerdingsda. Wart!« Dann buchstabierte er langsam den englischen Namen der Computerfirma.

»Danke, Bernhard.«

»Ja, und was is jetzt?«

»Ja, was wird sein? Ich versuch sie zu finden. Und wehe, wenn die unter ihrem Lover liegt und uns hier hängen lässt.«

»Kathi!«

»Stimmt doch, oder? Wenn sie bei dir auftaucht, mach ihr Beine!«

»Klar«, grummelte Bernhard.

Die Firma mit Sitz in Hannover hatte eine Homepage. Viersprachig: deutsch-englisch-spanisch-russisch. Das Team wurde vorgestellt. Da war der Jens. Mit Doktortitel. Sah eigentlich gar nicht schlecht aus, hätte sie Irmi gar nicht zugetraut. Die Handynummer bekam sie postwendend, weil sie vorgab, einen eiligen Auftrag zu haben. Hoffentlich ging dieser Jensefleisch, Gänsefleisch hin, dachte Kathi. Wartete. Er nahm ab.

»Hallo, mein Name ist Kathi Reindl, Kripo. Sie wundern sich vielleicht …«

Er unterbrach sie. »Sie sind Irmis Kollegin, ich hab schon viel von Ihnen gehört.«

»Na, merci, das wird nix Gutes gewesen sein.«

»Das würde ich so nicht sagen.« Er hatte eine angenehme Stimme. »Wie kann ich helfen?«

»Wissen Sie, wo Irmi ist?«

»Wie?«

»Irmi, Irmgard Mangold. Sie wissen schon, mit der Sie ab und zu …«

»Ich weiß, wer Irmi ist. Aber wieso sollte ich wissen, wo sie ist? Warum suchen Sie Irmi?« Er klang besorgt.

»Sie ist weg. Verschwunden seit Samstag in der Früh.«

Es war kurz still. »Sie hat mir am Samstag auf die Mailbox gesprochen. Moment, ich fahr mal rechts ran.«

Kathi wartete, und Jens referierte ihr den Inhalt von Irmis Nachricht.

»Tagebuch?« Kathi schaltete nicht schnell genug.

»Irgendwie muss in ihrem aktuellen Fall ein Tagebuch vorkommen. Wir haben darüber gesprochen. Ich meine, ich weiß nichts von dem Fall, nur eben, dass die Tote unter anderem dieses Tagesbuch auf dem PC hatte.« Er atmete durch, es war offensichtlich, dass er um Fassung rang. »Ich bin Historiker und kenne mich bei dem Thema ein wenig aus. Im Tagebuch geht es um das Trauerspiel der sogenannten Schwabenkinder, das Buch stammt von einem Mädchen, das davon noch betroffen war. Ein besonders später Fall in der Geschichte des Schwabengehens.«

Kathi verstand nur Bahnhof. Sie sortierte ihre Gedanken. »Wir haben eine Tote, die anscheinend zwei Bücher geplant hatte. Beide Bücher waren so, dass sie einigen Leuten das Kraut ausgeschüttet hätten. Wir haben einen Verdächtigen, aus dessen Waffe geschossen wurde. Der vor Ort gewesen ist. Der Gründe hatte, beide Bücher nicht zu mögen. Aber dieses Tagesbuch, ich habe keinen Schimmer, was das damit zu tun hat. Ich war da nicht so … involviert.«

Einen Scheißdreck interessiert hatte sie das Ganze, wenn sie ehrlich war. Sie hatte gedacht, das Tagebuch sei eben eine Recherchegrundlage für das Buch gewesen. Außer Irmi hatte sich nur Andrea damit befasst.

»Frau Reindl? Sind Sie noch dran?«

»Ja, Verzeihung. Irmi hat also das Buch gelesen, und ihr ist etwas aufgefallen. Sie hat mir auch auf die Mailbox gesprochen, dass sie auf irgendwas Interessantes gestoßen sei. Haben Sie das Buch denn gelesen? Was ist so brisant daran?«

»Das weiß ich auch nicht. Das Buch ist von einer Anna geschrieben und deckt die Zeit von 1936 bis 1955 ab. Diese Anna stirbt am Ende. Da ist ihre Tochter Helga, die bei einer Vergewaltigung durch ihren früheren Arbeitgeber entstand, schon achtzehn und wird Buchhalterin. Und zwar, soweit ich das verstanden habe, auf dem Gut, das dem Sohn ihres Vergewaltigers gehört. Hilft Ihnen das?«

»Wie hieß das Gut?«

»Das hat sie nie gesagt. Es muss irgendwo im Allgäuer Unterland gewesen sein. Aber der junge Herr trug den Namen Hieronymus.«

Helga und Hieronymus. Zwei Menschen, die Regina so nahe gestanden hatten. Kathi begriff das alles dennoch nicht. »Ich glaube, ich weiß, wo Irmi ist«, sagte sie zögerlich.

»Ja wo? Ich bin am Brenner. Ich will wissen, wo sie ist! Ist ihr was passiert?«

»Ich nehme an, sie ist im Walderlebniszentrum hinter Grainau. Wahrscheinlich hat sie kein Netz. Keine Panik. Ich muss weg. Danke.«

Sie war alarmiert. Wenn alle Annahmen stimmten, warum war Irmi dann auf dem Gut verschollen? Seit Samstag womöglich. So waldig es da auch war, ein Netz hatte es immer gegeben. Kathi wählte die Nummer des Guts. Am anderen Ende erklang Reginas Stimme auf dem Anrufbeantworter: »Wir sind draußen bei den Tieren. Wenn Sie einen Termin vereinbaren wollen, nennen Sie Ihren Namen und Telefonnummer. Wir rufen dann so bald als möglich zurück.« Wieso ließen die Menschen die Stimmen von Toten auf den Anrufbeantwortern zurück? Damit die Toten aus der Unterwelt zu ihnen sprachen?

Kathi rief Andrea und war deutlich freundlicher. Zumindest bemühte sie sich. »Was weißt du über dieses komische Tagebuch?«

»Es war in altdeutscher Handschrift geschrieben, deshalb habe ich es übertragen lassen, also, ähm … Ich hab es Irmi gegeben, ich weiß aber nicht, ob sie es gelesen hat. Da

286

kam ja dann die Sache mit diesem Tommy dazwischen, ähm ...«

»Ja, gut. Alles klar. Ich nehm Sailer mal mit.« Kathi rief in den Gang: »Sailer!« Dann wandte sie sich an Andrea. »Du hältst hier die Stellung, und wenn du was hörst, melde dich. Eine Irmi Mangold geht ja nicht einfach so verloren.«

»Ja.« Andrea sah furchtbar unglücklich aus.

»Sailer, wir fahren mal ins Waldgut. Ich nehme an, Irmi ist dort.«

»Und warum kimmt s' ned retour?«, fragte Sailer.

»Genau das werden wir herausfinden. Der Elch wird sie schon nicht gefressen haben. Das sind meines Wissens Vegetarier.«

»Sollen wir ned Verstärkung anfordern? Die Frau Irmengard verzupft sich doch ned oafach so.«

»Sailer, dafür gibt es sicher eine ganz banale Erklärung. Los jetzt.«

Sailer war beleidigt, und dass er nun beharrlich schwieg, war Kathi nur recht. Sie war froh, nicht reden zu müssen, denn dann hätte Sailer ihre Unsicherheit bemerkt.

Auf der Holperstraße entfuhr Sailer dann doch ein »Jessas Maria«, und Kathi fuhr etwas langsamer, damit Sailer nicht am Ende durchs Dach krachen würde.

Das Gut wirkte verlassen. Kathi sah sich um. Nirgendwo war Irmis Auto zu sehen. Der alte jägergrüne Jimney von Veit Bartholomä stand auf seinem gewohnten Platz, das zweite Auto, ein Allrad-Panda, war ebenfalls außer Sichtweite. Kathi ging ins Seminarhaus, dessen Eingangstür offen stand, aber auch hier war niemand zu sehen. Sailer schlappte hinter ihr her. Aus den Vitrinen blickten die ausgestopften Viecher.

»Glotzt nicht so blöd!«, schrie Kathi, und Sailer zeigte ihr einen Vogel.

Kathi fiel ein, dass es auf dem Gut eine Telefonanlage gab, deren Läuten man auch draußen und im Seminarhaus hören konnte. Sie rief noch mal die Festnetznummer an, und das Klingeln war deutlich vernehmbar, so lange, bis der Anrufbeantworter mit einem Klicken ansprang. Doch keiner kam. Robbie war sicher in seiner Werkstatt, und Helga Bartholomä war vielleicht mit dem Auto beim Einkaufen, das war ja nichts Ungewöhnliches an einem Montag.

»Sailer, Sie bleiben mal hier, falls jemand kommt. Ich geh zu den Elchen runter, bestimmt lungert dieser Bartholomä da rum.«

»Geben S' aber Obacht, Fräulein Kathi«, sagte Sailer mit versöhnlicher Stimme.

»Wie gesagt: Vegetarier.« Diesmal verzieh sie ihm das Fräulein.

Den Pfad hinunter zu den Elchen kannte Kathi allmählich. Sie hatte mal wieder die falschen Schuhe an, nämlich Leinenturnschuhe, von denen sie Paare in allen Farben des Regenbogens besaß.

Es war immer noch glitschig hier, und gerade, als sie mit ihren Stoffschuhen wegzurutschen drohte, nahm sie dieses charakteristische Pfeifen wahr. Einen Luftzug. Es machte klack. Plötzlich begriff sie. Da schoss jemand auf sie. Mit einem Schalldämpfer. Kathi blieb in gebückter Haltung und rannte zwischen die Bäume. Klack! Sie duckte sich weg und begann einen Zickzackkurs zu laufen. Strauchelte, rappelte sich hoch. Rannte. Während des Laufens versuchte sie das Handy zu erwischen. Sie drückte auf irgendwelchen Tasten herum und landete im Büro. Andrea meldete sich, und Kathi zischte ins Telefon: »Sie schießen. Sailer steht am Eingang. Schnell, Hilfe!« Das Handy entglitt ihr.

12

1955

Die Besatzungszeit ist um. Und aus der kleinen Helga, aus dem Backfisch ist eine junge Frau geworden, die die Handelsschule mit Bravour beendet hat. »Frauen müssen unbedingt etwas lernen«, sagt Angelika immer. Und Helga kann so gut mit Zahlen umgehen.

Angelika wird bald fünfzig, und wir werden den Tag gebührend begehen. Jakob will kommen, er ist inzwischen Pilot und hat eine Frau, die Carmen heißt und aus Mexiko stammt. Aus Mexiko! Mir wird immer noch ganz schwindelig. Wie schnell dreht sich der Globus nun!

Und Angelika wird nach Australien gehen. »Auf meine alten Tage muss ich ein Land kennenlernen, das Weite ist – im Land, in den Köpfen und in den Herzen.« Angelika und alt! Angelika wird nie alt sein. Ich werde nicht mehr mitkommen können, und mein Helgalein hat gesagt, dass sie auch nicht so weit weg wolle. Ich habe ihr gesagt, dass ich sterben werde. Mein Helgalein meinte, dass sie bei mir bleiben werde, dass sie Onkel Jakob habe und dass sie arbeiten werde.

Eines Tages kam ein Automobil. Ich schaffte es fast nicht mehr zum Fenster. Aber ich erkannte ihn sofort. Es war der junge Herr, auch er war älter geworden, aber immer noch so schmal wie damals. Ich blickte in diese Augen, die immer noch Feuer sprühten. Auch er erkannte mich sofort. Wir haben lange

290

miteinander geredet. Er hat Helga sofort ins Herz geschlossen.
Nun, sie ist ja seine Halbschwester, und die beiden verstehen
sich prächtig. Das ist die Stimme des Blutes. Aber Helga darf
das nie erfahren. Wozu auch? Es ist gut so. Helga wird
gebraucht. Der junge Herr braucht eine Buchhalterin, und er
ist sich sicher, dass unter Helgas Ägide sein Gut aufblühen
wird. Er ist einfach ein Waldmensch, er liebt Bäume, von
ihnen spricht er voller Liebe. Aber er ist gar kein Buchhalter,
keiner, der wirtschaftlich denkt.

Es ist seltsam, wie sich der Kreis schließt. Und der junge
Herr Hieronymus hat mir versprochen, dass Helga nie erfah-
ren wird, wer ihr Vater ist. Er wird ihr auch nicht sagen, dass
auch ich ein Bankert bin, wie sie auf einem Lotterbett gezeugt.
Dass ich also auch eine halbe von Braun bin, sozusagen eine
Tante von dem jungen Herrn Hieronymus. Das weiß auch ich
erst, seit mir der junge Herr das erzählt hat. Ich möchte lieber
nicht darüber nachsinnen, dass damit ja der Herr seine ...
O mein lieber Gott, wie verworren sind diese Bande! Aber es
spielt alles keine Rolle mehr. Auch diese Blutschande wird
vergessen werden, wie so viele Fälle bei uns daheim, wo sich
manche Väter an den Töchtern vergangen haben. Und häufig
Cousin und Cousine geheiratet haben. So ist das eben, das hat
Johanna immer gesagt. Ihr werde ich morgen mein Tagebuch
senden.

So schade, dass ich den Hochvogel nicht noch einmal habe
sehen können. Und die Höllhörner, wo ganz bestimmt der
Teufel nicht mehr wohnt. Aber ich dank dir doch, lieber
Herrgott, denn von mir bleibt mein Helgalein, und auch sie
hat Flügel wie ein Adler.

Kathi rannte. Klack! Es war nur den Bäumen zu verdanken, dass die Kugeln sie nicht trafen. Wie oft hatte er geschossen? Oder sie? Oder mehrere? Viele Jäger sind des Hasen Tod. Kathi bekam kaum mehr Luft, sie trieb wenig Sport, schon gar nicht in der Disziplin des geduckten Waldsprints. Sie rannte immer schneller, einen Hang hinunter. Klack, das Brennen kam plötzlich. Es raubte ihr den Atem. Aber nur kurz, dann wandte sie sich weit nach links. Hasen schlugen Haken. Vor ihr dichter Wald. Die Bäume zerrten an ihr, sie zerkratzten ihr Gesicht. Heißes Blut lief von irgendwoher auf ihre Lippen. Die Bäume wurden wieder höher, und dann war da auf einmal eine Lichtung. Sie war schutzlos. Rechts neben ihr befand sich ein Hochstand. Das war ihre einzige Chance.

Kathi kletterte hinauf. Das Fenster war mit einem Tarnnetz zugehängt, sie konnte aber hindurchspähen. Sie fasste an ihren linken Oberarm, wo der Schmerz pochte und Messer in sie trieb. Es war ein Streifschuss, wie tief, konnte Kathi nicht sagen. Es blutete nicht allzu sehr, doch sie wagte es nicht, ihr Sweatshirt auszuziehen. Sie konnte endlich nach ihrer Waffe greifen. Sie entsicherte sie. Nun war ihr Finger am Auslöser. Es ging um nichts Geringeres als ihr Leben.

Sie begann zu zittern, Tränen liefen ihr über die Wangen und vermischten sich mit dem Blut. Sie hatte eine Tochter, die musste sie doch wiedersehen. Und ihre Mutter, zu der sie nie nett genug gewesen war. So oft hatte sie in die müden Augen ihrer Mutter gesehen und doch immer gleich wieder weggeschaut. Würde sie das hier überleben, würde sie hinsehen. Und sie musste doch Irmi wiedersehen, verdammt! Ja, sie mochte diese große Frau, diese Bauerntrampeline. Sie war eine Art zweite Mutter für sie oder eine große Schwester, auch wenn sie lästig war mit ihrer Rechthaberei, ihren unberechenbaren Emotionen und ihren Eingebungen. In was hatte sie ihre letzte Eingebung nur hineingerissen, bei Gott!

Gab es diesen Gott? Lieber Gott, mach, dass Irmi nichts passiert, flüsterte Kathi. Was, wenn es längst zu spät war? Vielleicht hatte der Jäger bei Irmi besser getroffen? Sie hielt ihre Waffe fest umklammert. Sie würde es dem Jäger nicht leicht machen.

Irmi hatte immer wieder versucht, ob das Handy nicht doch funktionierte, doch es blieb so stumm wie das Rentier. Sie hatte solchen Durst und so pochende Kopfschmerzen, dass sie sich ablenken musste. Auf der Suche nach einem Bonbon war sie in ihrer Jackentasche auf einen Müsliriegel gestoßen, den sie in zwei Portionen zerlegt und endlos lange gekaut hatte. Sie hatte sogar einen Wasserhahn entdeckt, der jedoch abgestellt war. Sie hatte immer wieder in den Taschen gewühlt, den Raum durchsucht. Man tut so viel Sinnloses in der Verzweiflung. Doch sie hatte nur ein zerknülltes Papiertaschentuch gefunden und in der Innentasche ihrer Softshelljacke die gefalteten Blätter ertastet. Das letzte Kapitel.

Im fahlen Schein der Petroleumlampe las sie in dem Tagebuch. Helga Bartholomä war die Halbschwester von Reginas Vater. Reginas Opa hatte Anna missbraucht, immer wieder, sein Sohn hatte etwas gutzumachen gesucht, indem er sie als Buchhalterin angestellt hatte. Aber warum hatte Regina das Tagebuch gescannt? Und wann? Und seit wann wusste Helga Bartholomä davon? Wenn das Tagebuch wirklich bei dieser Johanna gewesen war, wenn doch alle Schweigen gelobt hatten, wie war es zu Helga gelangt?

Dann schlief Irmi ein wenig. Sie hatte zwei Decken gefunden, die schrecklich modrig stanken, aber besser als zu erfrieren waren sie allemal. Einmal hatte sie ein Geräusch gehört. Kam Bartholomä wieder? Würde er nun sein Werk vollenden? Aber das Geräusch war wieder abgeebbt.

Mittlerweile war Sonntag. Man würde sie doch suchen? Bernhard würde sie nur bedingt vermissen. *Er* auch nicht, weil es bei ihnen zu Gewohnheit geworden war, nur selten miteinander zu telefonieren. Er hatte Glück. Sie fragte nie: »Wann kommst du wieder?« Es gab keinen Mann auf dieser Welt, der diese Frage ertrug – egal in welchem Zusammenhang. Warum eigentlich? Sie war doch so klein und harmlos, diese Frage.

Andrea hielt den Hörer noch in der Hand und lauschte Kathis Worten nach, die fast in ihrem Keuchen untergegangen wären. Und dann sprang sie auf. Brüllte die ganze PI zusammen, bis Sepp sie beruhigen konnte. Sepp rief bei Sailer durch, der zwar ein Handy besaß, jedoch gern mal die Anrufer wegdrückte. Diesmal gottlob nicht.

»Sailer, wo bist?«, fragte Sepp.

»Vor der Tür. I wart.«

»Sailer, oaner schiaßt auf die Kathi. Mir kommen, rühr di do ned weg und zieh dei Schießeisen. Es wird brenzlig.«

Dann wandte er sich an Andrea. »Ja, kimm, auf geht's, Madl. Nimm dei Waffe, mir holen die Kathi da raus. Und die Irmi.«

Die Tiere des Waldes würden wohl flüchten oder die großen Lauscherchen auf Durchzug stellen müssen, denn nun donnerte eine Meute aus zwei Polizeiwagen und einem Krankenwagen, gefolgt von einem Notarzt durch den Tann. Sepp hatte auch Hundeführer vom THW angefordert, zwei von ihnen würden gleich kommen. Und Weilheim hatte sich eingeschaltet und in München das SEK angefordert. Sie hatten strikte Weisung, nichts Unvernünftiges zu tun. Sie vermissten seit über achtundvierzig Stunden eine Beamtin, und auf eine zweite war geschossen worden. Der oder die Täter hatten hohes Gewaltpotenzial, ohne Spezialkräfte wäre das ein weiteres Himmelfahrtskommando gewesen. Nun standen sie also vor dem Gut, das so einsam und unschuldig im Licht dieses frühen Nachmittags lag.

Der Fahrer des Kleinbusses der Behindertenwerkstätte war wohl noch nie mit gezogenen Pistolen begrüßt worden. Robbie stieg aus, entzückt von den blinkenden Lichtern. Und er erkannte Andrea.

»Hallo, Schoko«, meinte er und lachte Andrea an.

»Hallo, Robbie. Schön, dich zu sehen. Robbie, du kennst doch die andere Frau Schoko, oder?«

Robbie nickte.

»Ist sie da?«

Robbie schwieg. Auch die anderen starrten Andrea wortlos an. Ihr selbst kam es vor, als liefe die Welt in Zeitlupe ab. Sie sah niemanden sonst, sie sah nur Robbie.

»Robbie, wo ist denn die liebe Helga, die so schönen Schokokuchen machen kann?«

»Robbie weiß nicht. Kein Auto.« Er zeigte auf den Vorplatz.

»Und der Veit? Wo ist der? Der Bartl?«

Robbies Gesicht wurde angstverzerrt.

»Robbie, die andere Frau Schoko ist groß und stark. Sie hilft dir. Aber wir müssen sie finden. Du weißt doch alles. Du bist ein Genie.«

»Genie. Genie. Robbie ist ein Genie.«

»Genau. Wo ist die große Frau?«

»Unter dem Brumm, kleines Brumm.«

Andrea wandte sich an Sailer. »Er hat eigene Worte für die Dinge. Klapp für einen Laptop. Bumms für Gewehre.«

»Robbie, wo ist das kleine Brumm?«

Robbie machte eine vage Bewegung in Richtung des Haupthauses. In diesem Moment durchschnitt ein Geräusch den Wald. Der Heli des SEK! Sie rannten zur Seite und zogen die Köpfe ein. Staub wirbelte auf. Der Heli stand, und das Geräusch der Rotorblätter erstarb. Als Andrea aufsah, war Robbie weg.

Der Einsatzleiter war ein besonnener Mann, ließ sich die Lage schildern, was Sailer in bemühtem Hochdeutsch tat. Und Andrea nahm all ihren Mut zusammen.

»Der behinderte Bruder der toten Regina weiß wahrscheinlich, wo Irmi ist. Er ist weggelaufen, aber wir müssen ein Brumm suchen.«

Der Einsatzleiter blieb völlig gelassen.

»Irmi ist die Kollegin Mangold?«

»Ja.«

»Und ein Brumm ist etwas, das brummt.«

Sie alle schwiegen. Dann kam es leise von Sepp: »Brumm, brumm – so sagt mein kleiner Bub zu Lkw und Bulldogs.«

Der Einsatzleiter nickte, und eine seltsame Karawane zog über den Hof, spähte in Räume, mit Waffen im Anschlag, sah hier und dort hinein und gelangte schließlich zum Gehege von Theo. Dahinter glänzte es rot aus einem Stadl heraus.

»Ein Hoftrac«, flüsterte Andrea.

»Ein kleines Brumm«, staunte Sepp.

Sie waren aus dem Fall raus. Das SEK übernahm, probierte, das Brumm kurzzuschließen, und fuhr schließlich weg. Eine Klapptür im Boden erschien, die die Kollegen vom SEK einschlugen. Andrea hielt den Atem an. Es kam ihr ewig vor, bis Silhouetten auftauchten. Sie blinzelte gegen das Sonnenlicht.

Auf den Einsatzleiter gestützt, kam Irmi angewankt. Sie sah furchtbar aus, und doch gelang es ihr, ein »Danke« auszustoßen. Dann verschwand sie im Krankenwagen, mit ihr der Notarzt und der Einsatzleiter. Wieder dauerte es eine halbe Ewigkeit, bis der Einsatzleiter herauskam.

»Frau Mangold ist unterkühlt und dehydriert, ansonsten aber unversehrt. Eine sture Dame, sie will nämlich nicht ins Krankenhaus, sondern hier im Wagen weiter versorgt werden. So schlecht kann es ihr nicht gehen, wie die den Notarzt anpflaumt.« Er lächelte. »Die Situation stellt sich so dar, dass Veit Bartholomä Amok zu laufen scheint. Frau Mangold geht davon aus, dass er momentan die Kollegin Reindl verfolgt. Wir müssen ihn stoppen. Wir werden die Kollegin finden. Bitte keinen Aktionismus von Ihrer Seite! Sie sperren hier ab, bleiben am Funk und melden sofort, wenn sich auf dem Gut etwas rührt.«

Die Hundeführer waren eingetroffen, alles verlief völlig ruhig, und auf einmal standen Andrea, Sailer und Sepp allein im Hofraum. Nebelschwaden zogen herein, die Sonne wurde fahler, und es wurde schlagartig kälter. Andrea hätte so gerne nach Irmi gesehen, aber die Sanitäter blockten ab. Unten an der Hauptstraße stand ein Einsatzwagen der Polizei, und es wurde über Funk durchgegeben, dass eine ältere Frau eigentlich in Richtung Gut hatte abbiegen wollen, dann jedoch mit quietschenden Reifen gewendet hatte, als sie den Einsatzwagen gesehen habe. Die Kollegen gaben das Autokennzeichen durch, das Andrea sofort überprüfte. Es war der Wagen von Helga Bartholomä. Andrea gab die Nachricht an das SEK weiter. Der Einsatzleiter fluchte.

»Das fehlt uns gerade noch, dass Helga Bartholomä von irgendwoher in den Wald will. Gibt es eine weitere Zufahrt zu dem Gut?«

»Ich weiß nicht! Keine offizielle zumindest.« Andrea war schon wieder kurz vor dem Heulen.

»Shit!«

Kathi fror. Sie hatte Schüttelfrost. Ihre Zähne klapperten. Dabei sollten sie doch nicht klappern, das war so verräterisch. Ihr Arm schmerzte, und das Blut, das ihren Pullover durchdrungen hatte, war dunkelrot. Sie unterdrückte den Impuls, einfach loszurennen. Weg von hier. Sie wusste, dass sie dann verloren war. Der Jäger konnte überall sein.

Es begann zu dämmern, draußen auf der Lichtung waberten Nebelschwaden über den Boden. Ein Rehbock trat aus dem Wald. Kathi kniff die Augen zu, lange würde sie nichts mehr sehen können. Was, wenn der Jäger ein Nachtsichtgerät hatte? Der Kopf des Rehbocks ruckte auf einmal hoch. Dann sprang das Tier leichtfüßig davon.

Kathi vernahm Hundegebell, erst weiter weg, dann kam es näher. Konnte sie es riskieren zu rufen? Sie tat es, und es war eine Befreiung. »Hier bin ich. Hilfe!« Dann ging auf einmal alles sehr schnell. Eine Kugel pfiff in den Hochstand und verfehlte Kathi um Haaresbreite. Sie hörte Schreie. Und dann spähte sie auf die Lichtung: Da stand Bartholomä und zielte auf sie. »Ich erschieße das Mädchen, wenn Sie näher rücken!«, rief er. Seine Stimme hallte durch den Wald. Sekunden vergingen. Dann war die Stimme des Einsatzleiters durch ein Megafon zu hören.

»Hier spricht die Polizei. Wir haben Scharfschützen postiert. Legen Sie die Waffe nieder, Herr Bartholomä.«

Kathi spähte in das immer fahler werdende Licht hinaus. Die Spezialisten würden schießen, und sie spürte nicht einmal Erleichterung. Plötzlich löste sich eine Gestalt aus dem Schatten und ging auf Bartholomä zu. »Stopp!« Die Gestalt hatte ein Gewehr in der Hand. Die Gestalt war klein und schmal. Die Gestalt war Helga Bartholomä.

»Leg das Gewehr weg, Bartl! Das hier muss ein Ende nehmen. Jetzt!«

»Es ist zu Ende, wenn ich das sage. Verschwinde, Helga!«, brüllte Bartholomä.

Ein Schuss durchschnitt die Stille, Veit Bartholomä

schrie auf, fasste sich an die Schulter. Taumelte, ließ das Gewehr fallen. Die kleine Gestalt, die Helga Bartholomä war, ließ ihr Gewehr sinken. Ging auf ihren Mann zu und kniete sich zu ihm.

Schwarze Männer kamen aus dem Wald gespurtet. Jemand kletterte die Leiter des Hochstands hinauf und stützte Kathi beim Abstieg, ein anderer setzte von unten ihre Füße auf die Sprossen. Unten wartete eine Trage mit weißen Männern. Die Lichtung war plötzlich hell erleuchtet. Kathi hatte auf der Trage den Kopf immer noch zu Helga Bartholomä gedreht, die die ganze Zeit schweigend dagestanden hatte. Irgendwann meinte sie: »Am Ende hat das Leben eben doch kein Einsehen mit uns Schwabenkindern.«

EPILOG

Helga Bartholomä hatte auf ihren eigenen Mann geschossen. Spät, fast zu spät, hatte sie begriffen, dass er Regina getötet hatte. Sie sagte aus, dass sie sich für den Amoklauf ihres Mannes verantwortlich fühle. Dabei hatte er sie nur schützen wollen. Nachdem sie das Tagebuch ihrer Mutter Anna erhalten hatte, war sie zusammengebrochen. Die Tochter einer gewissen Johanna Hosp aus Reutte, die längst verstorben war, hatte es in einer alten Kiste gefunden, die richtigen Zusammenhänge hergestellt und es Helga zukommen lassen.

Helgas Welt war eingestürzt. So viele Worte von Hieronymus, so viele Gesten von Margarethe konnte sie nun deuten. Hieronymus' seltsame Zurückhaltung, obgleich sie doch immer so gut zusammengearbeitet hatten, bekam plötzlich einen Sinn. Sie hatte sich immer gesagt, dass sie nicht seines Standes gewesen war, aber genau das war sie gewesen. Zumindest zur Hälfte. So viel hätten sie sich alle durch die Wahrheit ersparen können.

Eine Wahrheit, die Regina nun ins Licht hatte zerren wollen, aus rein egoistischen Gründen. Sie war den Weg der Konfrontation gegangen, und der war laut und exponierte sie alle. Aber das war nur ihr Weg, nicht zwangsläufig der der andern. Sie hatte kein Einsehen gehabt, und dann hatte Veit einen grausamen Plan ausgeheckt.

Irmi und Kathi, die inzwischen einen eleganten Schulterverband trug, Andrea, Sailer und Sepp saßen da und tranken Kaffee. Man hätte fast den Eindruck eines netten Kaffeekränzchens haben können.

»Bartholomä hat wirklich alles so inszeniert, dass es nach Wilderei aussah?«, meinte Kathi. »Und hat sogar so ein armes Rentier geopfert? Nur um uns weiter auf dieser Wildererschiene zu halten?«

Irmi nickte. »Er hat das ganz perfide vorbereitet. Erst ein Reh, dann eine Gams, schließlich das Rentier. Er hat einen ständig näher rückenden, immer frecher werdenden Wilderer simuliert. Er hat uns die ganze Zeit gefoppt. Er hat falsche Fährten gelegt. Gewitzt. Kühl. Rational. Er war der Kühle, nicht von Brennerstein. Er hat uns immer ganz subtil Verdächtige angeboten.«

»Und Tommy?«

»War sein Bauernopfer. Er hätte das alles zu gerne von Brennerstein angehängt, aber ihm war klar, dass er an den nicht rankommt. Aber an Tommy kam er heran. Der war mehrfach da und hat Regina angegriffen. Bartholomä hat das beobachtet und es sich ebenfalls zunutze gemacht. Er war immer einen Schritt voraus.«

Sie schwiegen wieder und hingen ihren Gedanken nach.

»Ich versteh das trotzdem alles nicht so genau«, meinte Andrea schließlich. »Die Abläufe, ich mein, ähm …«

Irmi lächelte. »Ich weiß, was du meinst. Ich hatte ja genug Zeit, mir Gedanken zu machen.« Sie stockte kurz, denn da flackerten kurz die glühenden Augen des Rentierschädels auf. Sie hatte viele Gespräche mit dem Schädel gehalten, der hatte nur nie geantwortet. »Bartholomä hat

Regina erschossen, sein Plan war es, das Ganze wie Wilderei aussehen zu lassen. Er tat natürlich alles, damit Helga an dieser Lesart hätte festhalten können. Wahrscheinlich hätte das auch funktioniert, hätten wir nicht das Klapp gefunden. Bartholomä hatte sich natürlich Zugang zu Reginas Bürocomputer verschafft, aber darauf war ja nur das Jagdbuch zu finden. Offenbar hat er vergeblich nach dem Laptop gesucht. Als wir Robbies Klapp entdeckt hatten, war Bartholomä wahrscheinlich klar, was da drauf war. Sie hatte es so gut versteckt, da musste etwas sehr Geheimes und Persönliches drauf gewesen sein. Er musste Bewegung in die Sache bringen, sprich: noch mehr manipulieren, noch stärker an den Fäden ziehen.«

»Das ist Wahnsinn, wirklich!«, rief Kathi.

»Er wäre fast damit durchgekommen. Und Tommy wäre in einem Indizienbeweis verurteilt worden. Schrecklich!«, rief Andrea. »Er muss das alles geplant haben. Eiskalt. Woher hatte er eigentlich den Störsender?«

»Das wissen wir noch nicht, aber er wurde gefunden. Veit Bartholomä hat auf dem Gut kleine handwerkliche Arbeiten übernommen und unter anderem die Elektrik betreut. Er war darin sehr gut«, sagte Irmi.

»Aber wie konnte er allen Ernstes denken, dass er zwei Polizistinnen eliminieren kann?«, fragte Kathi. »Das Ganze ist ihm doch am Ende echt entglitten.«

Irmi wiegte den Kopf hin und her. »Nicht unbedingt. Er wäre sich treu geblieben. Er hat seinen Plan gestanden, mein Auto später in einen Waldweg bei von Brennerstein zu stellen. Um weitere Verwirrung zu stiften. Und er hätte meine und Kathis Leiche auf den Ländereien verstreut.

Wieder wären zwei Damen in der Ausübung ihrer Pflicht von einem Wilderer erschossen worden.«

»Aber das wäre doch völlig sinnfrei gewesen! Tommy saß ja noch in U-Haft, der konnte es dann nicht gewesen sein«, sagte Kathi.

»Nein, aber Bartholomä hätte, wie gesagt, Marc von Brennerstein wieder in den Fokus gebracht. Er hätte Zeit gewonnen, zumal die beiden ermittelnden Beamtinnen ja tot gewesen wären. Es hätten sich neue Leute einarbeiten müssen. Bartholomä hat sich in eine Spirale des Verbrechens hineingestrudelt, es gab für ihn kein Entkommen mehr.«

»Aber Andrea wusste auch von dem Tagebuch. Und dein Lover. Die hätten doch auch kombinieren können«, ereiferte sich Kathi.

»Hätte denn jemand dann noch auf das Tagebuch geachtet? Ich glaube kaum. Und mein Lover kannte ja nur die Historie, konnte aber nicht ahnen, wie machtvoll sie ihre Äste in die Gegenwart geschoben hatte.«

»Sieht gar nicht so schlecht aus, dein Lover. Ich hätt gar nicht gedacht, dass es den gibt«, meinte Kathi nach einer Weile.

»Ach, du hast gedacht, ich erfinde einen Lover?«

»Na ja …«

»Weil Bauerntrampel keine Lover haben, die sogar einen Doktortitel führen?«

Andrea gluckste, Sailer haute Irmi auf die Schulter: »War gar ned bled, der Lofer. Bloß er redt halt so preißisch.«

Kaum war das SEK mit den Hunden im Wald verschwunden, da hatte sie wieder ein Funkspruch erreicht.

304

Ein Mann, der behaupte, zur Familie zu gehören, müsse ganz dringend zum Gut, erzählte der Kollege vom Einsatzwagen unten an der Hauptstraße. Andrea hatte schließlich angeordnet, ihn durchzulassen. Er hatte den Krankenwagen quasi gestürmt, doch sein Auftauchen schien Irmis Genesung zu beflügeln, denn etwas später kam sie, in eine Wärmedecke gehüllt, aus dem Wagen. Mit *ihm*, der plötzlich für alle einen Namen hatte: Jens.

Ihm war es auch geglückt, Robbies Vertrauen zu gewinnen. Die ganze Zeit über, als rundum das Chaos tobte, hatte Jens ihm Geschichten erzählt, Tiergeschichten. Er hatte es sogar geschafft, Robbie in sein Zimmer zu bringen. Sie hatten die Polizeipsychologin geholt, die zusammen mit Jens die ganze Nacht geblieben war, bis Robbie von seiner Werkstätte abgeholt worden war, wo er nun für eine Weile im Wohnheim leben würde. Irmi hatte die Nacht letztlich doch im Krankenhaus verbracht – genau wie Kathi, die allerdings dank ihrer Schusswunde weitere zwei Tage bleiben durfte.

Noch auf dem Weg in die Klinik war Irmi nicht müde geworden, immer wieder darauf hinzuweisen, dass sich jemand um die Tiere kümmern müsse, und am Ende hatte Bernhard ein Einsehen. Er und Lissis Mann Alfred, zwei Kuhbauern, fütterten nun Elche und Rentiere. Die Eule würde zu einem Falkner kommen, und der kleine Dackel Lohengrin war nach Schwaigen gezogen. Vorerst einmal, das hatte Irmi Bernhard versprechen müssen. Lohengrin hatte nur kurz die Lefzen so nach hinten gezogen, dass man meinen konnte, er wäre der Hund von Baskerville. Dann hatte er abgedreht und begonnen, den Napf der Kater leer zu fressen. Die Kater waren noch in der Grübelphase, wie sie wohl damit umgehen sollten. Momentan zischten sie nur kurz, der Kleine pfiff dazu, dann zogen sie Bauch an Bauch ab. Die Kater schienen zu hoffen, dass der Gast nur auf Zeit bleiben würde. Irmi wusste nicht, ob sie das auch hoffte, man würde abwarten müssen, wie es mit Helga weiterginge.

Irmi hatte ihr gedankt, dass sie ihren Mann aufgehalten hatte. Helga Bartholomä war gealtert in den letzten Tagen, doch so seltsam es auch klingen mochte: Sie wirkte nicht nur unendlich müde, sondern zugleich beherrscht und auch erlöst. Sie hatte nach dem Erhalt des Tagebuchs natürlich als Erstes ihren Mann angesprochen, und der hatte, so gut es ging, versucht, sie zu stützen.

Irmi war klar, wie furchtbar die Lektüre dieses Tagebuchs für Helga Bartholomä gewesen sein musste. Was musste es ausgelöst haben in ihr! Sie, die in diesem Künstlerhaushalt in Innsbruck aufgewachsen war, die ihre Mutter hatte sterben sehen. Die eine Stelle angetreten hatte, die höchst ungewöhnlich gewesen war – für die Zeit und für eine so junge Frau. Sicher war sie Hieronymus und Margarethe immer treu ergeben gewesen.

Und dann hatte sie plötzlich erfahren, dass ihr Arbeitgeber ihr Bruder war. Dass alle das gewusst hatten, nur sie nicht – das wog sicher am schwersten. Die Wahrheit, so grausam sie sein mochte, konnte wie ein Paukenschlag kommen. Konnte ein Leben erschüttern. Aber sie war doch um so vieles besser als der Betrug und das Versteckspiel. Die Wahrheit, erst einmal geschluckt, ließ einem Handlungsspielraum, die Lüge nicht.

Es war die Generation ihrer aller Eltern, die hinter den Fassaden ihre Leichen gestapelt hatten – wegen der Leute, wegen der Normen. Doch wer hatte die Normen aufgestellt? So viele Verzweiflungstaten, so viele Suizide hatten das Verstecken und das Weglügen gekostet. Ob ihre eigene Generation es besser machen würde?, fragte sich Irmi.

Helga und Bartl schienen in jedem Fall beschlossen zu haben, das Wissen in sich zu versperren, an der Lüge festzuhalten. Sie hatten Regina schonen wollen, zumindest war das ihre ursprüngliche Intention gewesen.

Doch dann hatte Regina bei Helga durch einen Zufall das Elchbild mit den drei Jugendlichen entdeckt. Hatte weitergewühlt und das Buch gefunden. Sie hatte es eingescannt, gelesen und begonnen, in der Familiengeschichte zu wühlen. Dann hatte sie Helga damit konfrontiert, dass sie ein Buch schreiben werde. Die Haushälterin hatte immer wieder versucht, Regina zu erklären, dass sie das nicht wolle. Dass die Vergangenheit ruhen müsse. Auch Bartl hatte mit Regina geredet.

Aber Regina war nicht mehr aufzuhalten gewesen. Sicherlich war auch sie bis ins Mark erschüttert gewesen: Ihr Großvater war ein Vergewaltiger gewesen, der die junge Dienstmagd aus dem Außerfern systematisch missbraucht hatte. Regina war hineingesprungen in den Sumpf ihrer Familie und hatte doch nicht darin ertrinken wollen. Sie wollte aufarbeiten, sich aufbäumen. Aber genau das wollten Helga und Bartl nicht. Irmi erinnerte sich an Veit Bartholomäs Aussage, dass er es gar nicht schätze, wenn man Menschen wehtue, die er liebe. Sosehr er Regina wohl gemocht hatte – seine Frau hatte er mehr geliebt. Was in jener Nacht tatsächlich passiert war, würden sie vermutlich nie erfahren. Hatte Regina noch etwas gesagt? Und was? Wie hatte er ihr in den Kopf schießen können wie einem Stück Wild?

Veit Bartholomä hatte gestanden und alle Fragen beantwortet, soweit sie die Fakten betrafen. Über seine Gefühle hatte er kein Wort verloren. Er hatte seinen Plan geradlinig durchgezogen – bis zum bitteren Ende.

Auch vor seiner Frau hatte Bartl an seiner großartigen Inszenierung festgehalten. Sie hatte um die Tiere getrauert und um Regina, hatte die Wilderer verflucht und um Robbie gefürchtet. Das alles hatte Veit Bartholomä in Kauf genommen, weil es ihm als das kleinere Übel erschienen war.

Helga hatte ihm das Ganze zweifellos abgenommen, aber dann hatte sie am Samstag Irmis Wagen gesehen, nicht aber die Kommissarin selbst. Plötzlich war Bartl mit einem Gewehr in der Hand davongehastet und hatte das Auto der Kommissarin gestartet. Helga hatte nichts davon verstanden, aber anstatt zu fragen, hatte sie versucht, sich den Gedankenstürmen entgegenzustemmen. Sie hatte in ihrem Allibert nachgesehen: Das Tagebuch war weg gewesen. Bartl hatte es lange schon vernichten wollen, aber das hatte sie nichts übers Herz gebracht. Es war das Einzige, was sie von ihrer Mutter hatte. Und von ihrer Identität. Die schlagartig eine so ganz andere gewesen war.

»Frau Mangold, es tut mir so leid«, hatte Helga Bartholomä später gesagt. »Ich hätte gleich am Samstag die Polizei rufen sollen, aber ich konnte mir das alles nicht erklären. Ich war wie gelähmt.«

Irmi hatte das verstanden, Kopf und Seele mussten sich schützen. Es gab Dinge, die man nicht sofort durchdringen konnte, denn das hätte einen umgebracht.

Helga war dann am Montag weggefahren, um die Polizei zu informieren. »So am Telefon, Frau Mangold, hätte ich das nicht fertiggebracht. Ich …«

Auch das verstand Irmi.

Auf dem Weg nach Garmisch war Helga Bartholomä eine ganze Karawane aus Krankenwagen, Notarzt und Einsatzfahrzeugen entgegengekommen. Sie hatte gewendet, sich wieder nicht getraut. Dann aber war sie einem vagen Gefühl gefolgt, hatte den Hohlweg an der Grundstücksgrenze des Waldguts genommen und war vorgefahren bis zu einem Holzplatz, wo man nur noch zu Fuß weiterkam. Dort war sie schließlich auf die Lichtung getreten und hatte ihren Mann im entscheidenden Moment in die Schulter getroffen. Auch Helga konnte exzellent schießen.

»Die Andrea war aa sehr gut, wie sie des mit dem Robbie g'macht hat«, meinte Sepp. »Dass der über das Brumm g'redt hat!«

»Ja, klasse gemacht«, sagte Sailer.

Andrea wurde rot, und Irmi lächelte.

Die Tage waren hell. Die Träume kamen erst in der Nacht.

»Hätten Sie mich wirklich getötet und auch die Kollegin erschossen?«, hatte Irmi Veit Bartholomä am Ende der ersten Befragung gefragt.

»Sicher!«, hatte er ganz ruhig geantwortet.

Auch davon würde Irmi träumen – noch lange.

NACHWORT

»Es ist falsch, dass Schreiben Therapie ist. Schreiben heilt nicht alle Wunden. Aber es setzt ein gewisser Verdünnungseffekt ein. Schmerzliches, das man kaum zu überleben glaubt, verdünnt sich zu einem chronischen Schmerz, den man aushalten kann« – so zitiert Regina von Braun ihre Mutter.

Worte sind Waffen, und oft genügen Worte, um Gründe für einen Mord zu liefern. Viele Menschen streben danach, die Vergangenheit unbedingt unter Verschluss zu halten. Wer an diesen Pforten rüttelt, wer sie gar öffnet, spielt mit dem Tod.

»Sich den bösen Erinnerungen zu stellen war nicht immer der beste Weg, manches war so schmerzhaft, dass es in den Tresorraum musste. Aber Gnade, wenn jemand einen Schlüssel fand, diesen Raum zu öffnen!« Auch das weiß Irmi nur zu gut.

Ich kam vor vielen Jahren erstmals mit der Tragik der Schwabenkinder in Galtür in Berührung – ein dunkles Kapitel der Geschichte, das mich im Frühjahr 2012 im Bregenzerwald wieder eingeholt hat, als quer durch viele Wäldergemeinden Ausstellungen zu diesem Thema liefen. Manchmal ist es ein klitzekleiner Augenblick, der entscheidet. Etwas packt einen und wird viel später zu einem Buch.

Davor steht allerdings viel Recherche. Das Außerfern

war das Armenhaus Tirols. So viele haben von der Kindersklaverei profitiert. Schon vor fünfhundert Jahren zogen Erwachsene aus dem Außerfern als Schnitzer, Stuckateure und Freskenmaler in die Welt. Das waren erste Vorläufer der späteren grausamen Kinderwanderungen. Dass viele Kinder aus armen Familien regelmäßig über gefährliche Routen nach Schwaben wanderten, kam vor zweihundert Jahren niemandem seltsam vor. Es gibt eine Schrift aus dem Jahr 1796 von einem gewissen Josef Rohrer mit dem Titel *Uiber die Tiroler*. Uns erscheint es heute wie der blanke Hohn, wenn der Verfasser von den »kleinen Wilden« schreibt und wie er die Tiroler Hütejungen, »mit Strohmänteln behangen, die weitläufigen Wiesen, um ihres Viehes Zucht und Ordnung willen, barfuß durchlaufen« sieht. Romantisch verklärt beschreibt er, wie sie zu Martini, also um den 11. November, »munter und fröhlich wie junge Schwalben ihrem heimatlichen Nest zuflattern«. Keine Rede von psychischem und physischem Missbrauch! Der Mensch konnte immer schon gut das Elend anderer ausblenden und sich die Dinge schönreden.

Ich danke all denen im Bregenzerwald, die mir endlos viele Fragen beantwortet haben. Danke auch an den Gasthof Adler in Hinterhornbach, wo man so schön sitzen und Geschichten spinnen kann. Danke vielmals dem Team des Bayerischen Jagdverbands in München-Feldkirchen und einigen anderen Jagersleuten, die mehrdimensional denken können … Ein besonders dickes Dankeschön natürlich an die legendäre Lisl von der *Lisl-Bar*! Außerdem danke ich Elisabeth Hewson aus Wien, Tanja Brinkmann aus Garmisch und Christa von Rodenkirchen aus Kinsegg.

Und danke an alle, die etwas vom Wald verstehen, denn: »Wer immer draußen war, hat andere Lungen. Solche Lungen brauchen Waldluft. Wer immer draußen war, hat auch eine andere Seele, und solche Seelen brauchen Flügel.«

GLOSSAR

(in der Reihenfolge des Erscheinens im Buch)

a gschnablige Fechl freches Mädchen
Marend Brotzeit
Muggafugg Kaffeeersatz, meist Feigenkaffee
aui hinauf
Kitzabolla Hagelkörner
außi hinaus
Fritzle Deutsche
dussa draußen
Knatterle lächerliches Männchen
oui hinunter
Gawinda Schneewehe
Schnearfar Rucksack
Schnallsuppa Suppe mit Schmalz drauf
**Jetzt hocksch zerscht auf dei Fiedla, und dann stehsch
    auf.** Jetzt setzt du dich zuerst auf deinen Hintern, und
    dann stehst du auf.
drimslig schwindling
Gnagg Nacken
Gschwisterikind Cousin/Cousine
Grischpala schmaler Bursche
hintrafihr verquer, entgegengesetzt
Föhl Mädchen
Fozzahobel Mundharmonika

Tuttagrätta Büstenhalter
Gada elterliches Schlafzimmer
Bissgura Bissgurke
Grundbira Kartoffel
hetzig toll, prima
malad krank
wäch bisch gut siehst du aus, schön bist du angezogen
Plährkachl Heulsuse
Pratzn große Hände